BUR

Biblioteca Universale Rizzoli

Maria Venturi in BUR

Addio e ritorno
Un'altra storia
L'amante è finita
Amore s'impara
L'amore stretto
Chi perdona ha vinto
Il cielo non cade mai
Da quando mi lasciasti
La donna per legare il sole
Incantesimo
In punta di cuore
Mia per sempre
La moglie addosso
La moglie nella cornice
Il nuovo incantesimo
Il rumore dei ricordi
Storia d'amore
La storia spezzata

MARIA VENTURI

In punta di cuore

BUR

NARRATIVA

ISBN 88-17-12889-9

Prima edizione Superbur Narrativa: maggio 2002
Quarta edizione BUR Narrativa: giugno 2004

Antefatto

Domanda: «Vieni da una famiglia perbene, hai frequentato le magistrali, sei una bella ragazza. Come sei finita sul marciapiede?».

Risposta: «Io non sono mai stata sul marciapiede».

Domanda: «Però fai la prostituta».

Risposta: «Questo lo dice lei, commissario».

Domanda: «Allora dimmelo tu: come si può definire una ragazza colta in flagrante nell'appartamentino di un noto pregiudicato per sfruttamento della prostituzione?».

Risposta: «Una cretina. Era la prima volta che accettavo un incontro al buio e guarda che cosa mi va a capitare».

Domanda: «In altre parole stai ammettendo di prostituirti».

Risposta: «Senta, che cosa vuole da me? Dei giri di quel Garoppo io non sapevo nulla. Prima che mi telefonasse, ignoravo addirittura la sua esistenza. O mi crede o non mi crede».

Domanda: «Parliamo di te, ragazzina».

Risposta: «Guardi che sono maggiorenne: ho ventidue anni compiuti».

Domanda: «Da quanti ti prostituisci?».

Risposta: «Ancora?!».

Domanda: «Mettiamola così: quanti anni avevi quando ti sei fatta pagare per la prima volta da un uomo?».

Risposta: «Cinque. Mio padre mi mandò a comperare il giornale all'edicola sotto casa e in cambio mi diede una moneta da cinquanta lire».

Domanda: «Non essere insolente! Lo capisci o no che sto cercando di aiutarti?».

Risposta: «Lei sta cercando soltanto di umiliarmi, di farmi provare vergogna».

Domanda: «Sarebbe già una buona cosa, non ti pare?».

Risposta: «*Buona* per chi? Io non vivrei certo meglio, se mi sentissi una disgraziata o una fallita».

Domanda: «E come ti senti, invece? Realizzata, felice?».

Risposta: «Senta, se lei si aspetta che a questo punto io scoppi a piangere e le racconti la storia della mia vita si sbaglia proprio di grosso».

Dall'interrogatorio di Lucia Surina, fermata a Milano il 6 luglio 1990 durante una retata della "Buoncostume" e rilasciata due giorni dopo.

I

Sono certa che se quella sera di cinque anni fa avessi spremuto due lacrimucce, il commissario Perazzi mi avrebbe lasciata libera subito invece di farmi trascorrere due notti e un giorno in cella con due tossiche di Belluno e una prostituta albanese. Quella fu la sua punizione per averlo deluso. Di bravi uomini come lui ne avevo conosciuti tanti. Lo inquadrai fin dal primo istante, quando mi indicò la sedia davanti alla sua scrivania e mi guardò come chi è costretto a fare qualcosa che proprio non avrebbe voluto, con l'aria imbarazzata, mesta, ma anche morbosamente incuriosita. È così che i bravi uomini guardano le ragazze come me. L'unica differenza era che il commissario non si aspettava che mi togliessi in gran fretta i vestiti, tanto per levarsi il pensiero, ma che mettessi per così dire a nudo l'anima, raccontandogli con grande calma la solita storia dell'amico di famiglia che ti ruba l'innocenza o del mascalzone che approfittando del tuo fiducioso amore da un giorno all'altro ti fa ritrovare nel giro.

Non è che non l'avessi mai raccontato. Ci sono gli uomini maniaci del contatto umano e i sadici che si eccitano più al racconto delle tue disgrazie che alla vista di due lacci o uno staffile. Essendo di natura molto fantasiosa, mi è capitato a volte di stare al gioco inventando storie e particolari così tristi che alla fine il divertimento spariva e quasi quasi mi ritrovavo a piangermi addosso.

Avrei potuto farlo anche col commissario Perazzi: ma quello era il primo (e fu l'ultimo) fermo della mia vita, e nonostante l'aria spavalda dentro di me tremavo come una foglia. Insomma, non ero certo nello stato d'animo di scatenarmi col mio repertorio strappalacrime. Ma a ripensarci oggi fu soprattutto una questione di principio. Per sei anni, dai sedici ai ventidue, avevo fatto la ragazza di vita, sentendomi un'anomala rispetto a tutte le altre, eccezion fatta per Carlotta, la mia migliore amica.

È difficile da spiegare anche a me stessa. Non avevo punti di riferimento, il mio passato era diverso da quello delle altre, non capivo se ero incosciente o amorale per il fatto di non sentirmi una disgraziata o una fallita. Poi arrivò il 1990, l'anno di *Pretty woman*, e quel film fu per me come l'illuminazione di san Paolo sulla via di Damasco. Immediatamente io mi identificai con il personaggio di Vivien, interpretato dall'attrice Julia Roberts. Per inciso, io le assomiglio anche fisicamente. E compresi che se ti capita la disgrazia di ritrovarti a fare una certa vita, tanto vale scacciare al più presto la vergogna e convincerti che, salvo negli orari in cui fai quello che fai, puoi leggere, chiacchierare, scherzare, guardare la tivù, andare al cinema, insomma avere una vita normale.

Quando venni fermata nell'appartamento di quel Garoppo io stavo vivendo in una specie di stato di grazia e così pure la mia amica Carlotta. Dopo una pagatissima (anche se pesante) crociera di undici giorni nella barca di un mobiliere salernitano e di tre amici suoi, eravamo riuscite a trasferirci in un delizioso bilocale con cucina abitabile e piccolo terrazzo. Da sole, senza avere niente da spartire con nessuno e senza dover ringraziare un protettore, eravamo riuscite a crearci un buon giro che, grazie al passa-parola, prometteva di allargarsi ancora di più. In ogni caso il nostro motto, come quello di Vivien, era: "con chi vogliamo, quando vogliamo e alle condizioni che stabiliamo noi".

Anche se un minimo di elasticità devi purtroppo averla, perché chi va con una prostituta ha quasi sempre qualche fissa o un rametto di stramberia, non accettavamo mai di incontrare la seconda volta chi ci aveva fatto passare un brutto quarto d'ora e oltre. Tutto questo ci faceva sentire molto libere e, nei limiti del nostro possibile, anche molto realizzate.

Ecco perché ritrovarmi d'un tratto davanti a una persona, e cioè il commissario Perazzi, che detto e fatto pretendeva di distruggere un lavoro psicologico di anni facendomi sentire la solita fallita mi infuriò. Io ero io. Non intendevo essere etichettata né assecondare il suo sadico perbenismo, per cui se mi fossi mostrata infelice e piangente mi avrebbe moralmente assolta e in caso contrario no. Scelsi il caso contrario per principio, ben sapendo che sarei stata punita per averlo stupito e deluso.

Entrai in cella avendo davanti agli occhi la sua faccia per l'appunto stupitissima. Nonostante l'età non più molto giovane e una professione che doveva averlo scafato, probabilmente non si era mai trovato a interrogare una ragazzina (termine suo) che faceva la *prostituta* (altro termine suo) senza proclamarsi, a richiesta, vittima della società o della famiglia o degli uomini. E, peggio ancora, senza sentirsi una povera sventurata costretta a vivere con gli occhi bassi per la vergogna.

Ora è chiaro che a sedici anni meno due mesi, l'età che avevo io quando me lo fecero fare la prima volta (e fui molto fortunata, perché ci sono anche quelle che cominciano a dodici-tredici), non lo fai mai spontaneamente oppure perché ti piace. E non c'è davvero bisogno di precisare che si tratta di una esperienza tremenda: preferiresti essere morta e invece ti accorgi che sei ancora viva, però come se fossi un'altra persona. Ti guardi il corpo, e scoprire che non si vede niente di quello che è successo ed è rimasto uguale a prima ti meraviglia di più che se lo vedessi diventato verde o nero o rattrappito. Ti senti contaminata, segnata, inebetita dalla vergogna. Sei diventata una di quelle.

Ma col tempo si supera tutto, e non capisco perché ciò sembri così strano e scandaloso alle persone perbene. Se si riesce a ricostruirsi una vita normale dopo la morte di un figlio, che obiettivamente mi sembra la peggiore delle tragedie, perché mai non dovrebbe essere lo stesso per le ragazze come me? Dapprima mi rassegnai alla mia sorte, poi imparai a conviverci al punto da scordarmene, ritrovando il mio carattere originario che è allegro, efficiente, fantasioso (l'ho già detto!) e ottimista quanto basta per sdrammatizzare le cose brutte senza però inseguire le favole, tipo l'incontro col magnate Richard Gere che si arrampica nella scala antincendio sventolando il mazzolino di fiori e gridando "io ti redimerò!".

Per quanto fortemente in quel fondamentale anno 1990 mi fossi identificata con la Vivien di *Pretty woman* avevo sempre ben presente che il suo era un film e la mia una realtà. Ma non la realtà miserabile di cui il commissario Perazzi avrebbe voluto costringermi a prendere atto. Questo è il punto. Ecco perché entrai in cella a testa alta, soddisfattissima di avergli tenuto testa. Come dice Neruda, non dobbiamo permettere a nessuno di mordere il centro della nostra sicurezza.

A proposito di Neruda, il primo choc che provai come misi piede nella cella fu quando chiesi all'appuntato se potevo avere un libro da leggere e lui si mise a ridere. Leggere per me era anche allora più importante che mangiare o bere, e il primo mobile che avevo comprato per il famoso bilocale era stato una grande libreria in crescita rispetto ai quattrocento libri che già avevo, tutti catalogati per titolo e autore prevedendo di aumentarli.

Per quanto offesa dalla battutaccia che l'appuntato fece seguire alla risata, decisi di non farne un dramma e di ripiegare sulla conversazione, che pure mi piace moltissimo. Scartata l'albanese, non appena capii che sapeva a malapena dire buonasera, mi rivolsi alle altre due ragazze che per la verità erano più sui trenta che sui venti. Il secondo choc fu che, subito dopo avermi detto di essere due amiche di Belluno, quella bionda mi chiese se per caso avessi della droga o "almeno uno spino".

«Spiacente, ma non mi sono mai fatta» risposi con gentilezza. Il che era sacrosantamente vero, dal momento che in vita mia non ho mai fumato nemmeno una sigaretta e l'unico motivo di discussione con Carlotta è che invece lei è una fumatrice. Apriti cielo. Non avevo finito di parlare che l'altra bellunese, quella più scura di capelli, mi investì con una sequela di parolacce e poi si inginocchiò sul pavimento in posizione *inshallah* cominciando a sbattere la testa sulle piastrelle.

«È in crisi di astinenza» sussurrò l'amica bionda tentando, invano, di risollevarla. Io dapprima le diedi una mano, poi cominciai a gridare aiuto. Devo ammettere che la giustizia non è così lenta come si dice, dal momento che arrivò subito un appuntato per portarsela via.

Da allora in poi fu un incubo, perché ogni cinque minuti la bellunese rimasta non fece che chiedermi l'ora. Alla fine slacciai il cinturino e le diedi da tenere l'orologio, tentando di addormentarmi in una delle tre brandine senza lenzuola che si trovavano nella cella. Purtroppo non riesco a prendere sonno se prima non leggo almeno due righe, così mi misi seduta e mi concentrai in qualche esercizio di ginnastica passiva, per rilassarmi. Piombai nel sonno senza accorgermene, e quando mi svegliai era l'alba di un nuovo giorno. *Bell'alba è questa*, recitai tra me meccanicamente, ricordando che era un verso di qualcosa studiato a memoria in seconda magistrale (dove poi mi sono dovuta fermare).

Alle sette circa arrivò un altro appuntato con il caffè (si fa per dire) servito da oltre l'inferriata e ne approfittai per chiedergli quando sarei stata di nuovo interrogata e rilasciata.

«*Forse un giorno forse un anno, chi lo sa...*» rispose con aria ironica canticchiando i versi di una vecchia canzone.

«Che razza di risposta è, scusi?» persi la pazienza. Ma ormai aveva girato le spalle e si stava allontanando.

A mezzogiorno vennero a prendere l'albanese e poco dopo anche la bionda di Belluno lasciò la cella, ma avevo da poco finito di mangiare (riso e patate, prosciutto cotto e insalata) quando introdussero una donna magrissima, a occhio e croce sui quaranta, che era stata afferrata dalla folla mentre scappava con una borsetta appena scippata a un'anziana signora. Fu lei stessa a raccontarmelo, ancora tremante di spavento. Ma lo spavento peggiore lo provai io quando Manuela, come si chiamava, mi disse di avere venticinque anni.

Per quanto mi fossi sforzata di non mostrare la mia sorpresa, lei si accorse che ero rimasta a bocca aperta e mi spiegò con un sorriso: «Con quello che ho passato, c'è da ringraziare Iddio se sono ancora viva».

Evitai con cura di farle domande al proposito, limitandomi ad annuire con comprensione, come allora sempre facevo quando mi trovavo di fronte a situazioni già avvenute o tragedie senza rimedio. Non era viltà, ma istintiva autodifesa, e questo lo capisco soltanto oggi. Non esiste ragazza o donna di vita che sia realmente forte o equilibrata, perché il mestiere che fa la annienta. Che sia una persona intelligente, gentile, coraggiosa, generosa, umana poco importa: per i vicini di casa come per la società è solamente una di quelle, e cioè il genere di donna più disgraziato. Per questo dentro di lei ha sempre questa sua sacca di vulnerabilità e di insicurezza. E anche se vive a testa alta, sono gli altri ad abbassarla quando passa e si avvicina.

All'epoca, ripeto, io non lo capivo. Però l'intuizione c'era. E infatti, se quel pomeriggio feci il possibile per non ascoltare la storia della mia compagna di cella, fu perché avvertivo che il mio decantato equilibrio era molto fragile e comunque non abbastanza forte per potermi fare carico di tutte le jatture del mondo oltre a quelle che avevano colpito me.

Purtroppo (ma oggi devo dire per fortuna) quella Manuela vuotò il sacco anche senza essere richiesta. Parlò e parlò e parlò fino a tramonto inoltrato, e quando arrivò la cena io la rimandai indietro perché avevo lo stomaco chiuso dalla nausea, dall'orrore e dalla pietà. Solo tre anni prima, Manuela era stata come Vivien, cioè a dire come me oppure Carlotta. Uno *zac*, ed era precipitata all'inferno.

Passai l'intera notte a rivoltarmi sul materasso e al mattino, quando vennero a dirmi che ero libera e potevo uscire, avevo preso la decisione irrevocabile e definitiva: basta con la vita. Mi precipitai a casa per comunicarlo a Carlotta, ma lei non c'era. Aspettando il suo arrivo, ne approfittai per infilare dentro due federe il bustier di pizzo nero, gli hot-pants di lamé, le due mini in voile e tutti i vestiti di lavoro compresi il vestito da sera rosso con il disegno degli slip sul davanti e le canottiere con fantasie osé, tipo le mani maschili incrociate sul petto o il capezzolo in rilievo di perline e strass. Una volta che ebbi riempito le federe scesi per strada e le trascinai fino al cassonetto dei rifiuti.

L'avevo appena richiuso quando vidi Carlotta correre verso di me. «Dove sei stata?» mi aggredì ansimando «Ti ho cercata dappertutto, e non sapevo più che cosa pensare!»

«Andiamo a casa che ti racconto.»

«Ma stai bene? Hai una faccia che fa paura. Dio mio, non dirmi che hai trovato uno come quel cassiere di Lecco che...»

«Ti ho detto che ne parliamo a casa» la interruppi. Come fummo dentro, le dissi immediatamente: «Da oggi abbiamo smesso».

«*Smesso* che cosa?»

«Di fare questa vita.»

«C'è di peggio» Carlotta ridacchiò dopo qualche istante con l'imbarazzo di chi non ha afferrato il concetto.

«E che cosa? Niente è peggio che fare le prostitute.»

«Noi non lo siamo affatto» la mia amica replicò pronta e seria. Stavolta aveva afferrato.

Scossi la testa e la fissai sospirando. Mi sentivo come chi con un colpo di mano fa crollare un castello di carte costruito con ore e ore di pazienza certosina, ma d'altra parte non potevo moralmente tacere. Sospirai di nuovo. «Carlotta, noi *siamo* prostitute, solo che ci siamo inventate di non esserlo. Stanotte finalmente ho guardato in faccia la realtà e quello che ho visto non mi è piaciuto affatto.»

Le raccontai tutto, dall'incidente del fermo all'interrogatorio del commissario Perazzi per finire all'autobiografia di Manuela. Anche se per sensibilità le tacqui i particolari più sconvolgenti quali le violenze che il protettore inflisse al suo figlioletto di cinque anni per farla ragionare o la orribile mutilazione intima ad opera di un cliente che più sadico non si può, alla fine del mio racconto Carlotta scoppiò a piangere disperatamente torcendosi le mani.

Le porsi un fazzoletto. «Adesso non esageriamo» dissi con voce severa. «Non siamo mai state due ragazze fortunate, ma questo non significa che adesso d'un colpo ci mettiamo a fare le povere sventurate senza domani. Ringraziando il cielo siamo ancora giovani, vive, in ottima salute e senza nessuno che ci ricatti o ci impedisca di smettere.»

«Siamo *schedate*!» Carlotta replicò con voce drammatica e piagnucolosa.

«Ma che cosa stai dicendo? Non abbiamo mai fatto comunella con le ragazze sul marciapiede e non siamo mai state fermate, se si eccettua me l'altro ieri. Ma essendo risultata innocente mi hanno rilasciato senza processo, cosicché dove sta la *schedatura*?»

«Però il commissario sapeva tutto di te» lei osservò.

Rimasi per qualche istante in silenzio, corrugando la fronte. In effetti il ragionamento di Carlotta non faceva una grinza. All'improvviso mi venne in mente che io stessa, mentre mi trasferivano dall'appartamento del Garoppo al cellulare, avevo protestato la mia estraneità vantando, per così dire, le mie credenziali. Emisi un sospiro di sollievo e tranquillizzai la mia amica. Dopo di che restammo entrambe in silenzio.

Fu lei stessa a romperlo per prima. «E adesso che cosa facciamo?»

«La colazione. Ieri sera non ho cenato e ho un buco nello stomaco.»

«Io intendevo domani, fra un mese, fra dieci anni.»

«Mi hai scambiata per un'astrologa? Io posso solo pensare al presente. E credo che dobbiamo cercarci subito un lavoro. Uno qualunque.»

«Per esempio?»

Mi spazientii. «Te l'ho già detto, uno qualunque. Basta fare mente locale e darsi da fare.»

«E le referenze, chi ce le dà? Nessuno assume senza pretendere le referenze.»

Mi spazientii ancora di più. «Insomma, tu vuoi crearmi dei problemi a tutti i costi! Cominciamo a trovare questo lavoro e poi ci penseremo.»

«Io ho solo la licenza di terza media e non so fare niente.» Carlotta osò con un filo di voce tremula e impaurita.

«Non è che io con la mia seconda magistrale sia messa meglio» replicai con un bel sorriso, allo scopo di farle capire che la mia crisi di nervosismo era terminata.

Sollevata, la mia amica mi dimostrò la sua gratitudine trasformandosi subito da disfattista a propositiva. «Potremmo offrirci come cameriere in una pizzeria o in un fast-food. È il tipico mestiere che si impara subito». Anche lei, come me, aveva visto molti film americani.

«Mi sembra una buona idea» ribattei ad alta voce. «Abbiamo bella presenza, resistenza fisica e volontà di lavorare. Chi ci assume farà un ottimo affare.»

«In ogni caso dovremo cercarci una nuova casa» Carlotta se ne uscì, pensosa.

«E perché mai?»

«Perché con i nostri due stipendi da cameriera non potremo certamente pagare questo affitto.»

Centrato! Sapendo il mestiere che facevamo, il padrone di casa ci aveva chiesto una cifra spropositata, praticamente ricattatoria: cinque milioni al mese. Ma se fino al giorno prima potevamo sostenerla, trattandosi dell'equivalente di una settimana del mio e del suo lavoro messi insieme, adesso la musica era cambiata.

«Comunque non c'è questa grande fretta» conclusi il mio ragionamento ad alta voce. «Per qualche tempo possiamo rimanere qui attingendo ai nostri risparmi. Poi si vedrà.»

Carlotta sgranò gli occhi. «Ma quali *risparmi*? Avremo sì e no dieci milioni da parte.» La sua voce si fece di nuovo lamentosa. «Io te lo dicevo sempre che spendevamo troppo... Solo il mese scorso abbiamo tirato giù dal libretto trenta milioni per comprare la mia parure di zaffiri con brillantini, il tuo tre quarti di visone selvaggiato e il nuovo divano in pelle. Almeno questa ultima spesa avremmo potuto evitarcela!»

La presi per le spalle con dolcezza. «Senti, all'occorrenza rivenderemo tutto. Ma in questi anni ci siamo meritate tutto quello che ci siamo comprate.»

Ciò che non aggiunsi, dato che si trattava di una delle molte cose che allora non capivo, era che il mio sprezzo del danaro derivava dal fatto di guadagnarlo nel modo in cui lo guadagnavamo io e lei. A Torino, la città in cui vissi fino a sedici anni, avevamo una vicina di casa che da moltissimi anni faceva la vita e mano mano investiva tutti i suoi guadagni in monolocali e *Bot*. Le donne del mestiere di una volta pensavano sempre alla vecchiaia, perché provenivano da famiglie poverissime e avevano alle spalle storie di grande miseria o grandi drammi, come il figlio illegittimo da mantenere presso una contadina o un istituto di suore, oppure un anziano genitore malatissimo e bisognoso di cure costose.

Ma pensavano alla vecchiaia anche perché, allora, il mestiere era più protetto e non aveva nulla da spartire con scippi, furti, arresti, spaccio di droga, Aids, morte per overdose. Oggi, invece, anche se prendi tutte le tue precauzioni e stai alla larga da certe cose, vieni lo stesso a contatto con la malattia o la morte, e fatalmente finisci per vivere alla giornata. Ciò valeva anche ai tempi miei, e cioè qualche anno fa. Io, Carlotta e tutte le ragazze come noi non avevamo proprio il senso del futuro né una programmazione qualunque oltre la settimana dopo, o un mese al massimo. Levarci ogni capriccio era un modo per abbellire un'esistenza che, oggi posso confessarlo, bella davvero non era.

Comunque quando appresi che non avevamo risparmi, o quasi, non entrai in paranoia e rimasi dell'idea che tanto valeva essercela economicamente goduta fino a quando avevamo potuto. Tanto per essere all'altezza, quella sera io e Carlotta andammo a cena nel miglior ristorante che conoscevamo, e nonostante il maître ci suggerisse dei vini specialissimi, chiedemmo di pasteggiare a champagne per festeggiare l'inizio di una nuova vita.

Avendo sempre due camerieri alle spalle, pronti a intervenire per riempire i bicchieri e per ogni altra necessità tipo vuotare il posacenere a ogni cicca di Carlotta, non ci fu possibile parlare di cose personali. Ma fu meglio così, perché la mia amica era molto pessimista e preoccupata, e magari avrebbe finito per contagiarmi.

II

Al mattino successivo mi svegliai verso le sette e, approfittando del fatto che Carlotta dormiva ancora, scesi all'edicola a comperare i quotidiani. Tanto che c'ero, acquistai anche due brioches calde dal fornaio e due cartoncini di latte al bar-rivendita accanto. Nella prospettiva di doverci alzare presto, come tutti i cristiani che vanno al lavoro, dovevamo abituarci a fare una prima colazione regolare invece di buttar giù due o tre macchinette di caffè a metà mattina per poter cominciare a ragionare.

Quando rientrai a casa, Carlotta dormiva ancora. Per portarmi avanti mi rinchiusi in cucina e cominciai a sfogliare gli annunci economici del "Corriere della Sera", il quotidiano che di inserzioni ne ha di più. Cielo, non immaginavo quante! Colonne su colonne di offerte di lavoro di ogni genere. Anche scartando realisticamente quelle per colf, bambinaia e assistenza di anziani, per le quali era indispensabile avere referenze primarie che a noi mancavano, rimanevano richieste a iosa di commesse, aiuto cuoche, cameriere di pizzeria, ristorante o albergo, donne di pulizia per studi, uffici e altro ancora. Il problema delle referenze restava, ma era molto più facilmente aggirabile: chi cerca una dipendente da mettere a contatto con le persone che ama è molto più esigente di chi vuole soltanto che l'estraneo cliente sia ben servito.

Presi un pennarello trasparente e colorai le offerte maggiormente interessanti. Ciò fatto, trascrissi su due distinti fogli di quaderno, uno per me e uno per la mia amica, i numeri telefonici o i recapiti. Fu un lavoro un po' lungo perché, per non fare ingiustizie e per avere pari opportunità, divisi esattamente in due sia i posti migliori (commessa, cameriera ai tavoli, guardarobiera, cassiera) sia quelli più rognosi (aiuto in cucina, pulizia scale, addetta alle toilette).

Carlotta si svegliò a mezzogiorno, giusto nel momento in cui avevo finito. «Torna a letto!» le gridai quando la sentii uscire dal bagno.

Corsi a scaldare il latte, misi la moka sul gas e, preparato un buon cappuccino, lo misi sul vassoio insieme alla brioche e a un tovagliolo. «La colazione è servita!» dissi entrando nella stanza.

Carlotta mi fissò con gli occhi ancora insonnoliti, poi li abbassò sul vassoio guardandolo come se l'avessi sottoposta al quiz dell'oggetto misterioso. «È la tua prima colazione di ragazza onesta!» spiegai allegra, ponendole il vassoio sulle ginocchia.

«Il latte non mi piace» fece lei con una smorfia «preferisco il caffè da solo.»

«Le brave ragazze fanno sempre colazione col latte.»

Carlotta fece per portarsi la tazza alla bocca, ma io la fermai. «Guarda prima sotto al tovagliolo.»

Lei eseguì meccanicamente ed estrasse il foglio di quaderno. «Che cos'è?» chiese con voce diffidente.

«Un elenco delle persone e delle ditte che offrono lavoro. Ho trascritto tutti gli indirizzi e i numeri di...»

«Sei sempre dell'idea di ieri?» lei mi interruppe. «Io credo che dovremmo ragionarci un po' su. Insomma, Lucia, questo è un passo che non si può fare sui due piedi.»

«Anche se ci ragioniamo per dieci anni, è chiaro che siamo su una brutta china e che questo passo prima o poi dovremo farlo. Tanto vale non perdere tempo.»

Carlotta sospirò. «Sai anche tu che non è così facile.»

«Certo che lo so, ma più aspettiamo e peggio è. Adesso siamo ancora giovani, abbiamo bella presenza e forza fisica, possiamo sperare di essere assunte e affrontare qualunque sacrificio.»

«Io ho paura, Lucia.»
Vidi che tremava veramente. «E di che cosa?»
«Di tutto...»
Anche se non riuscì ad aggiungere altro, capii bene quello che intendeva dire. Fino a quel momento ci eravamo spontaneamente emarginate dalla cosiddetta società. Isolate in un mondo a due senza alcun contatto con le persone e gli ambienti che avrebbero potuto umiliarci o giudicarci o condannarci, eravamo riuscite a costruirci un nostro equilibrio e una nostra illusione di libertà. Le regole ce le davamo noi e non dovevamo rendere conto a nessuno. Il fatto di guadagnare bene aumentava il nostro senso di libertà, perché ci metteva anche in condizione di non dover chiedere aiuto a nessuno.

Abbandonare la vita significava ritrovarsi scaraventate all'improvviso nel mondo esterno in una condizione di assoluta inferiorità. Il nostro futuro era nelle mani di persone che da quel momento in poi avrebbero potuto rifiutarci un lavoro, chiuderci le porte in faccia, farci sentire due poco di buono.

Di tutto questo Carlotta aveva paura. Sinceramente anch'io: perché si fa presto a dire a una come me e lei "trovati un lavoro onesto e rimettiti sulla buona strada". Ma dal dire al fare c'è di mezzo il mare. Io ero (e sono) una nuotatrice nata, nel senso che datemi una zattera e mi spingo in pieno oceano. Ma Carlotta non aveva la mia forza, né il mio piacere per le sfide, né (diciamolo pure) la mia determinazione a smettere. A lei l'aveva buttata sul marciapiede un fratello tossico, senza che la madre muovesse un dito, e queste sono ferite che ti segnano. Tanto più se sei già fragile di natura. So io il lavaggio del cervello che avevo dovuto farle per rimetterla in piedi quando l'avevo portata via dal marciapiede. E adesso che aveva imparato a veleggiare spedita, convincerla a cambiare vita era come dirle "buttati giù dalla bella barca e raggiungi la riva a nuoto".

La gente pensa che per avere la coscienza tranquilla si possa fare questo e altro, e che la morale ti dia una forza straordinaria. È verissimo, però si scorda il piccolo particolare che la cosiddetta prostituta ha la coscienza a posto perché non fa del male a nessuno tranne che a se stessa, e perciò il suo lavoro non le sembra per niente immorale. Se si sente infangata, disgraziata, fallita è soltanto perché è il prossimo a farla sentire così. Questo non era il caso di Carlotta perché io ce l'avevo messa tutta per inculcarle il concetto che eravamo tutt'altro che sventurate e potevamo avere un'esistenza normale e felice anche facendo quello che facevamo.

Perciò, essendosi convinta di non essere affatto una grande peccatrice condannata a vivere a occhi bassi, Carlotta non aveva alcuna motivazione per "redimersi" e vedeva soltanto l'aspetto negativo della cosa, anche sotto il profilo economico-pratico. Addio bella casetta, bei vestiti, orari elastici, possibilità di togliersi ogni capriccio: per bene che ci fosse andata, da un giorno all'altro, avremmo dovuto cominciare a sgobbare come negre ritrovandoci a fare i conti con le mille lire e, peggio ancora, con la paura di essere scoperte e trattate come fossimo contaminate.

Nei giorni che seguirono ce la misi tutta per fare capire alla mia amica che non essendo due marziane dovevamo rassegnarci a fare i conti con il giudizio e le regole di tutti, e che quello che facevamo *era* immorale perché faceva male a noi stesse, il che non è certo poco. Ma c'era di più: proseguendo, non avevamo alcuna garanzia di non finire come Manuela o le altre come lei. Il rischio di cascare nella rete del ras o del protettore disposto a tutto per sfruttarti incombeva su di noi come una spada di Damocle. Da un giorno all'altro avremmo potuto ritrovarci a battere il marciapiede, a spacciare, a essere usate.

Dicendo tutte queste cose a Carlotta mi sentivo come il grande scultore che, dopo aver creato la sua opera d'arte, la distrugge a colpi di piccone. E vedendo che le resistenze della mia amica erano tanto dure a crollare, da un lato ero orgogliosa per lo splendido lavoro che avevo fatto sulla sua psiche, dall'altro mi sentivo ferocemente in colpa per averla fatta vivere tanto tempo nella finzione, raccontandole la favola della prostituta libera e bella. A mia discolpa va detto che ci avevo creduto anch'io. Ma, nel momento in cui avevo aperto gli occhi, *non potevo* moralmente permettere che Carlotta continuasse a vivere come una cieca. E giù col piccone a distruggere le sue false certezze.

Nel frattempo, avendo una natura pratica, riservavo un *tot* di ore giornaliere a rispondere alle inserzioni, telefonando per fissare gli appuntamenti. Nonostante la mia velocità, per due giorni non approdai a nulla: la risposta invariabile era "spiacenti, abbiamo già trovato". Solo uno, il proprietario di una pizzeria con accento napoletano, si soffermò a parlare ma, come gli dissi che avevo vent'anni e una vasta esperienza, rispose che cercava una più giovane e al primo lavoro.

A quel punto mi venne il sospetto che le inserzioni fossero fasulle, cioè uno specchietto delle allodole per vendere più copie del giornale. Ragionandoci su, mi ricredetti. Restava il fatto che nelle offerte di lavoro c'era qualcosa che non funzionava, visto che i posti decantati all'atto pratico risultavano già assegnati tutti. C'era forse un ritardo eccessivo nella loro pubblicazione? Dopo l'ennesimo "spiacente, ma..." presi carta e penna e scrissi al direttore responsabile del "Corriere della Sera" per denunciare questa anomalia.

Carlotta (che nel frattempo si era data una sia pur minima regolata) diede una sua spiegazione: «Guarda che i quotidiani a mezzanotte sono già in edicola. Forse il nostro errore sta nel comprarli al mattino alle otto, quando le altre si sono già precipitate a rispondere».

Sulle prime restai basita per questa sua logica. Ma mi bastarono pochi secondi per capire che la spiegazione non stava in piedi. «Dove vuoi che si precipitino?» obiettai. «A mezzanotte non si fanno di certo colloqui di lavoro.»

Carlotta mi lanciò un'occhiatina saputa. «Le pizzerie e i ristoranti a quell'ora sono ancora aperti e niente vieta a una ragazza di presentarsi subito.»

Qualcosa non mi quadrava ancora. «Non credo che faccia una bella impressione una che a mezzanotte va in giro a cercarsi un posto» obiettai di nuovo.

Carlotta diede prova di una psicologia sorprendente. «Questo lo pensiamo solo noi, perché abbiamo la coda di paglia e perciò la fissa di essere giudicate male.»

Aveva proprio ragione, e glielo dissi. Ma aggiunsi immediatamente: «Da questo momento in poi il passato è una parentesi chiusa. Morto e sepolto. Perciò non ci penseremo più, non ne parleremo più e ci comporteremo per quello che siamo: due oneste ragazze che cercano di entrare nel mondo del lavoro».

Carlotta mi lanciò un'occhiata esitante: «E se qualcuno ci riconosce?».

«Gli diremo che è un caso di strana rassomiglianza e che, spiacenti, noi non abbiamo mai avuto il piacere di vederlo prima.»

«E se dovesse insistere?»

«Lo rimetteremmo al suo posto chiedendogli se non ha una moglie o una fidanzata o una madre a cui farebbe piacere sapere che va con le prostitute.»

Carlotta sgranò gli occhi. «Vuoi dire che lo *ricatteresti?*»

Strinsi le labbra e dissi con voce solenne: «Farei *qualunque cosa* a chi dovesse umiliarci o danneggiarci per pura crudeltà».

«Dovremo passare la vita a difenderci dalla cattiveria, dai pregiudizi, dai sospetti.»

«Non più di quello che succede a tutte le ragazze normali. E noi oggi *siamo* ragazze normali. Se ci convinceremo di questo, tutto sarà più facile.»

Dopo esserci disfatte di tutta la biancheria e i vestiti della vecchia vita, io e Carlotta ci accorgemmo di non avere quasi niente da metterci e così decidemmo di tirare giù dal libretto altri due milioni (uno a testa) per farci una minima base di guardaroba portabile. Non era una grossa cifra, ma se hai occhio come l'avevo io, girando per negozietti di roba usata (anche grandi firme), mercatini, bancarelle, non si ha idea di quante belle cose si possono mettere insieme: sia per linea, sia per qualità di tessuti e lana.

Una volta in grado di vestirci in modo idoneo, passammo all'azione. La sera successiva al famoso discorso di arrivare sul posto troppo tardi, io e la mia amica uscimmo di casa alle 23,30 e ci dirigemmo verso la grande edicola sul piazzale poco distante, che ci era capitato di vedere aperta anche all'una di notte.

Era un agosto un po' freschino. Io indossavo un completo gonna più cardigan in cachemirette color sabbia con calze opache di un tono più scuro e mocassini beige. Mi ero truccata appena appena, e avevo raccolto i capelli in una coda di cavallo per far risaltare di meno il colore rosso troppo acceso, anche se naturale, dei capelli. Carlotta era vestita coi capi identici ai miei, solo che di colore sul blu marine. Avendo i capelli corti, non era stato necessario annodarli, ma soltanto togliergli un poco di biondo vistoso con uno shampooing colorante della Oréal, operazione che io stessa le avevo eseguito con grande facilità e ottimi risultati.

«Sembriamo due che a Carnevale si travestono da educande» osservò Carlotta mentre ci dirigevamo verso l'edicola, mostrando il suo solito disfattismo non disgiunto, per la verità, da un certo spirito. Evitai di risponderle per lasciarle la soddisfazione dell'ultima parola.

Il "Corriere" era già arrivato da dieci minuti, però con grande sollievo apprendemmo dall'edicolante che nessuna ragazza era arrivata a comprarlo prima di noi. Carlotta, saggiamente, mi dissuase dallo sfogliare subito, alla luce del vicino lampione, le pagine delle inserzioni. Ci dirigemmo al bar di fronte, prendemmo posto a un tavolino, ordinammo due cappucci e mentre io le leggevo sottovoce le offerte di lavoro, Carlotta segnava su un foglio quelle con l'indicazione del numero telefonico.

Focalizzammo il nostro interesse su una particolarmente interessante: si trattava di un ristorante-pizzeria (nuova gestione) che cercava sia "due esperti pizzaioli" (non era il caso nostro) sia, genericamente e al plurale, “personale per i tavoli”. Il fatto che nell’inserzione non fossero specificati i soliti “referenziatissime, serietà, bella presenza”, ci riempì di entusiasmo: chiunque il nuovo gestore fosse, si trattava chiaramente di una persona che badava al sodo senza disperdersi in luoghi comuni e bla-bla-bla.

«Telefoniamo immediatamente, prima che i posti siano andati via tutti» propose Carlotta eccitata alzandosi dal tavolino.

La rimisi a sedere fermandola per un braccio. «Meglio presentarci di persona.»

«Domani potrebbe essere troppo tardi!»

«E chi ha detto *domani*? Dobbiamo andarci subito, prendendo il nuovo gestore contropiede. Il problema è come risalire dal numero di telefono al nome e all’indirizzo del locale.»

Carlotta mi guardò con aria superiore. «È semplice, basta telefonare e farselo dire.»

«E brava! Così, dopo avercelo detto, ci fisseranno un appuntamento per domani mattina mettendoci in coda con tutte le altre.»

Carlotta restò per qualche istante tutta cogitabonda, poi si illuminò. «Ho trovato. Tu aspettami seduta e lascia fare a me.» Prima che potessi obiettare qualcosa, si diresse verso il telefono appeso all’angolo alla parete di fronte. La vidi formare il numero, dire qualcosa con la faccia sorridente, annuire in silenzio, dire ancora qualcosa e riattaccare.

Tornò dopo sì e no due minuti, raggiante. «Ecco fatto! Ho finto di essere una cliente che voleva sapere se il locale era ancora aperto e, a risposta affermativa, ho chiesto di darmi l’indirizzo esatto perché me l’ero scordato. È la nostra sera fortunata, perché si trova proprio nella via parallela a quella di casa nostra, sì e no quattrocento metri da qui. E adesso me lo vuoi ripetere che sono brava?»

Glielo ripetei, naturalmente senza l’ironia di prima, rallegrandomi tra me per essere finalmente riuscita a renderla partecipe e fiduciosa.

Dopo aver fatto un salto alla toilette, anche per dare un'occhiata alla faccia e ai capelli, pagammo i cappuccini e uscimmo nella notte tenendoci sottobraccio e chiacchierando allegramente. Il locale era molto grande: una sola sala tipo mensa o casa del liscio, illuminata da tanti faretti e stipata di tavoli messi per lungo o di sbieco in modo da lasciar passare i camerieri. Le cameriere, due in tutto, avevano un vestito-chemisier uguale, di color rosa scuro, e un grazioso grembiule bianco profilato di pizzo. Come tutte le rosse naturali, io col rosa sto malissimo, ma non mi parve il caso di formalizzarmi.

«Siete in due?» chiese il cameriere maschio vedendoci impalate sul limitare della sala. Senza nemmeno aspettare la risposta ci indicò un tavolino piccolissimo poco distante, ancora pieno di briciole e con sopra le tazzine del caffè sporche. «Accomodatevi, vengo a sparecchiare subito» aggiunse.

Io feci per replicare qualcosa, e cioè che eravamo lì non per mangiare, bensì per parlare col principale, ma Carlotta mi tirò per la manica facendomi segno di lasciar perdere. Non appena sedute, mi spiegò che le era venuta una grande fame nervosa e comunque era troppo emozionata per affrontare subito un colloquio di lavoro. Ordinammo due pizze alla marinara senza aglio e mezza minerale gasata, e nell'attesa ci guardammo intorno. Nonostante l'ora, mezzanotte suonata, c'era ancora moltissima gente e persino una coppia giovane con un bambino addormentato nella carrozzella, cosa decisamente poco igienica data la cortina di fumo che aleggiava nel locale.

Quando distolsi lo sguardo, vidi Carlotta fissare come ipnotizzata una delle due cameriere che stava raggiungendo il tavolo accanto con tre pizze fumanti su un braccio e tre sull'altro. «Io non ci riuscirò mai!» esclamò con voce quasi spaventata.

Sdrammatizzai subito. «Non è mica un numero da circo Togni, basta un minimo di esercizio, e impareremo anche noi.»

«Non credi che il padrone preferisca assumere del personale già esperto?»

Il solito disfattismo che rifaceva capolino. Stavo per risponderle per le rime, quando si avvicinò il cameriere con l'acqua minerale preannunciando l'imminente arrivo anche delle pizze.

Carlotta gli chiese dove si trovava la toilette. Di nuovo? pensai tra me. Ma ancora una volta non dissi niente.

Rimasta sola, mi guardai nuovamente intorno osservando con particolare attenzione le cameriere, tutte e due giovani e sempre di corsa tranne quando si fermavano a prendere le ordinazioni. Di camerieri uomini ne vidi solo uno, quello che era addetto al nostro tavolo, e mi sembrava un po' più posapiano.

Carlotta arrivò insieme con le sospirate pizze. Tra un boccone e l'altro mi disse che il nuovo padrone del locale stava alla cassa e l'aveva capito mentre passava sentendo un cliente fargli gli auguri per la nuova attività, dopo aver pagato il conto.

«Che tipo è?» chiesi.

«Sui quarantacinque, in giacca e cravatta. Ha le labbra strette e l'aria spocchiosissima.»

«Questa è una bella notizia. Noi due abbiamo un aspetto molto chic e senz'altro ci assumerà» fu il mio commento.

Finita la pizza, chiesi il conto e seguita da Carlotta mi diressi a testa alta verso la cassa. Il padrone era esattamente come l'aveva descritto lei, però quando gli porsi una banconota da cinquantamila per pagare allargò le labbra strette in un sorrisino. «Tutto bene?»

«Benissimo. Complimenti, è un gran bel locale.»

Mi tese il resto. «Grazie. Spero di rivedervi presto.»

Inspirai. «Senta, a questo proposito io e la mia amica avremmo qualcosa da chiederle.» Mi girai indicandola.

«Dica pure.»

«Ci piacerebbe molto lavorare qui. Qualcuno ci ha riferito che lei sta cercando del personale.»

Il padrone mi squadrò dall'alto in basso e poi spostò

lo sguardo su Carlotta. «Io cerco del personale per i tavoli.»

«E a noi andrebbe molto bene.»

Ci squadrò di nuovo. «Non avete l'aria di due cameriere.»

Quella frase mi fece arrossire di piacere, e persi letteralmente la testa. «In effetti non lo siamo, però l'estate scorsa, quando i nostri genitori ci hanno mandato a Londra in vacanza, per restare due settimane di più abbiamo fatto le cameriere in un pub» improvvisai in fretta ma con voce modulata.

«Ragazze, qui c'è da lavorare sodo e ho bisogno di professioniste, non di brave ragazze di famiglia che giocano a fare le cameriere.»

Carlotta fece un passo avanti. «Guardi che noi non giochiamo affatto. Abbiamo letto la sua...»

La interruppi dandole uno spintone e rivolsi all'uomo il mio migliore sorriso. «Io e la mia amica tre mesi fa siamo venute a vivere da sole a Milano e adesso abbiamo proprio bisogno di guadagnare. Ci basterebbe dirlo ai nostri genitori e tutti i nostri problemi sarebbero risolti, ma questo significherebbe dichiararci sconfitte e per nulla al mondo lo faremmo.»

«Quanti anni avete?»

«Io ventidue, la mia amica Carlotta diciannove e mezzo. Se vuole vedere la nostra carta d'identità...» Infilai la mano nella borsetta, ma l'uomo fece cenno che non importava.

«Da che città venite?» chiese. Ringraziando il cielo un gruppo di ragazzi si avvicinò alla cassa per pagare e io ebbi il tempo di preparare la risposta a una domanda che lì per lì mi aveva colta impreparata.

«Siamo di...» cominciai. Ma il padrone, senza neanche darmi il tempo di proseguire, disse con improvviso disinteresse: «Ragazze, niente da fare. Ve l'ho detto, io cerco del personale esperto e non due figlie di papà che in realtà non hanno alcun bisogno di guadagnare. Voi siete studentesse, o sbaglio?».

«Non sbaglia» risposi prima che Carlotta intervenisse. «Io sono iscritta al secondo anno di legge, la mia amica a lettere antiche.»

«Se volete il mio consiglio, tornate a casa e pensate a laurearvi.» Tese una mano verso il conto che un altro cliente gli stava porgendo e con l'altra ci fece un cenno di saluto. Il discorso era definitivamente chiuso.

Come fummo fuori dal locale, Carlotta quasi mi aggredì. «Ma sei pazza? Che cosa ti è venuto in mente di raccontare tutte quelle balle sulle vacanze a Londra, l'università, le lettere antiche? Lo capisci che se gli avessi detto subito dell'inserzione a quest'ora saremmo già state assunte?»

Invece di rispondere, la afferrai per la vita e cominciai a saltare: «Mi ha creduto, mi ha creduto, mi ha creduto!». Mi fermai ansimante. «Perso questo posto, ne troveremo mille altri. Non capisci che stasera abbiamo riportato il più bel successo? Possiamo passare per due brave ragazze!» La mia voce scoppiava di gioia.

Carlotta scosse la testa, poco convinta. «Tu hai sempre detto che lo eravamo. Anche prima.»

Non volevo guastare quella gioia cominciando a discutere con lei, e perciò mi limitai a dire che adesso lo pensavano anche gli altri.

III

Ai primi di settembre, e cioè due mesi dopo, eravamo ancora senza lavoro e per di più senza una lira avendo dovuto ritirare tutto quello che avevamo sul libretto per pagare l'affitto e mantenerci.

Carlotta, che per tre settimane era andata avanti a piagnucolare e a fare previsioni catastrofiche, si era improvvisamente rinchiusa in un silenzio dispettoso. Dovevo però darle atto che ogni mattina usciva con me per presentarsi ai colloqui di lavoro fissati telefonicamente. Per un motivo o per l'altro, non eravamo ancora riuscite a concludere nulla. Però io non disperavo e mi faceva piacere che anche Carlotta, pur rispondendomi a monosillabi e dimostrandosi ostile al massimo, non abbandonasse la certezza che prima o poi il vento sarebbe cambiato.

Alla metà del mese, non essendo stato possibile pagare la bolletta anticipata del bimestre, ci tagliarono i fili del telefono e questo causò in lei una reazione di rabbia e di disperazione talmente esagerata che l'avresti potuta scambiare per una madre a cui un automobilista pirata avesse ucciso l'unico figlio maschio.

«Non mi sembra il caso di farne una tragedia» ridimensionai dopo averla lasciata sfogare per un bel po'.

Ma la mia amica, tutt'altro che calmata, mi investì come una furia accusandomi di essere illusa, pazza, incosciente. «Che cosa ti è venuto in mente di cambiare vita? Ti sembra *vita* questa? Lo sai sì o no che da domani ci mancano anche i soldi per andare a fare la spesa?»

«Hai dimenticato che possediamo molte cose di valore» le risposi calmissima. «Impegnandole al Monte di Pietà, possiamo non soltanto farci riattivare subito il telefono, ma tirare avanti tranquillamente per qualche tempo.»

«*Tranquillamente*?» mi rifece il verso lei, con il falsetto della rabbia «Ci siamo ridotte a impegnare la nostra roba come due miserabili...»

Le feci presente che al Monte vanno anche le ricche signore per risparmiare sulla custodia delle pellicce e dei gioielli c che mi meravigliavo dei suoi pregiudizi. Carlotta fece una battuta, per la verità fiacca, sul fatto che io e lei potessimo apparire due ricche signore, ma alla fine tornò in sé e accettò di aiutarmi a fare l'inventario delle cose di valore da impegnare.

Decidemmo di cominciare soltanto coi gioielli, più facili da trasportare del vecchio tappeto caucasico e delle pellicce, pure di valore, e anche lì facemmo una seconda selezione scartando l'oro puro per privilegiare i monili montati con pietre preziose. Carlotta mise di suo un solitario con un carato e ottanta punti di brillanti river, tre braccialetti con zaffiri manto di Madonna (la sua pietra preferita dopo il diamante) e un'antica spilla liberty a forma di cesto i cui fiori erano rappresentati da smeraldi, rubini, ancora zaffiri e brillanti di prima qualità per una caratura di complessivi sette carati.

Io scelsi, dei miei gioielli, l'anello con lo smeraldone Colombia di quattro carati e mezzo privo di inclusioni, il braccialetto tennis (quello tutto formato da brillanti incastonati a mano, a taglio quadrato), un collier con pendente di rubino Siam sangue di piccione di quattro carati e un'antica spilla liberty identica a quella sua per materiali e lavorazione. Di ciascun pezzo allegammo la relativa garanzia con prezzo a suo tempo pagato. Globalmente, faceva una cifra astronomica.

«Dovevamo essere pazze, per sperperare tanti soldi» mi scappò detto.

Carlotta annuì. «Te lo dicevo sempre. Però potevamo permettercelo. Dio, quanti soldi guadagnavamo!» aggiunse in tono nostalgico.

La rimproverai aspramente. Dopo di che andai in bagno, svuotai un beautycase pieno di trucchi e vi misi dentro i gioielli senza scatole originali, però con le garanzie. «Possiamo andare» annunciai. «Per prudenza, sarà meglio chiamare un taxi.»

Fortunatamente ci erano restate trentamila lire, cifra più che sufficiente per raggiungere il Monte dei Pegni. Nella sciagurata ipotesi che ci fossimo imbattute nel tipo di tassista che per portarti da Porta Romana (dove abitavamo) in zona centro va a prendere la tangenziale spingendosi fino quasi ad Agrate, dicendo che è il percorso più veloce (cosa che mi era già successa), poco male: lo avremmo fatto aspettare fuori dal Monte pagandogli la corsa all'uscita, dopo aver incassato.

Fortuna volle che trovassimo un tassista onesto: arrivammo a destinazione in meno di un quarto d'ora e col tassametro che segnava 14 mila e 800 lire. Per la verità ci facemmo scaricare in piazza Scala, tanto per non fargli sapere i fatti nostri, ma la tariffa sarebbe stata di ben poco superiore dal momento che da lì al Monte c'erano sì e no quattrocento metri da percorrere a piedi.

«Lascia fare a me» dissi a Carlotta non appena varcammo il portone destinato al pegno dei preziosi. Un signore molto gentile ci indicò lo sportello giusto, che era vuoto, e io mi ci diressi seguita dalla mia amica.

Il tizio dietro al banco ci fissò senza fare domande e io, aperto il beautycase, estrassi uno per uno i gioielli e glieli misi davanti senza dire niente. Lui li osservò silenziosamente gettando un'occhiata distratta alle garanzie. Poi, dopo averli raccolti disse: «Aspettate, prego».

Carlotta sussurrò alle mie spalle: «Non penserà mica che li abbiamo rubati? Oddio, magari va a telefonare alla polizia...».

«Non dire sciocchezze» risposi. «Abbiamo tanto di ricevute intestate, è chiaro che i gioielli li abbiamo comperati e pagati. E poi non vedi che li sta guardando con una lente, insieme a un collega?»

Carlotta guardò e si tranquillizzò immediatamente.

Dopo nemmeno cinque minuti il tizio ritornò. «Posso darvi due milioni di tutto.»

«Due milioni?» ripetei, esterrefatta. «Soltanto il solitario con brillante della mia amica vale cinque volte tanto!»

«È un diamante scadente e ha una grande frattura centrale» l'uomo ribatté con aria tra il seccato e il paziente. «E anche le altre pietre sono di scarsissimo valore.»

«Spero che scherzi. Se osserva le ricevute con la garanzia, si renderà conto che...»

«Signorina, due milioni è il massimo che posso darle. Sulle garanzie possono scrivere quello che vogliono, qui vale la perizia che facciamo noi.»

«Così sui due piedi?» sbottai.

L'uomo mi lanciò un sorriso pieno di sufficienza. «Le pietre come le sue si potrebbero valutare anche a occhio nudo.»

Carlotta fece un passo avanti. «Sta dicendo che ci hanno *imbrogliato*?»

Il suo tono drammatico dovette riscuotere l'impiegato perché smise di sorridere e ci guardò, entrambe, con espressione impietosita. «Proprio così. Dove li avete acquistati?»

«Alcuni tramite vendite televisive e altri direttamente da rappresentanti orafi che venivano a domicilio» risposi io.

Il tizio scosse la testa in silenzio. Poi chiese: «E allora che cosa decidete, li impegnate o no?».

Carlotta ritrovò miracolosamente la voce. «Dobbiamo impegnarli per forza.»

Esaurite le formalità, ci diedero i soldi e lasciammo il palazzo dirigendoci nuovamente verso la Scala.

«Per prima cosa andiamo a pagare la bolletta» io ruppi il silenzio.

Carlotta scoppiò a piangere. «Tra venti giorni scade l'affitto, mi sai dire come lo paghiamo? Dio mio, se non facciamo qualcosa finiremo sotto i ponti come due barbone...»

«Per il momento, abbiamo ancora un bel tetto e anche delle cose di valore che possiamo vendere.»

«Di valore come i gioielli?» lei fece, sarcastica.

«Lì possono averci imbrogliato, ma ti ricordo che sia le nostre pellicce sia il tappeto antico li abbiamo comperati in negozi del centro famosi e serissimi.»

«Però quando vuoi rivendere ti prendono per il collo e non ti danno una lira.»

«Dipende da chi vai a rivendere. Tu lasciami fare, ho già una mezza idea» risposi stringata, sia perché eravamo arrivate al posteggio dei taxi davanti alla Scala, sia perché ero stressata da quel corpo a corpo con il pessimismo di Carlotta.

«Di che mezza idea si tratta?» lei mi sussurrò quando fummo sedute sul taxi.

«Voglio offrire le pellicce e il tappeto alla moglie del padrone di casa. Ti ricordi tre mesi fa quando venne a incassare l'affitto con la figlia?» risposi a bassa voce anche io, per non farmi sentire dal conducente.

«Quelle due befane... Erano venute per curiosare e vedere che faccia avevano due come noi, altro che per l'affitto!»

«Sono d'accordo. Resta il fatto che ammirarono moltissimo il tappeto caucasico e quando gli mostrammo le pellicce avevano gli occhi fuori dalle orbite. Sono certa che sia la padrona sia la figlia sarebbero felicissime di ricomprarci tutto, naturalmente a un prezzo vantaggioso.»

Carlotta mi strinse una mano. «Sei un genio, io non ci sarei mai arrivata. A volte mi chiedo che cosa ho fatto per meritare la fortuna di un'amica come te.»

Quello fu un momento di commozione che non dimenticherò mai. Arrivate a casa, Carlotta prese la bolletta del telefono per andare a fare il versamento e uscì di nuovo, stavolta in tram. Io misi nel primo cassetto la cifra restante di quanto incassato al Monte e poi, cercato sulla guida l'indirizzo della padrona di casa, uscii a mia volta per andarle a proporre l'affare.

Nell'euforia del fare tutto di corsa, né io né la mia

amica avevamo tenuto conto del fatto che erano ormai le due del pomeriggio. Cosicché lei trovò l'ufficio postale chiuso, e le toccò sedersi a un bar di fronte per aspettare l'apertura. Quanto a me, mi sentii dire che i signori erano andati a pranzo fuori e sarebbero rientrati non prima delle quindici.

Sia per non apparire invadente, sia perché la cameriera non mi disse di accomodarmi, anch'io andai a sedermi a un bar nell'attesa che rientrassero.

Erano esattamente le 17,05 quando, felice come una pasqua (la signora si era mostrata molto interessata all'acquisto ed eravamo rimaste d'accordo che sarebbe venuta l'indomani mattina a vedere le pellicce e il tappeto), arrivai davanti al portone di casa.

Carlotta mi venne incontro in singhiozzi. Non l'avevo mai vista così, e le occorsero molti minuti per riuscire ad aprire bocca. Per farla breve, durante la nostra assenza i ladri erano penetrati nel nostro appartamento attraverso il terrazzino e ci avevano portato via *tutto*, compresi i soldi incassati al Monte dei Pegni.

Oggi posso confessare che alla vista dei cassetti rovesciati, degli armadi svuotati, del divano sventrato e di tutta la roba senza valore lasciata e scaraventata sul pavimento mi sentii come un pugile atterrato. Ci avevamo provato ed eravamo state sconfitte da qualcosa più grande di noi, segno che la nostra vita era quella e non si può andare contro il destino.

Carlotta, smesso di piangere, prese dal pavimento le lenzuola pulite e rifece i nostri letti. Quando ebbe finito disse semplicemente: «Sono stanca, vado a dormire».

Benché fossero solamente le diciotto ero molto stanca anch'io, ma l'idea di addormentarmi in quel caos non mi andava proprio. Così cominciai a fare ordine. Riappesi quel che rimaneva dei vestiti negli armadi, infilai i cassetti nelle loro corsie e vi rimisi dentro la biancheria intima e da casa sparsa sul pavimento, nascosi gli squarci del divano ricoprendolo con una tovaglia a righe color verdino e ruggine che poteva sembrare una fodera, ridiedi un aspetto normale alla cucina rimettendo piatti e bicchieri al loro posto e altrettanto feci nel bagno con mensole e armadietti. Alla fine, dopo aver scopato ben bene tutti i pavimenti ripulendoli da cartacce, cocci e frantumi, riempii un secchio di acqua bollente e *Cif* ammoniacale e diedi una bella sterilizzata a colpi di straccio e spazzettone.

Soddisfatta del lavoro svolto, sia per gli ottimi risultati sia perché l'attività manuale mi aveva impedito di abbandonarmi a brutti pensieri causandomi una sana stanchezza, guardai l'orologio: erano ormai le ventuno. Fatta una rapida doccia, mi infilai a letto. Ma non appena fui sdraiata, mi si prospettò davanti agli occhi la nostra realtà: non avevamo più una lira né alcunché da rivendere né un lavoro. E di lì a pochi giorni non avremmo più avuto nemmeno un tetto. La situazione era davvero disperata, e più cercavo di pensare a una via di uscita più disperata mi sembrava. Vie di uscita non ne esistevano, se non restare sdraiate ad aspettare di morire di fame, ammesso e non concesso che la morte fosse sopraggiunta prima che il padrone ci buttasse fuori di casa.

In un soprassalto di disperazione, balzai fuori dal letto e andai a raggiungere Carlotta. Era sveglia. «Posso sdraiarmi vicino a te?» chiesi.

Lei mi fece posto in silenzio. Restammo immobili non so per quanto tempo, senza dire nulla perché proprio non c'era nulla da dire.

«Dio ha voluto punirci» Carlotta sussurrò ad un tratto, con voce straziata.

Oggi penso che se non avesse pronunciato quella frase chissà quale fine avrei fatto. Infatti quella affermazione, *Dio ha voluto punirci*, fece scattare in me qualcosa che istantaneamente mi sottrasse dallo stato di disfattismo e di impotenza in cui ero piombata. Con ira e senso logico pensai che non era possibile che Dio ci avesse in un certo senso premiate quando vivevamo nel peccato, inondandoci di benessere e allegria, per *punirci* e rovinarci proprio quando avevamo preso la decisione di tornare sulla retta via.

Al massimo ci stava mettendo alla prova, come aveva

fatto con alcuni personaggi della Bibbia, per misurare la nostra fede e la nostra vera volontà di cambiare vita. Benché sinceramente mi sembrasse una prova esagerata e persino un po' crudele, non intendevo assolutamente sottrarmi. La mia volontà di cambiare vita era autentica e incrollabile e, se Dio aveva qualche dubbio, gli avrei dimostrato che si sbagliava ed ero all'altezza di qualunque prova. In questa sfida, espressa al singolare, era naturalmente inclusa anche Carlotta: della quale avrei risposto di persona.

«Adesso dormi e smettila di dire sciocchezze» la ripresi con severità. «Domattina riprenderemo i nostri colloqui di lavoro e vedrai che in un modo o nell'altro tutti i nostri problemi si risolveranno.»

«C'è un solo modo per risolverli» fece lei con una voce tra il duro e il sarcastico, «rientrare nel giro. E puoi giurarci che domani stesso io lo farò.»

Mi curvai su di lei. Con una mano la afferrai per una spalla e con l'altra le mollai un ceffone. Il cielo sa quanto detesti la violenza, ma in quel momento ero talmente sconvolta e rabbiosa che sarei arrivata ad ammazzarla. «Non osare *mai più* ripetere una cosa del genere» sibilai, sempre tenendola afferrata per la spalla. «Abbiamo preso una decisione e andremo fino in fondo, costi quel che costi.»

Per farle capire quanto ero indignata con lei me ne tornai a dormire nella mia stanza senza aggiungere altro. Spensi la luce e chiusi gli occhi per cercare di prendere sonno, ma all'improvviso si stagliarono nel buio i volti dei miei genitori, morti in un incidente d'auto mentre tornavano dalla festa di nozze della sorella di mia madre. Quando accadde la disgrazia io avevo dodici anni e facevo la seconda media. Andai a vivere in un paese vicino a Torino con la nonna materna, vedova, anziana e molto religiosa, ma mi trovai male fin dalla prima sera perché lei pretendeva che prima di addormentarmi pregassi per l'anima dei miei genitori mentre io sostenevo che erano ancora vivi.

In verità sapevo che erano morti perché me l'avevano detto subito, ma il dolore era stato talmente grande che seguendo i funerali avevo detto a me stessa: «Fai finta di stare seguendo una processione del mese mariano e che i tuoi genitori siano partiti per una vacanza». Mi ero concentrata con tanta forza in questo pensiero che alla fine non soltanto ci avevo creduto, ma mi ero accorta che il dolore era quasi del tutto scomparso. Durante la messa funebre anziché ascoltare il discorso del prete (che chissà perché si ostinava a chiamare i miei bravissimi e onesti genitori "i figli *peccatori* Liliana e Paolo") mi inventai con la mente una stupenda isola piena di palme e lo feci diventare il luogo della loro vacanza, costruendomi un particolare dopo l'altro: la mamma che correva sul bagnasciuga, il papà che la inseguiva scherzando, loro due insieme che ballavano al chiaro di luna e dicevano "l'anno prossimo torneremo qui con Lucia".

Al cimitero, nel momento in cui infilarono le bare nei loculi della cappella, io distolsi subito lo sguardo e fissai le corone di fiori immaginando che fossero serti hawaiani dell'isola. E invece di scoppiare a piangere mi misi a sorridere, cosa che (lo capii dopo) stupì e scandalizzò parenti e amici partecipanti alle esequie.

Nel corso delle nostre liti, la nonna mi accusava di essere arida e senza cuore. I miei compagni di scuola invece mi giudicavano un po' tocca o mezza stramba, ma questo era soltanto per colpa mia che continuavo a parlare della lunga vacanza dei miei genitori; e un giorno in cui due bambine mi avevano chiamata "orfana" le avevo pestate di santa ragione.

Durante la ricreazione guardavo i miei compagni e le mie compagne scherzare e chiacchierare isolata nel mio angolo. Avrei tanto voluto unirmi a loro, ma per farlo avrei dovuto dimostrare che ero normale, ossia ammettere che i miei genitori erano morti. E siccome la tristezza di starmene tutta sola era di gran lunga meno grande del dolore che avrei provato prendendo atto della terribile verità, me ne restai sola fino alla fine della terza media. Naturalmente allora non potevo avere coscienza di questo sottile meccanismo psicologico: agivo d'istinto, scegliendo il male minore (che è ancor oggi rimasto una mia caratteristica).

Avevo quattordici anni e mi ero iscritta in prima magistrale quando mia zia (quella della tragica festa di nozze) venne a vivere col marito a casa della nonna, e cioè di sua madre, perché le banche le avevano portato via la casa, ipotecata, dopo un fallimento causato da un socio.

La nonna e la zia litigavano continuamente. Era tutta una serie di "te l'avevo detto di non sposare quel delinquente", "non è stata colpa sua e tu non impicciarti", "questa è casa mia e dico quello che voglio". Avendo trovato un capro espiatorio, la nonna aveva smesso o quasi di prendersela con me. Inoltre io uscivo da casa al mattino alle sette per prendere l'autobus e raggiungere la scuola, rientrando talvolta a pomeriggio inoltrato. In paese non c'erano le magistrali e così dovevo fare la pendolare.

Alla metà dell'anno scolastico il marito di mia zia, che trascorreva le giornate al telefono oppure a letto, trovò un posto non ben precisato e cominciò a viaggiare molto. Nei giorni in cui doveva lavorare a Torino-città mi dava un passaggio con la sua macchina fino alla scuola. Agli inizi ero molto contenta perché potevo dormire un'ora di più, ma poi cominciò ad accadere qualcosa di molto imbarazzante e cominciai a cercare ogni pretesto per correre all'autobus.

Era strano che quella notte di tanti anni dopo mi fosse ritornato in mente tutto quanto mi era accaduto dalla morte dei miei genitori fino a sedici anni. Credevo di averci messo una pietra sopra, ma oggi so che il passato è qualcosa che fa parte di te come il sangue o le ossa o la pelle, e non puoi né modificarlo né cancellarlo. L'importante è saperlo, e accettare che di tanto in tanto possa farti male.

Ma quella notte, arrivata a rievocare il momento più doloroso e determinante della mia vita, accesi la luce e cominciai a leggere scacciando con furia i ricordi. Prima di riuscire a prendere sonno sentii Carlotta andare due volte in bagno, aprire e chiudere il frigorifero, scoppiare di nuovo a piangere. Sicuramente non piangeva perché l'ultimo formaggino della scatola l'avevo mangiato io.

Vinsi la tentazione di andarla a consolare. Quello che aveva proposto, e cioè tornare a fare la vita, era gravissimo, e volevo che si sentisse pentita e in colpa. L'avrei consolata coi fatti, dimostrandole che nonostante tutto quello che era successo le nostre possibilità di ricominciare erano rimaste intatte. Fu con questo pensiero che mi addormentai.

IV

Quando al mattino dopo aprii gli occhi, in un primo momento dimenticai l'ottimismo e le speranze con cui mi ero addormentata e fui assalita dall'angoscia. La nostra casa era stata svaligiata, non avevamo più una lira né cose di valore. Il pensiero che tra pochi giorni saremmo finite sotto i ponti aumentò la mia desolazione. Ma fortunatamente mi vennero in mente i buoni propositi della sera prima e subito ritrovai grinta ed efficienza. Devo farmi venire in mente una buona idea per trovare un lavoro, mi dissi. Andai in cucina a prepararmi un caffè pregando tra me che non fosse finito, e il fatto di trovarne in fondo al barattolo una dose sufficiente per almeno tre macchinette mi sembrò di ottimo auspicio.

Quasi euforica, misi sul gas la prima, e una volta sorseggiato il mio caffè mi sedetti davanti al tavolo puntando i gomiti sul ripiano e stringendomi la testa tra le mani, posizione classica per favorire la concentrazione. Devo dire per inciso che io, oltre ad avere sempre avuto un grosso dominio sulla mia mente, ho anche una natura pignola e puntigliosa. "Lucia-la-precisina", mi chiamava mia madre quando era ancora viva. Quella mattina mi misi nella posizione del pensatore, decisa a restarci fino a quando la buona idea non mi fosse venuta, vale a dire anche per due giorni. Grazie al cielo la *performance* non si rese necessaria perché l'idea mi venne dopo circa quattro minuti. Come avevo fatto a non pensarci nelle settimane precedenti? Dopo due ore esatte, e cioè alle 9,15 (dovetti fare la strada a piedi perché non avevo soldi e non volevo svegliare Carlotta andando a frugare nella sua borsetta, casomai le fosse rimasto qualche migliaio di lire), dopo due ore esatte, dicevo, mi trovavo sulla soglia dell'ufficio del commissario Perazzi, annunciata dal piantone.

Lui si ricordò immediatamente di me e mi indicò la sedia come la sera del fermo, con lo sguardo ugualmente curioso ma molto più benevolo.

«È successo qualcosa?» mi chiese come fui accomodata.

«È successo che da più di due mesi io e la mia amica Carlotta abbiamo abbandonato il vecchio lavoro ma non riusciamo a trovarne uno onesto, e nel frattempo ieri ci hanno anche svaligiato la casa lasciandoci senza nemmeno i soldi per mangiare» dissi tutto d'un fiato.

«Avete denunciato il furto?» chiese. Quel suo interrogativo da deformazione professionale mi innervosì moltissimo.

«A parte che i ladri non li trovate mai», risposi in tono sarcastico «io ero troppo depressa per affrontare anche gli interrogatori della polizia. Non sarei venuta nemmeno qui, se solo avessi avuto un'altra via di uscita.» Feci una pausa per prendere fiato e aggiunsi: «Ho pensato che lei, con le sue conoscenze, forse potrebbe darci una mano per trovare un lavoro».

«Che lavoro vorreste fare?» chiese gentilmente, senza afferrare il mio sarcasmo iniziale.

«Uno qualunque, non siamo né schizzinose né scansafatiche.»

«Avete già fatto qualche tentativo?»

«*Qualche?!*» quasi urlai, con la voce strozzata. «A casa ho segnato su un quadernetto tutti i colloqui di questi due mesi e se vuole glieli mostro... Ci siamo presentate esattamente per *centodue* posti di lavoro: cameriere, lavapiatti, aiuto cuoche, donne delle pulizie. Purtroppo, non avendo né referenze né esperienze documentabili non siamo state assunte nemmeno quando i padroni sembravano favorevolmente impressionati dalla nostra buona volontà.»

Il commissario Perazzi sorrise. «Sono favorevolmente impressionato anch'io. Avete l'iscrizione e i documenti per lavorare?»

«Siamo andate all'ufficio apposito a iscriverci, sissignore.»

Il commissario rimase qualche istante cogitabondo, poi si alzò e disse: «Aspettami qui, vado a parlare con un collega».

Rimasta sola mi diedi un'occhiata intorno e poi il mio sguardo cadde sulla scrivania dove c'era, tra le scartoffie, una cornice tipo argento messa di sbieco. Mi spostai con la testa verso sinistra e potei vedere la fotografia di una signora non più molto giovane circondata da due maschi e una femmina di età tra i quindici e i venti anni circa.

«Sono mia moglie e i miei figlioli» il commissario disse sopraggiungendo alle mie spalle circa un quarto d'ora dopo. Io stavo ancora guardando quella foto, persa nei miei pensieri.

«L'avevo capito» dissi. «Sua figlia è molto carina e si vede che è una brava ragazza.»

«Adesso ha ventitre anni e si sta laureando in legge. Quella fotografia non è recente.» Si risedette al suo posto e aggiunse: «Credo di avere una buona notizia per te e per la tua amica».

«Sarebbe?» feci io, non osando credere alle mie orecchie.

«La Divisione amministrativa della Questura ha appena rilasciato il nulla osta per l'apertura di un ristorante-pizzeria. Ho avuto dal mio collega il nominativo del proprietario e l'ho contattato telefonicamente dieci minuti fa parlandogli del vostro caso. Vi aspetta oggi stesso per un colloquio.»

«Crede che ci assumerà?» chiesi tutta emozionata.

Il commissario fece di sì con la testa, precisando: «Naturalmente dipenderà da voi mantenere il posto, dimostrando che...»

«Stia tranquillo, siamo due ragazze giovani e sane e la fatica non ci fa paura. Piuttosto, lei gli ha raccontato quello che facevamo prima?»

«Mi sono limitato a dirgli genericamente che avete avuto qualche problema e che mi ero impegnato a darvi una mano per risolverli.»

Feci un sospirone di sollievo. «La ringrazio per la discrezione. Sa come sono gli uomini... Non credono mai che le ragazze come me e Carlotta vogliano davvero cambiare vita, e in ogni modo ci provano sempre, pensando che prima di cambiare possono farlo un'ultima volta con loro, tanto una più o una meno non fa differenza.»

Il commissario mi guardò improvvisamente rattristato, e anche se non disse nulla io capii benissimo quello che stava pensando: così giovane e così cinica, povera ragazza, guarda un po' la vita come può essere crudele e togliere l'innocenza. Ora, se c'è una cosa che non ho mai sopportato è suscitare la pena che fanno i diversi, e cioè *non* quella di chi ha avuto delle disgrazie perbene per cui la gente si identifica, compartecipa, soffre sinceramente. Nel compiangere le ragazze tipo me e Carlotta, oppure gli omosessuali o i tossici o simili, le persone oneste compiono solo una buona azione o un dovere sociale verso l'inferiore che però mai aiuterebbero da vicino offrendogli un lavoro di fiducia o mettendolo a contatto delle mogli o delle figlie o delle madri. Il commissario Perazzi si era fatto in quattro per correre a telefonare a un proprietario di pizzeria, però anche se avesse avuto bisogno di una colf mai si sarebbe sognato di rivolgersi a me.

«C'è qualcosa che non va?» chiese sorpreso, vedendo che continuavo a fissarlo in silenzio e probabilmente con aria truce. Decisi istantaneamente di sorvolare. Quando un bicchiere è colmo, è colmo e non puoi pretendere di farci stare la stessa acqua di un secchio perché ogni contenitore ha i suoi massimi limiti. Voglio dire che, per come era, il commissario non avrebbe potuto fare di più.

Perciò gli risposi che andava tutto bene e che quel pomeriggio stesso mi sarei presentata al colloquio. «Le farò sapere come è andata» dissi alzandomi dalla sedia.

«Ci conto» rispose alzandosi anche lui. «Per qualunque problema, ricordati che sono qui.»

Lo ringraziai calorosamente e, scacciati i pensieri maligni, uscii dal commissariato trattenendomi per non mettermi a saltare di gioia. Finalmente avevamo un posto! Il mio morale era talmente alle stelle che, una volta tornata a casa e data la grande notizia a Carlotta, non mi lasciai minimamente smontare dai suoi "se", "ma", "però".

Ci presentammo al colloquio quel pomeriggio alle sedici e il padrone si mostrò gentilissimo, facendoci accomodare a un tavolino d'angolo come due clienti di riguardo e offrendoci due coche. Carlotta, che a mezzogiorno non aveva mangiato nulla, anziché farsi riguardo come me ne approfittò per chiedere anche un tramezzino. Mentre lei lo divorava, io affrontai il colloquio vero e proprio.

Per cominciare, i posti ancora disponibili erano due: uno da cameriera ai tavoli e l'altro come aiuto in cucina. «Lei mi sembra più disinvolta» osservò il padrone squadrandomi, «e perciò forse è più adatta per trattare col pubblico. Però lascio a voi decidere.»

«Io mi sento più adatta per la cucina» risposi subito. Trattandosi di un lavoro più faticoso e umile, preferivo risparmiarlo a Carlotta che era molto più fragile di me e più bisognosa di gratificazioni. Inoltre, da come mi guardava, mi parve di capire che il padrone preferisse far fare la cameriera a me perché fisicamente, essendo più alta e coi capelli rossi, risaltavo di più. Già Carlotta aveva questa fissa che io ero più bella e ricercata di lei: figurarsi se volevo alimentargliela anche nella nuova vita.

Chiarito che la cameriera ai tavoli l'avrebbe fatta lei, si passò a parlare di stipendio. La base era di un milione al mese per ciascuna, a cui però si dovevano aggiungere gli straordinari per l'orario dopo la mezzanotte, un pasto gratis da consumare sul posto e le mance. Carlotta, che aveva finito il tramezzino, intervenne per dire che il mio stipendio base avrebbe dovuto essere più alto, inquantoché nessun cliente si ricorda di lasciare qualcosa per il personale che lavora in cucina.

«Le mance vengono messe in un fondo unico e divise ogni settimana tra tutto il personale» fu la risposta.

Carlotta non parve convinta. «E se qualcuna le imbosca, infilandosele in tasca anziché versarle nel fondo comune?»

Il padrone scosse la testa ridendo, ma in modo strano. «Queste cose i camerieri onesti non le fanno.»

Chiarito questo problema, si passò a quello degli orari. Per il personale di sala esistevano due turni alterni: quello del mattino, che iniziava alle 10,30 con la preparazione dei tavoli e terminava alle diciotto, e quello serale che iniziava alle diciotto e terminava alla chiusura del locale, vale a dire anche sino alle due di notte (ma con pagamento degli straordinari). In cucina esisteva una gestione familiare, rappresentata dalla moglie, dalla sorella del padrone e da un cugino pizzaiolo, per cui l'aiuto (ossia io) era previsto solamente nel turno serale.

«Ci sta bene» dissi alla fine, anche a nome di Carlotta. Il padrone ci chiese se avevamo i documenti di lavoro e, a risposta affermativa, disse che se eravamo d'accordo potevamo prendere servizio anche dall'indomani. Di referenze non fece neanche un cenno, evidentemente perché il commissario aveva garantito per noi. «Ci sta bene» ripetei facendo per alzarmi, col terrore che proseguendo a stare lì a discorrere succedesse qualcosa a mandare all'aria tutto.

Ma a quel punto Carlotta ritrovò la voce per chiedere se poteva avere un altro tramezzino. «Me lo tratterrà dalla prima paga» aggiunse con un bel sorriso.

«Figurarsi. Offre la ditta!» il padrone replicò dopo qualche istante. Fece un cenno al ragazzo dietro al banco del bar, dove si trovava una vetrinetta con dentro affettati, salsine, pancarrè, sottaceti, pomodori, e ordinò a nome nostro due tramezzini ben farciti. «Immagino che ne desideri uno anche lei» fece rivolto a me.

«Grazie, no» rifiutai in fretta. E a evitare insistenze che avrebbero potuto farmi mettere da parte l'orgoglio aggiunsi subito in tono definitivo: «In questi ultimi giorni ho mangiato troppo e sono indigesta».

Quando il colloquio ebbe termine e uscimmo dal locale, il mio silenzioso proposito di fare una bella ramanzina a Carlotta fu preceduto da lei stessa. «Tu ieri hai mangiato un formaggino, ma io ero digiuna da due giorni e proprio non resistevo dalla fame.»

Vuoi per il rimorso della mia ingordigia, vuoi per la gioia di vederla sazia e contenta non replicai nulla.

Il giorno successivo ci presentammo al lavoro ai turni stabiliti: Carlotta al mattino e io al pomeriggio. Andammo avanti così per una settimana senza neppure poterci scambiare una parola, perché quando Carlotta usciva io, che ero tornata a casa a notte fonda, ero ancora profondamente addormentata, e quando rientrava io ero già sul piede di partenza. L'impossibilità di pagarci i mezzi di trasporto ci costringeva a raggiungere e lasciare il posto di lavoro a piedi, percorrendo complessivamente quattro chilometri giornalieri. Il problema del mangiare era stato invece risolto col pasto gratuito, che facevamo molto abbondante: soprattutto io, in quanto lavoravo in cucina ed ero entrata nella simpatia della signora Ignazia, la moglie del principale.

Alla seconda settimana Carlotta cominciò il turno serale e per sette giorni facemmo gli stessi orari, ma sia durante il percorso sia al rientro a casa lei appariva talmente stanca che, per evitare lagnanze inutili, io evitavo di scendere nel merito nella nostra nuova vita. All'inizio di ottobre arrivò l'attesa mazzata: il padrone di casa venne a riscuotere i soldi dell'affitto e quando gli spiegammo la situazione disse che gli dispiaceva molto, ma poteva concederci *come massimo* due settimane di proroga. Trascorso questo termine, avrebbe tirato fuori la lettera con data in bianco che ci aveva fatto firmare all'inizio, stando alla quale sia io sia Carlotta davamo immediata disdetta dell'appartamento.

«E adesso che cosa facciamo?» Carlotta proruppe affranta quando il padrone andò via.

«In un modo o nell'altro ce la caveremo» io dissi fiduciosa. «Quello che importa è che un lavoro lo abbiamo e...»

«Quale lavoro?» Carlotta strillò come un'aquila. E a questo punto diede la stura a tutte le lagnanze e i malcontenti possibili: a furia di trasportare piatti aveva le braccia intorpidite, la schiena rotta e i polpacci gonfi e indolenziti. L'odore delle pizze le dava la nausea. Le due cameriere colleghe Romina e Antonella erano villanissime con lei e si erano accaparrate i tavoli migliori. Non passava giorno senza che qualche cliente non facesse la mano morta e la signora Ignazia la *detestava* e non perdeva occasione per lanciare battutine maligne o farle rimproveri ingiusti.

Sarebbe andata avanti chissà quanto se a un certo punto, innervosita, non l'avessi interrotta. «Guarda che migliaia di ragazze, per non dire milioni, fanno le cameriere e non risulta che nessuna sia morta di stanchezza. È solo questione di abituarsi.»

Per non fare la vittima, mi trattenni dall'aggiungere che neppure il mio lavoro di aiuto-cuoca era tutto rose e fiori, otto e passa ore trascorse con le mani nell'acqua a lavare insalate e verdure, o a fare su e giù dalla cantina per prelevare cassette e bottiglie, o a riempire piatti di portata, o a lustrare piastrelle e fornelli, o a raschiare e rigovernare a mano i pentoloni più ingombranti per risparmiare qualche ciclo di lavastoviglie. Il tutto con la signora Ignazia e la cognata che, con la scusa di avermi in simpatia, non facevano che farmi domande trabocchetto su dove venivo, che lavoro facevo prima, come avevo conosciuto il commissario Perazzi.

Una sera, mentre mi trovavo in cantina a travasare l'olio, il padrone mi era sopraggiunto alle spalle e aveva tentato di abbracciarmi. Vistosi gentilmente scostato, si era messo a travasare l'olio con me rammaricandosi per le mie "belle manine" così sciupate. Due sere dopo mi aveva raggiunta nel retro del bar per fare l'inventario dei superalcolici e tra un appunto e l'altro mi aveva raccontato che sua moglie era di sei anni maggiore di lui e ormai vivevano come sorella e fratello, che oltre a quel ristorante-pizzeria possedeva tre quartierini nel centro storico intestati a lui e che da due anni aveva aperto un conticino corrente a Lugano.

Mi complimentai con lui (tranne che per il suo matrimonio platonico, sul quale sorvolai) e con una scusa mi allontanai dal retrobottega. Il fatto di essere riuscita a scoraggiarlo senza compromettere il posto di lavoro mi aveva dato un tale sollievo da mettermi le ali ai piedi e farmi scordare la fatica.

Su questi episodi di molestia, per la verità rispettosi e senza conseguenze, preferii fare qualche accenno a Carlotta: non tanto per metterla in guardia, quanto perché non si offendesse mettendosi in mente chissà cosa se il padrone ci avesse provato anche con lei.

Alla terza settimana lei cambiò il turno (dal serale tornò al giornaliero) e ricominciammo a vederci soltanto di sfuggita. Ormai mi ero abituata alla fatica e, da quel poco che potei constatare attraverso le quattro parole che potevamo scambiarci, anche Carlotta mi sembrava più sollevata, senza quella espressione da martire o da vitellino mandato al macello.

Rimaneva, drammatico, il problema della casa: anche ammesso per assurdo che quel mese fossimo riuscite a pagare l'affitto, era da escludersi che potessimo permetterci il lusso di rimanere ad abitare lì. E così, sia pure con riluttanza, allo scadere della proroga presi il coraggio a quattro mani per liquidare la questione con Carlotta. «Da un giorno all'altro il padrone ci caccerà» esordii senza preamboli. Siccome per carattere non faccio mai affermazioni disfattiste senza avere una soluzione costruttiva da proporre, mi affrettai ad aggiungere: «In attesa di tempi migliori, potremmo chiedere al padrone di casa se ci ricompra i mobili e trasferirci in una stanza ammobiliata».

Carlotta si attaccò alle mie prime parole con un risolino quasi cattivo. «Di quali *tempi migliori* parli?»

«Quelli che sicuramente verranno, se avremo fiducia e pazienza. Ma hai capito che cosa ti ho proposto?»

«Stronzate» lei rispose a labbra strette. Più che il tono mi stupì la parolaccia. Nonostante la vita passata ci avesse costrette ad ascoltare ogni sorta di termini volgari o osceni, io e Carlotta ci eravamo sempre espresse in modo corretto e persino signorile, al punto che il primo mancato datore di lavoro ci aveva addirittura potuto scambiare per due studentesse figlie di papà.

«Che modo di parlare è?» la ripresi, severa. «Io ti ho fatto una proposta e vorrei che ne discutessimo civilmente.»

Carlotta mi lanciò un'occhiata tra l'annoiato e l'infastidito, dopodiché disse alzandosi: «Ne riparleremo uno dei prossimi giorni».

La trattenni per un braccio. «La proroga sta per scadere e il problema va affrontato immediatamente, prima di ritrovarci in mezzo a una strada.»

«Stai tranquilla che su una strada non ci finiremo.»

L'affermazione di Carlotta sulle prime mi rallegrò come un miracoloso segno di ottimismo, ma il suo tono sempre più strano mi fece drizzare le antenne.

Benché siano trascorsi ormai cinque anni dal terribile giorno che seguì, non riesco a ripensarci o a parlarne senza sentirmi spezzare il cuore. Per farla breve, al mattino seguente, dopo che Carlotta fu uscita per andare al lavoro, presi l'iniziativa di portarmi avanti rispondendo telefonicamente a quattro annunci di offerte di camere ammobiliate con uso della cucina. Due signore risposero che intendevano affittare a una persona sola, la terza disse che preferiva un pensionante maschio e la quarta acconsentì a fissarmi un appuntamento quella mattina stessa, senza fare tante storie.

Gli affitti richiesti erano in ogni caso accessibili alle nostre entrate, anche tenendo conto del fatto che usufruivamo di un pasto gratuito e per l'altro eravamo talmente stanche che a malapena riuscivamo a mandare giù un bicchiere di latte e due biscotti integrali.

Sollevata dall'aver risolto il nostro unico problema, mi preparai in gran fretta e andai al ristorante per dare la bella notizia a Carlotta. Il ragazzo del bar mi disse che la mia amica era scesa in cantina a prendere una cassetta di birre e io mi precipitai giù dalla scala. Come aprii la porticina di ferro, vidi la sagoma del padrone voltato di spalle.

«La mia amica dov'è?» gli chiesi. Il padrone si girò di scatto e non potei non notare che aveva i pantaloni slacciati. Rimasi per qualche istante immobile come una statua, e in quel mentre vidi Carlotta, inginocchiata davanti a lui, rialzarsi lentamente. «Vattene via» mi disse con voce calma.

Come capii quel che stava succedendo, sentii il sangue montarmi alla testa. Tremante di furia, mi slanciai su di lei e l'afferrai per i capelli con tale violenza che le staccai una ciocca. Il padrone mi separò da lei con uno spintone. «Hai sentito cosa ti ha detto la tua amica? Vattene via» sibilò con voce cattiva.

«La mia amica viene con me» replicai avvicinandomi nuovamente a Carlotta. E siccome il padrone fece per spingermi di nuovo via, mi eressi davanti a lui dicendo gelida: «Se fa una sola mossa, salgo su e dico alla signora Ignazia quello che ho visto».

Il padrone rise sarcastico mentre si allacciava i pantaloni: «Pensi che crederebbe a due sgualdrinelle morte di fame? So tutto di voi. Se ti dimostrerai ragionevole come Carlotta, farò finta che non sia successo niente e potrai restare qui a lavorare. Se invece mi farai perdere la pazienza...».

«Me ne vado» lo interruppi. «E la mia amica viene con me. Del suo posto non abbiamo bisogno.»

Carlotta, che fino a quel momento era stata zitta e a testa bassa, disse: «Parla per te. Io non ho nessuna intenzione di perdere questo lavoro».

L'ira mi travolse di nuovo. «Di quale *lavoro* parli? Che fine hanno fatto tutti i nostri propositi?»

La voce della signora Ignazia che dall'alto della scala chiamava il marito mi costrinse a tacere. Il padrone prese una cassetta di birra e fece minacciosamente cenno a me e Carlotta di seguirlo come se niente fosse accaduto.

Quella sera, quando la mia amica tornò a casa, disse

con voce triste ma decisa: «Ci ho provato, ma non ce la faccio».

A nulla valsero le minacce, le suppliche, i tentativi di farla ragionare. Entro un paio di settimane, giusto per non destare sospetti, avrebbe lasciato il posto di cameriera per trasferirsi in un appartamentino del socio di Duilio, ossia il padrone.

Scoprii con orrore che lo aveva già conosciuto, facendo certe cose anche con lui. «Non ti vergogni?» urlai.

«La vergogna è più sopportabile della vita miserabile e di fatica che stavamo facendo. Io non sono fatta come te, lo vuoi capire sì o no?» disse scoppiando in singhiozzi.

A quel punto capii che continuando a insistere e a rimproverarla avrei ottenuto soltanto di farle apparire ancora più squallida e brutta la vita che la aspettava. Mi limitai a dire che speravo che non ritornasse sul marciapiede, da dove io l'avevo tolta, e lei mi rassicurò dicendo che nonostante quello che io pensavo un salto di qualità l'aveva fatto: in futuro infatti avrebbe dovuto ricevere nell'appartamentino soltanto il padrone, il suo socio e un paio di loro amici sicuri.

«Sono felice per te» mentii. Avevo tanta voglia di piangere, ma non l'avevo mai fatto in vita mia e in quel momento mi sembrò che avrebbe portato sfortuna.

«E tu che cosa farai? Duilio dice che, se vuoi, puoi restare a lavorare come cameriera.»

Feci cenno di no. «Ero venuta a dirti che forse ho trovato una stanza ammobiliata. Ho rimandato l'appuntamento a domattina e, se combinerò, mi trasferirò lì subito.»

«E per il lavoro come farai?»

«Adesso che ho esperienza, mi sarà più facile trovarne un altro. Tu pensa per te, vedrai che io me la caverò benissimo.»

«Darei chissà che cosa per avere la tua forza, Lucia.»

«Adesso non buttarti giù, per l'amor del cielo! Qualunque cosa tu faccia, ricorda che sei una brava e bella ragazza degna di rispetto. E poi vale sempre il nostro vecchio motto, no? Hai scelto tu dove e con chi andare.»

Carlotta si ricordò in quel momento della busta che il padrone le aveva dato per me. Conteneva un milione e duecentomila lire, la paga del periodo che avevo lavorato da lui più le mance.

Al mattino successivo, quando Carlotta uscì, finsi di dormire. Come chiuse la porta alle sue spalle, scesi dal letto, mi lavai, mi vestii e andai all'appuntamento per la stanza ammobiliata.

Con la padrona ci accordammo subito. A mezzogiorno tornai a casa, raccolsi la mia roba in due sacche e scrissi un biglietto a Carlotta dicendole che mi sarei fatta viva presto. Non sopportavo lo strazio dell'addio.

V

La padrona di casa si chiamava Anita. Era una vedova di origine meridionale di circa cinquant'anni, con una figlia sposata a Cesano Boscone. Mi pregò subito di dire ai vicini che ero una parente, in quanto il proprietario del palazzo non ammetteva il subaffitto. Acconsentii subito, lusingata di figurare parente di una signora tanto gentile e perbene. Come mi trasferii a casa sua con le due sacche, mi invitò a mangiare un boccone con lei e mi disse che potevo darle pure del tu.

Approfittai del clima di simpatia e di confidenza che si era stabilito per confessarle che le avevo mentito affermando di avere una occupazione. Senza scendere nei particolari, dissi che purtroppo dal giorno prima ero disoccupata, ma fiduciosa di risolvere quanto prima il problema.

Anita si mostrò molto comprensiva confessandomi a sua volta che da sei mesi stava cercando invano un pensionante, che non riusciva a trovare sia per la lontananza dal centro (estremo Lorenteggio) sia per la modestia del caseggiato (popolare e un po' decadente). Benedissi in cuor mio la superficialità e lo snobismo di quelli che se n'erano andati senza concludere: andando a guardare oltre le apparenze, avrebbero scoperto che la camera lasciata libera dalla figlia sposata era ariosa e bene arredata, il bagno lustro, la padrona disponibile e deliziosa.

Trascorsi la prima notte sotto il suo tetto in uno stato che sarebbe stato di felicità perfetta se il pensiero della sorte di Carlotta non mi avesse fatto più volte sobbalzare nel sonno rendendomi poi difficile riaddormentarmi.

Al mattino successivo Anita venne a svegliarmi con il caffè e il "Corriere della Sera". Nel ringraziarla, precisai subito che non intendevo essere servita e viziata a quel modo. Ma la mia nuova e buona amica aveva fatto ancora di più, segnando con un pennarello tutte le offerte di lavoro che a suo giudizio le erano apparse interessanti.

Dopo tre giorni di contatti telefonici e appuntamenti andati a cattivo fine, proprio quando mi si prospettava di ricominciare a girare a vuoto senza l'ancora di salvezza del commissario Perazzi (che non potevo coinvolgere per non rispondere a domande imbarazzanti che avrebbero potuto nuocere a Carlotta), finalmente ebbi il colpo di fortuna. Fu Anita stessa a segnalarmi che poco distante dalla nostra casa avevano aperto una ditta di pulizie che cercava personale femminile. Mi presentai immediatamente e fui assunta.

Il lavoro iniziava alle diciassette, quando i primi uffici chiudevano, e consisteva nello spolverare scrivanie e scaffali, svuotare i portacenere, scopare e dare lo straccio ai pavimenti, passare la lucidatrice su quelli in marmo o sul parquet. Terminati gli uffici si passava ai servizi, vale a dire lavabi e water.

Noi donne ci presentavamo in ditta alle sedici, venivamo divise per squadre di tre o quattro, e un camioncino ci trasportava sul luogo di lavoro con scope, spazzettoni, detersivi, stracci eccetera che l'autista ci aiutava a trasportare sino alla porta dell'ascensore. Io venni destinata con altre quattro colleghe a un grande palazzo in zona Stazione Centrale, dove la mia ditta aveva vinto l'appalto di tutte le pulizie, per cui a differenza di altre squadre, la nostra rimaneva lì per tutto l'orario di lavoro. Alle ventitre in punto il camioncino passava a riprenderci per riportarci davanti alla sede della ditta. Da lì ogni lavoratrice raggiungeva casa sua con mezzi propri.

Io ero superfortunata perché abitavo a un tiro di schioppo. Ma soprattutto perché al ritorno mi capitava di trovare Anita ancora sveglia e con la cena in caldo preparata a sue spese, nonostante la mia proibizione. Molte volte, invece di Anita, trovavo solo la cena con un biglietto. Il suo problema era la figlia sposata, una ventinovenne che non sorrideva mai e le dava ordini come se fosse stata la sua schiava: mamma qui, mamma là, corri qui, vammi là. Una volta alla settimana Anita andava a Cesano Boscone a tenere il nipotino di tre mesi per tutto il giorno, e le sere dispari solo dopo cena per fare la baby sitter. Nelle restanti giornate Graziella, come la figlia si chiamava, si attaccava al telefono per accusare la madre di essere un'egoista che pensava solo a se stessa.

Al termine di queste telefonate Anita si rinchiudeva a piangere in cucina, dopodiché si metteva ai fornelli a preparare sformati, tortine salate e sughi belli e pronti da riscaldare che faceva recapitare a Cesano Boscone tramite un'amica con la patente.

«Perché non mi è capitata una figlia brava e buona come te?» sospirava talvolta. Questo mi metteva in grande imbarazzo sia per la sua sfortuna di una figlia tanto arcigna, sia per il mio sforzo di nascondere l'amara verità: per quanti problemi Graziella le desse, rimaneva pur sempre una ragazza d'oro se confrontata a me. Più volte fui tentata di dirle questo, e se all'ultimo momento mi trattenevo era solamente per il terrore di perdere la sua ammirazione e il suo affetto.

Oggi posso dire che, senza Anita, probabilmente anch'io avrei finito con l'arrendermi come Carlotta. Il lavoro alla ditta di pulizie era estenuante per una come me, disabituata alla fatica fisica e perciò poco resistente di gambe e di braccia. Per sei-sette ore era un continuo curvarsi, lustrare, strofinare, strizzare stracci. I servizi igienici erano per me fonte di continuo stupore: non riuscivo a capire come laureati, dirigenti e impiegati di concetto in genere potessero scordarsi di tirare l'acqua, imbrattare la tavoletta del water e le piastrelle circostanti, lasciare i lavabi pieni di capelli e di sudiciume o addirittura ingorgati.

Come se non bastasse, bisognava fare i conti con la capricciosità dei vari foglietini piazzati qua e là ad uso nostro: *attenzione non spostare, attenzione non toccare, per favore spostare, per favore spolverare bene*. Io, che come ho già avuto modo di dire sono molto pignolina, sapevo destreggiarmi benissimo nel conciliare l'esigenza di pulizia con quella dell'aggirare i cumuli di carte e cartelle da non sfiorare neppure con un dito. E spesso capitava che le mie colleghe, di fronte a certi bigliettini, chiedessero a me come doversi regolare.

C'era in particolare un ufficio, quello di tale dott. Domenico Satti (come scritto sulla targa alla sinistra della porta) assai problematico. Dopo dieci giorni che avevo iniziato il mio lavoro, ancora non ero riuscita a posare un dito sulla grande scrivania. Ogni sera la trovavo infiocchettata di bigliettini con l'indicazione di non spostare qui, non toccare là.

Alla undicesima sera, trovando anche il divieto di vuotare il cestino della carta straccia, mi feci dare dal custode una penna e un foglio e scrissi in stampatello:

Egregio dottore, essendo pagata anche per pulire il suo ufficio, desidererei poter svolgere il mio lavoro. Pertanto o sgombra tutto, oppure chiuda direttamente a chiave le sue scartoffie polverose dando comunicazione alla ditta che rinuncia al servizio.

Apposi la mia firma e posai il foglio sulla poltroncina dove all'indomani si sarebbe seduto.

Con mia grande soddisfazione, alla sera successiva trovai la scrivania accessibile e un simpatico bigliettino: *Ordine eseguito, buon lavoro*. Impiegai un'ora e un quarto di bottiglia di Lysoform (il detersivo in dotazione) per rendere tutto pulito e lustro.

Ma a parte qualche diversivo, e nonostante il crescente affetto di Anita, vivevo con una sottile tristezza di fondo causata dalla preoccupazione di Carlotta. Lasciato il lavoro di cameriera, si era sistemata nel famoso appartamentino del socio, ma con una scusa o con l'altra non aveva ancora trovato il tempo di ricevermi o di incontrarmi fuori casa. Fortunatamente potevo parlarle per telefono, ma si trattava delle solite conversazioni stiracchiate e formali: come stai?, sto bene e tu?, mi manchi, anche tu, ci vediamo, richiamami.

L'imminente arrivo del Natale, con tutte le vetrine addobbate e le strade scintillanti di luminarie, mi tirò notevolmente su di morale. Immaginando che Carlotta sarebbe stata sola, in quanto anche i suoi uomini avrebbero trascorso il Natale in famiglia, mi feci coraggio e chiesi ad Anita se potevo invitarla a trascorrere la vigilia e il giorno successivo con noi. Anita, neanche a dirlo, accettò con tutto il cuore. Ma alla mattina della vigilia sua figlia Graziella le telefonò dicendole che doveva andare a Cesano Boscone ad aiutarla per il cenone, avendo suoceri e cognati come ospiti. Contemporaneamente Carlotta mi telefonò per dirmi che le spiaceva moltissimo, ma era stata invitata in montagna e trattandosi di lavoro non poteva rifiutare.

Mi stavo accingendo a trascorrere la serata da sola, imponendomi di pensare a chi stava assai peggio di me, quando il titolare della ditta mi chiamò al telefono. Con voce tra l'imbarazzato e il brusco, tipica di chi si trova a chiedere qualcosa di delicato e deve per forza sentirsi rispondere di sì, mi disse: «L'amministratore del palazzo dove lavora lei mi ha appena telefonato: al secondo piano c'è in corso una riunione con bicchierata e vorrebbe che tra un paio d'ore mandassi un paio di persone per fare ordine. Lei sarebbe disponibile, naturalmente con paga doppia?».

Gli risposi subito di sì: a parte che sarebbe stato da ingrati rifiutare il favore a una persona che mi aveva assunto sui due piedi e senza fare storie, non dovevo certamente rinunciare a un programma esaltante.

Sollevato per la mia disponibilità, il titolare mi autorizzò a raggiungere gli uffici in taxi (che mi sarebbe stato rimborsato) e mi augurò buon Natale.

Alle diciannove il taxi mi depositò davanti al portone, dove trovai la collega Sabrina, nubile come me ma prossima alle nozze. Aveva l'aria seccatissima e sia nell'atrio sia nell'ascensore continuò a imprecare contro il padrone che le aveva rovinato la festa. Sapendo che quando le persone sono nervose è bene non interferire, lasciandole invece sfogare, evitai di domandarle perché aveva accettato se proprio le doveva costare tanto sacrificio.

«Se facciamo presto, riuscirò ad arrivare in tempo per il brindisi» disse Sabrina infilandosi il grembiule. Il custode, sempre presente, ci indicò i quattro uffici comunicanti da riordinare e tornò alla sua guardiola.

«Due tu e due io» Sabrina disse dirigendosi verso lo sgabuzzino dove tenevamo sempre in deposito un minimo di materiale per le pulizie. Armate di stracci e secchi, lei prese i due uffici di destra e io i due di sinistra. A un primo colpo d'occhio, dubitai fortemente che Sabrina avrebbe fatto in tempo ad arrivare al brindisi. Le scrivanie, riunite, erano cariche di bicchieri sporchi, bottiglie, e vassoi di cartone con miseri resti di pizzette e pasticcini. I pavimenti erano segnati di impronte e ricoperti di briciole, cicche, tovagliolini appallottolati.

Per prima cosa, liberai le scrivanie del primo ufficio trasportando i bicchieri sui davanzali del bagno e gettando le bottiglie vuote, le tovagliette di carta e i vassoi nei sacchi dei rifiuti. Poi, ricordando benissimo le disposizioni, trascinai ciascuna scrivania al proprio posto dopo aver ripulito la zona di pavimento sottostante. Ora si comincia a ragionare, pensai tra me. Presi la scopa e spazzai dappertutto. Ciò fatto, passai lo straccio e in attesa che il pavimento asciugasse passai al secondo ufficio ripetendo esattamente le identiche operazioni.

Stavo trascinando la seconda scrivania quando Sabrina mi raggiunse dicendo che aveva finito e se ne andava. «Di già?» chiesi meravigliata.

«Ho fatto il grosso, alla vigilia di Natale non si può pretendere di più» fu il commento. Scappò via in gran fretta facendomi gli auguri. Io terminai di riordinare il secondo ufficio e una volta passata la lucidatrice anche nel primo restai nel dubbio se il lavaggio dei bicchieri trasportati sui davanzali del bagno fosse o no di competenza dell'impresa di pulizie, e cioè mia.

Mancando il detersivo specifico per stoviglie decisi per il no, ma a scanso di equivoci pensai che era meglio lasciare una spiegazione scritta sul davanzale stesso, nel caso qualcuno mi avesse accusata di essere una scansafatiche. Mi diressi verso l'ufficio delle segretarie per cercare un foglio di carta e una penna e avevo appena terminato di scrivere quando udii una voce alle mie spalle. «Che cosa sta facendo, signorina?»

Mi girai spaventata e vidi un giovanotto sui trent'anni, piuttosto alto e con un viso familiare, a pochi passi da me. Indossava una giacca scura e cravatta da manager, cosicché mi tranquillizzai immediatamente. Gli porsi il foglio. «Sono la ragazza delle pulizie e stavo lasciando un messaggio. Guardi pure.»

Lui gettò dapprima un'occhiata distratta, poi lesse attentamente e disse ridendo: «Riconosco la calligrafia, lei è quella dei messaggi».

«Non capisco, scusi.»

«Sono Domenico Satti, l'uomo delle scartoffie polverose.» Vedendo che continuavo a fissarlo, aggiunse: «Non ricorda? La settimana scorsa mi ha lasciato un bigliettino minatorio».

Ecco a chi rassomigliava! Tale e quale a Andy Garcia, con qualcosa nello sguardo che ricordava anche Al Pacino. Gli sorrisi con sollievo: se c'è una cosa che mi agita è non ricordare il nome di una persona o non riuscire ad associare una evidente rassomiglianza.

Accorgendomi che adesso era lui a fissarmi, probabilmente stupito per il mio sorriso eccessivo, mi affrettai a dire a scanso di equivoci: «Mi hanno chiamato a riordinare e stavo giusto andandomene».

Lui mi restituì il bigliettino. «Sto andandomene anch'io. Buon Natale, signorina.»

«Anche a lei, grazie.» Si diresse verso il suo ufficio. Io andai nello sgabuzzino adiacente la toilette per signore a riporre scope e stracci, misi il grembiule nella sacca e mi diressi verso gli ascensori. Il tizio di poco prima era in attesa davanti a quello centrale, e come arrivai la portiera metallica si dischiuse. Lui, senza dire niente, si fece cortesemente da parte per darmi la precedenza e come arrivammo al pianoterra mi augurò nuovamente buon Natale. Indi si diresse speditamente verso l'uscita.

Io feci qualche passo, arrestandomi con un moto di disappunto. La guardiola era deserta ed escludendo che il custode se ne fosse andato prima di inserire gli allarmi e chiudere il portone, non mi restava che attendere il suo ritorno per farmi chiamare un taxi. Visto che la ditta me lo rimborsava e considerata l'ora tarda, circa le ventitre, tanto valeva approfittarne.

L'uomo somigliante a Andy Garcia nel momento di lasciare il palazzo girò la testa nella mia direzione e nel vedermi impalata a due passi dalla guardiola tornò sui suoi passi. «C'è qualche problema?»

«Nessuno, grazie. Aspetto il custode per farmi chiamare un taxi.»

Lo vidi esitare qualche istante. «Se va nella mia direzione, posso darle un passaggio.»

«Lei è molto gentile, ma vado da tutt'altra parte» risposi pronta e un po' sulle mie.

Mi mancava solo di dover respingere gli approcci di un uomo sui sedili di un'automobile.

«Come fa a sapere dove sono diretto, scusi?» obiettò sorpreso.

«Abito all'estrema periferia ed escludo che lei sia diretto lì» tagliai corto.

I ricordi a questo punto si fanno confusi e da questa mia battuta mi ritrovo con la memoria direttamente seduta sull'auto di quello sconosciuto somigliante a Andy Garcia. Credo che questo vuoto sia dovuto al fatto che le sensazioni che provai furono talmente forti da aver travolto i particolari. Mi sentivo innanzi tutto una gran cretina per la mia imprudenza, poi concentrata nello sforzo di cercare le parole giuste per scoraggiare l'uomo senza dover ricorrere a gesti estremi tipo buttarmi giù dall'auto in corsa, e infine tutta irrigidita e sulle spine temendo che lui allungasse una mano o si avvicinasse in modo equivoco come aveva fatto la prima volta lo sciagurato marito di mia zia mentre mi dava il passaggio alle magistrali.

Il ricordo del dialogo riprende dal momento in cui lo

sconosciuto, trattandomi come una bimbetta, disse: «Si rilassi, non la mangio».

«Dopo tutti i salatini e le pizzette del rinfresco, vorrei ben vedere che lei avesse ancora fame» feci io. Battuta stupidissima, ma onestamente nello stato di tensione in cui mi trovavo non potevo certo fare del fine umorismo.

«Per la verità non ho partecipato al rinfresco e mi è venuto un grande appetito» fece lui.

«E che cosa ci faceva in ufficio, a quell'ora?» chiesi incapace di tenere a freno il mio stupore.

«Dovevo finire una relazione e controllare dei documenti.»

«Alla vigilia di Natale?»

Lui si girò verso di me, sorridendo. «Mi pare che anche lei stesse lavorando.»

«Io non ho famiglia» mi scappò detto, cosa della quale immediatamente mi pentii, perché dire a uno sconosciuto che ti ha dato un passaggio nella notte di non avere una famiglia alle spalle è come autorizzarlo a prendersi qualsiasi libertà. Lo sbirciai con la coda dell'occhio e vidi, tranquillizzata, che aveva le mani a posto sul volante e la faccia seria.

«Sono solo anch'io» disse l'uomo. «Mia figlia è andata a passare le vacanze di Natale con la madre.»

«Ah» feci io senza commenti, benché quella sua frase si prestasse a molti interrogativi: perché non era andato anche lui? Aveva litigato con sua moglie? Quella figlia era unica? Poiché lui non aggiunse altro, e a me sembrava poco educato intromettermi nei fatti suoi, tacemmo per un bel po'. A questo punto io mi ero abbastanza rilassata: chiaramente avevo a che fare con un cortese giovanotto che mi aveva offerto un passaggio senza secondi fini.

«Mi spiace averle dato tanto disturbo» mi sentii in dovere di dirgli.

«Nessun disturbo» replicò lui, ricominciando subito a tacere. Dopo un paio di minuti, sentendomi un po' imbarazzata, buttai lì tanto per dire qualcosa: «Ho un grande appetito anch'io».

Lui mi lanciò un'occhiata e tornò a guardare la strada. Subito dopo si girò di nuovo: «Vuole che mangiamo qualcosa insieme?».

«Assolutamente no!» risposi con forza. Accorgendomi di avere reagito come se mi avesse fatto una proposta offensiva, subito spiegai: «Non ho detto di avere appetito per essere invitata!».

«E io non l'ho invitata perché lei me l'ha chiesto, ma perché mi è venuto spontaneo. Lei ha fame, io ho fame, tanto vale che ci fermiamo da qualche parte a mangiare un boccone.»

Nello sforzo di trovare una battuta per dirgli di no con eleganza e magari anche con un po' di spirito persi qualche istante di troppo, cosicché lui scambiò il mio silenzio per una tacita conferma e puntò dritto verso l'insegna luminosa di un ristorante alla nostra destra. «Le va bene qui?» disse rallentando.

«Purché a quest'ora ci diano da mangiare. Oltretutto è la vigilia di Natale» feci io.

Fummo fortunati, perché era uno dei pochi ristoranti della zona aperti fino a tarda ora. La sala era quasi vuota. Ci accomodammo poco distanti da un grande albero di Natale tutto illuminato e ordinammo il menu speciale della casa che consisteva in una cena di magro tutta a base di pesce. In attesa del primo, lui mi riempì il bicchiere di vino bianco frizzante e poi fece un brindisi scherzoso: «Auguri per un anno migliore anche a due poveri derelitti come noi...».

Beh, a questo punto se l'era proprio voluta. «Sua moglie e sua figlia non torneranno per l'ultimo dell'anno?»

Scosse la testa. «Rientrerà solo mia figlia, ma alla fine delle vacanze. Io e mia moglie siamo divorziati e da un anno lei è tornata a vivere a Roma, dove è nata.»

«Senza la figlia?»

Invece di mostrarsi irritato, come avrei meritato per la mia domanda da maleducata e impicciona, mi spiegò gentilmente che si era trattato di un divorzio molto civile ed era stato lui a proporre alla moglie di tenere la bambina per consentirle di essere più libera nel suo lavoro.

L'arrivo degli spaghetti alla polpa di granchio interruppe il discorso, e quando il cameriere (efficientissimo) portò via i piatti sporchi, anziché proseguire a parlare di sé l'uomo mi chiese se anche i miei genitori abitavano in un'altra città.

«Li ho persi quando ero piccola, in un incidente d'auto» spiegai a mia volta. E siccome non mi andava proprio di rispondere ad altre eventuali domande, aggiunsi spontaneamente e in modo stringato che anni prima avevo lasciato la casa di mia zia, vicino a Torino, per venire a cercare lavoro a Milano e che, ringraziando il cielo o la fortuna, non potevo lamentarmi di come mi era andata.

Ciò detto, cambiai subito discorso chiedendo che lavoro facesse sua moglie. Seppi così che Marta, come si chiamava, faceva la giornalista e collaborava un po' per le televisioni e un po' per i quotidiani non essendo ancora riuscita a ottenere un contratto fisso.

Ero lì lì per chiedere come mai non preferisse stare vicina a sua figlia, ma mi accorsi per tempo che si trattava di una domanda troppo indiscreta e mi limitai a domandare genericamente come si chiamasse la bambina e quale età avesse. E qui appresi che la piccola Cristina (nome molto distinto) aveva dodici anni. «Si è sposato molto giovane» non potei fare a meno di osservare con stupore, dato che il mio cavaliere sembrava all'incirca sui trent'anni.

Lui annuì. «Io avevo ventiquattro anni, Marta due di meno.» Adesso dunque ne aveva trentasei, calcolai mentalmente. Il cameriere arrivò con la mousse di coregone all'aceto balsamico, secondo piatto previsto nel menu natalizio, e tacemmo di nuovo.

«Non le piace?» chiese lui a un tratto, da ottimo osservatore. In effetti non mi piaceva tanto, come tutte le ricette in cui per il cuoco il massimo della bravura è togliere al pesce il sapore di pesce, alla carne quello della carne e così via.

«Ha un gusto un po' strano» risposi ad alta voce. «Ma forse è perché è la prima volta che mangio la mousse di coregone.»

«Anch'io» sorrise lui. Aveva un sorriso molto spontaneo e simpatico. «Non è obbligata a mangiarlo, se non le va» disse subito, col tono naturale delle persone che non hanno dovuto fare mai niente per forza.

Scacciai la sottilissima fitta di amarezza buttandola in ridere: «E se la sogliola alla Tristano avesse un gusto ancora più strano?». Si trattava del terzo piatto scritto nel menu.

«Non ci resta che compiere l'atto di fede nel trancio di branzino in guazzetto» rise il mio cavaliere.

Cinque anni dopo ho conservato intatto il ricordo di quel momento, perché fu solo allora, non un istante prima e non uno dopo, che capii di aver lasciato per sempre alle spalle il mio passato. Un uomo stava con me e scherzava. Nella vita di prima non mi era mai successo, perché gli uomini che pagano le ragazze possono dire e fare di tutto ma non ridono mai, trattandosi di un rapporto assolutamente privo di allegria. Ricordo che rimasi a fissarlo a bocca aperta, più per la felicità che per lo stupore.

«Ho detto qualcosa che non va?»

«Tutt'altro!» esclamai. «Sono molto contenta di avere accettato il suo invito.»

A quel punto, dopo aver detto che era molto contento anche lui, mi chiese dove abitavo e io gli parlai della mia amica Anita e delle sue infinite gentilezze, la prima delle quali era l'avermi aiutata a trovare il mio posto di lavoro.

Interruppi il mio racconto all'arrivo della sogliola (non male), ma alla terza forchettata il mio cavaliere commentò che non doveva trattarsi di un lavoro facile, con un tono da cui trapelava lo stupore che io non avessi un'occupazione migliore.

«La fatica non mi pesa, e in attesa di migliorare sono felicissima così» dissi. «E lei che lavoro fa, precisamente?»

Nel palazzo in cui facevo le pulizie c'erano gli uffici di molte ditte e sulla porta di quello suo c'era soltanto il nome, dott. Domenico Satti, senza altra precisazione.

«Sono commercialista e mi occupo di importazioni ed esportazioni per la Giano & Forti.»

«Quelli delle macchine per materie plastiche?»

«Sì, brava.» Mi spiegò che la società aveva nel mio palazzo solamente gli uffici per l'estero e che il suo lavoro comportava parecchi viaggi.

Lasciammo il ristorante che l'una di notte era passata da dieci minuti. Il mio cavaliere, dopo aver fermato l'automobile davanti al portone di casa, scese ad aprirmi la portiera e mi accompagnò fin sull'uscio aspettando che trovassi nella borsetta la chiave per aprire.

Poi mi diede la mano, mi ringraziò per la serata e mi augurò per l'ultima volta buon Natale. «A presto» furono le sue ultime parole.

VI

Anita avrebbe dovuto rientrare alla mattina di Natale, ma alle dieci mi telefonò per avvertirmi che la figlia le aveva chiesto di restare a Cesano Boscone fino alla sera di Santo Stefano per aiutarla a preparare gli altri pranzi e guardare il bambino. Mi disse che avrei trovato nel frigorifero degli agnolotti fatti da lei, il sugo pronto e della fesa di tacchino che, volendo, avrei potuto affettare e cucinare come scaloppina. «Non sai quanto mi dispiace saperti lì da sola» mi disse prima di riattaccare, con la voce preoccupata e triste.

La rassicurai sinceramente. Se avesse potuto farmi compagnia sarebbe stato certo meglio, però la solitudine non mi pesava affatto. Non avendo mai avuto coetanei con cui giocare, fin da bambina mi ero ingegnata a organizzarmi da sola. Penso che anche psicologicamente valga il detto che quello che non ammazza ingrassa. Avendo già allora una natura sana, le frustrazioni mi stimolarono la fantasia e mi rafforzarono il carattere anziché farmi crescere complessata e piena di rancori.

Finita la telefonata andai a fare la doccia e a vestirmi. E stavo in cucina ad aspettare che il caffè filtrasse dalla moka quando lo sguardo mi cadde sul grande sacco pieno di indumenti scartati (vestiti, giacche, golf) che Anita aveva preparato da consegnare ai volontari del Mato Grosso.

Immediatamente mi venne l'idea folgorante, quella che mi avrebbe tenuta piacevolmente occupata per quei due giorni di festa: ricavare da quegli indumenti un bel copriletto patchwork. Presi le forbici e, detto fatto, mi misi al lavoro. Alle tredici avevo già trasformato tutti gli indumenti in quadrati, cerchi e rettangoli di varie misure e colori. Dopo una breve sosta per uno spuntino (con tutto quello che avevo mangiato la sera prima proprio non avevo fame), distesi sul pavimento del soggiorno tutti i pezzotti e cominciai a mischiarli e combinarli tra loro, spostandoli come se fossero pedine. Quando fui soddisfatta dell'assetto definitivo mi accorsi che erano già arrivate le diciotto. Mi rialzai dal pavimento con la schiena indolenzita ma di ottimo umore.

Andai in cucina a fare uno spuntino (tè e biscotti), poi mi affrettai a tornare al mio lavoro: mettere insieme tutti quei pezzotti avrebbe richiesto molto tempo e io volevo assolutamente terminare il copriletto prima del ritorno di Anita, per farle una sorpresa. Fortunatamente trovai nel suo cesto di cucito un ago della grandezza giusta e molte matasse di filo colorato per ricamo.

Mi sedetti davanti al televisore acceso, più che altro per sentire qualche voce, e diedi inizio a un metodico lavoro di cucitura con soprapunto incrociato raccogliendo dal puzzle per terra quattro pezze alla volta. Avevo imparato a cucire dalla sorella di mia madre (sempre quella delle nozze tragiche). Quando suo marito Federico era fallito, lei, per non pesare interamente sulla madre aveva cominciato a fare qualche lavoretto a domicilio, tipo orli e riparazioni di vestiti, tricot, uncinetto. Qualche volta la aiutavo, anche se non era molto divertente stare con una persona sempre immusonita che apriva bocca soltanto per dire quanto era caduta in basso.

Capii il suo stato d'animo quando caddi in basso anch'io. Non avevo ancora sedici anni, e solo quella notte di Natale, attaccando i pezzotti per fare il copriletto, riuscii finalmente a trovare il bandolo di quei lontani eventi che, quando li vissi, mi sembrarono tanto assurdi e inafferrabili. E invece tutto si era svolto e concatenato in una logica mostruosa.

Un pomeriggio, riportandomi a casa da scuola, il marito di mia zia imboccò un viottolo di campagna e mi violentò. «Se parli, ti rovino» minacciò alla fine. Quella minaccia non mi fece alcuna paura, sia perché in quel momento non riuscivo a immaginare una rovina peggiore, sia perché il coraggio è una delle mie poche doti.

Sarei andata quella sera stessa a denunciarlo se non mi fossi sentita fisicamente incapace di reggermi in piedi, dato che prima di essere immobilizzata e violentata avevo opposto tutte le mie resistenze. Federico, per giustificare il sangue e i gonfiori in faccia, disse che eravamo stati tamponati.

Al mattino dopo, purtroppo, la nonna fu colpita da un ictus cerebrale e morì in due ore. Dico "purtroppo" non tanto per il dolore della sua perdita (era stata una nonna insensibile e senza tenerezza, a ripensarci oggi quasi sadica), quanto perché l'impossibilità di andare dai carabinieri è all'origine di tutto quanto seguì.

Contavo di farlo il giorno dopo i funerali, ma la zia doveva andare in banca a Torino e mi diede il passaggio a scuola. All'uscita, trovai ad aspettarmi suo marito Federico. Io feci per scappare via, ma lui mi afferrò per un braccio e mi cacciò sulla sua macchina di peso. Io tentai di aprire la portiera, ma lui mi diede un pugno su un fianco che mi tramortì.

Per farla breve, mi ritrovai nella stanza da letto di un appartamentino poco distante, con sopra un uomo che mi faceva le stesse cose del marito di mia zia, e anche peggio perché non aveva paura che qualcuno lo sorprendesse. Quando tutto fu finito era ormai buio.

Federico chiese in restituzione il suo assegno postdatato di venti milioni, ma l'uomo gli disse che io avevo fatto un sacco di storie e non si era poi divertito questo granché. Mi riportasse lì il giorno dopo, e se ne sarebbe riparlato.

Io stavo pensando tra me che mi sarei buttata sotto a un tram e mi sarei fatta ammazzare piuttosto che rivivere quella esperienza, quando udii il marito di mia zia dire: «Puoi tenerla addirittura qui stanotte».

Rimasi in quell'appartamento dieci giorni, e ancora oggi non so se tutti gli uomini che entrarono e uscirono dal letto fossero amici del padrone di casa oppure altri creditori di Federico. So soltanto che la mattina in cui uscii di lì avevo conosciuto alcune tra le brutture e le violenze più orribili del mondo. Mi sentivo talmente sudicia che mi vergognai persino di alzare la testa per guardare se c'era il sole.

Federico mi sostenne per un braccio fino alla macchina. Come fui seduta, ebbi una specie di mancamento. Arrivai a casa senza accorgermene. «L'ho ritrovata» Federico disse a mia zia, cioè sua moglie.

Lei mi aggredì dandomi della vagabonda e della bastarda, ringraziando il cielo che alla sua povera sorella fosse stato risparmiato il dramma di dover crescere una figlia come me. Ebbi la febbre per tre giorni, ma Federico disse alla moglie che era inutile chiamare il medico dato che certamente si trattava di una influenza presa dormendo chissà dove. La terza mattina mi alzai e andai in cucina a scaldarmi un po' di latte. Credevo di essere sola, quando Federico mi giunse alle spalle e disse: «Adesso che non sei più una bambina, possiamo diventare ottimi amici...».

Io mi girai come una furia, ma lui mi circondò per la vita strusciandosi addosso. Non capii, sulle prime, perché si fosse staccato di colpo senza che io avessi fatto nemmeno in tempo a divincolarmi. Ma tutto mi fu chiaro come vidi mia zia immobile sulla porta e con una faccia spaventosa.

Federico le andò incontro: «È incredibile, tua nipote ha tentato di sedurmi...».

Io provai un sollievo smisurato. Nella mia ingenuità ero certa che la sorella di mia madre a quel punto avrebbe dato al marito del farabutto e del bugiardo, cacciandolo dalla sua casa e dalla nostra vita. Invece scacciò me, dandomi della *puttanella*. Sui due piedi. Senza darmi neppure il tempo di prendere dalla mia stanza un ricambio di biancheria e le diecimila lire che avevo nel borsellino.

Quella reazione, che nei mesi successivi avrei giudicato per quel che era, disumana e folle (si può buttare sulla strada una ragazzina di sedici anni?), allora mi parve naturale. Superati i primi attimi di sbalordimento, mi dissi che una come me non poteva meritare altro.

E qui ho un altro vuoto di memoria. Ricordo solo che per tutto il giorno camminai, e camminai e camminai lungo il bordo della statale che portava a Torino. La testa mi ronzava, le gambe mi sembravano due tronchi di pietra, a ogni passo avvertivo una fitta di dolore al basso ventre. A un certo punto mi sedetti su un paracarri. Era ormai buio.

Non so quanto tempo rimasi lì seduta. Mi riscossi quando vidi i fari di una macchina lampeggiare e la macchina stessa frenare lentamente davanti a me. «Sali?» un uomo chiese. Ma, più che una domanda, sembrava un invito perentorio.

Io salii. Il mio errore fu credere che dopo quello che era successo in quell'appartamento maledetto io non potessi fare altro. Ero diventata una ragazza di vita, e la cosa mi sembrava irrimediabile e definitiva come se avessi subìto l'amputazione di un arto. Andare dai carabinieri? Non ci pensavo più. Diventando ciò che ero diventata, avevo perduto ogni diritto di essere difesa dalla legge e non c'era più possibilità di riparare.

Con quell'uomo di passaggio tutto avvenne in fretta, sui sedili ribaltabili, e alla fine mi diede trentamila lire. Fu l'attimo in cui presi coscienza della mia abiezione. Trascorsi quella prima notte di vita alla stazione di Torino.

Al mattino successivo andai al diurno, mi lavai e iniziai a gironzolare tra i binari chiedendomi che cosa fare e dove andare. Alle quattro del pomeriggio ebbi il secondo incontro da professionista, e fu quello che mi salvò dal marciapiede perché Ivan, come l'uomo si chiamava, mi condusse in un albergo molto lussuoso dove mi tenne per due giorni. Al mattino andava al congresso per cui era venuto a Torino, e alla sera stavamo insieme. Benché sapesse con chi aveva a che fare, si mostrò educato e non disse mai cose volgari né si comportò da bestia come il creditore di Federico e i suoi amici.

Alla fine di quei due giorni, che mi sembrarono molti di più, mi diede duecentomila lire. Grazie a quella somma io fui in grado di pagarmi una stanza in una pensioncina a poco prezzo ma decorosa, sempre nella zona della stazione. Quando stavo per andarmene, perché i soldi erano finiti, il padrone della pensione mi disse che un cliente mi aveva notato e voleva conoscermi. Quello fu il terzo incontro.

Rimasi a lavorare in quella pensioncina per due mesi. E nonostante il padrone mi avesse aumentato la pigione, come percentuale che gli spettava, in quel periodo riuscii a mettere da parte oltre un milione.

Una notte, al termine del secondo mese, ero appena rimasta sola quando avvertii dei dolori lancinanti e mi ritrovai in una pozza di sangue. Non so neppure come riuscii a citofonare in portineria. Il padrone, che non voleva scandali, anziché chiamare un'ambulanza mi accompagnò al pronto soccorso con la sua automobile. Qui giunti, mi spinse fuori in fretta e ripartì, lasciandomi sola e mezza tramortita davanti all'ingresso.

Quando ripresi conoscenza ero in un letto di corsia. Seppi il giorno dopo che avevo avuto un aborto e, per salvarmi, erano stati costretti a farmi una isterectomia.

«Di che cosa si tratta?» chiesi.

Il medico, gentilissimo, mi spiegò che avevano dovuto togliermi l'utero e che purtroppo non avrei più potuto avere bambini.

Questa notizia sulle prime mi lasciò quasi indifferente. Che importava? Mai e poi mai avrei potuto essere tanto impietosa dal voler buttare nell'esistenza il figlio di una madre come me, condannandolo a infelicità e umiliazioni certe. E più tardi, quando ritrovati la stima e l'amore per me stessa realizzai la gravità della mutilazione fisica e affettiva che la sorte mi aveva inflitto, ero ormai rassegnata.

Dimessa dall'ospedale, tornai alla pensione ma il padrone mi disse che non poteva tenermi più. Così ne trovai un'altra, e una volta ritornata in forze ripresi il mio giro.

Dopo due anni mi trasferii a Milano, dove conobbi

Carlotta e imparai a convivere, oltre che con la mia mutilazione, anche con la vita che facevamo. Non era obbligatorio conoscerne gli aspetti più degradanti, tipo marciapiede, protettore, contatti con la malavita, droga e così via. Potendo permetterci una stanza in una pensione dall'apparenza rispettabile, eravamo nella condizione di stare alla larga dai giri ufficiali e di proteggerci da sole scegliendo con chi andare e quando. Il sabato e la domenica non accettavamo se non eccezionalmente degli incontri: il fine settimana era tutto per noi, e lo dedicavamo al parrucchiere, allo shopping, alle passeggiate fuori porta o sui laghi.

Se dai sedici ai diciotto anni avevo conosciuto l'inferno, dai diciotto ai ventidue tutto cambiò. Detto in termini tecnici, eravamo riuscite a ottimizzare l'esistenza alla quale io e Carlotta eravamo state avviate. E se il commissario Perazzi non mi avesse sbattuto in cella, oggi vivrei ancora con l'illusione che quella potesse in qualche modo assomigliare a una esistenza umana.

Tra un ricordo e un colpo d'ago, un colpo d'ago e una riflessione, alzando gli occhi verso la pendola mi accorsi che si erano fatte quasi le tre di notte. La vista mi si incrociava e il dito medio, sotto al ditale, era diventato indolenzito e bluastro. Mancavano ancora una decina di pezzotti da congiungere per completare il copriletto, ma decisi di lasciare questo lavoro per l'indomani mattina, che era pure un giorno festivo e senza niente altro da fare.

Una volta andata a letto, stentai a prendere sonno. Il pensiero della mia amica Carlotta, evocato col passato, mi dava una strana agitazione. Che cosa stava facendo in quel momento? Si era potuta addormentare oppure era ancora costretta a stare sveglia? L'uomo che l'aveva invitata in montagna era una persona che aveva già incontrato oppure un balordo a cui si era accompagnata alla cieca? Mi sentivo ancora responsabile di Carlotta, e conoscendo la sua incoscienza c'era poco da stare tranquilli. Purtroppo non potevo più seguirla da vicino. Avrei potuto fare qualunque cosa per lei, anche morire, tranne che ritornare a fare la vita di prima.

Non ricordavo se mi avesse detto il giorno del suo rientro dalla montagna, e in ogni caso non avevo capito. Ma il peggio era che ignoravo dove si trovasse. Mi era impossibile sapere come stava e se aveva bisogno di qualcosa, ricordarle di prendere le vitamine e anche le debite precauzioni, farle coraggio se era un po' depressa. E questo non faceva che aumentare la mia inquietudine, ben sapendo che sotto sotto Carlotta non si voleva affatto bene. Amando moltissimo me, che vedeva come il suo specchio, si era convinta di essere anche lei una persona degna di stima e rispetto. Ma ora che l'identificazione non esisteva più, avrebbe mantenuto questa convinzione oppure, al contrario, si sarebbe disprezzata e odiata per non essere riuscita a smettere come me?

Mi addormentai col cuore stretto che già albeggiava, e fui svegliata alle nove dallo squillo del telefono. Era Anita che voleva mie notizie e mi preannunciava il ritorno a casa per il pomeriggio verso le quattro.

Corsi a lavarmi e a vestirmi, quindi ritornai in gran fretta al mio patchwork: finito il lavoro di cucitura, occorreva almeno un'ora per stirarlo come si doveva ribattendo col ferro tutte le congiunzioni dei pezzotti. Inoltre, tutta presa dal lavoro di cucito, non avevo fatto in tempo a pulire di fino la casa, e prima del ritorno di Anita volevo fare anche quello.

Arrivò alle 16,10 con l'aria stravolta che aveva sempre quando ritornava da Cesano Boscone, accompagnata dalla figlia che le aveva dato un passaggio con la sua Panda. Io, che nel sentire il citofono avevo messo sul gas la caffettiera, chiesi a Graziella se voleva un caffè, ma lei rispose che aveva una gran fretta e chiamò irritata la madre che era andata in camera da letto a levarsi il cappotto e togliersi le scarpe coi tacchi.

Invece del solito "vengo subito", giunse un *oooh* di meraviglia che mi riempì il cuore di gioia: evidentemente Anita aveva visto la mia sopraccoperta ben stesa sopra il suo letto matrimoniale. «Lucia, dove l'hai preso?» urlò con voce entusiasta.

Io la raggiunsi nella stanza. «Ti piace? L'ho fatto con le mie mani tra ieri e oggi coi ritagli dei vestiti che volevi regalare ai volontari.»

Graziella, che mi era corsa dietro incuriosita, si curvò a toccare e a rigirare il patchwork. «Non è possibile! Davvero l'hai fatto tu?» mi chiese alla fine.

Inorgoglita le confermai la cosa. «È un regalo per sua madre.»

Graziella, che di colpo sembrava avere dimenticato tutta la sua fretta, si schiarì la voce e mi chiese: «Non lo daresti a me? Nella mia stanza starebbe benissimo...».

Io lanciai un'occhiata ad Anita, non sapendo che cosa rispondere. Mi imbarazzava rispondere di no, ma d'altra parte mi addolorava molto vedere il mio capolavoro finire in mani estranee e sinceramente antipatiche.

Anita mi cavò subito dall'impaccio. «Sta benissimo anche nella mia stanza. E inoltre si tratta di un regalo che Lucia ha fatto a me.»

«Scusa se ho osato chiedertelo» Graziella disse a labbra strette. «Ogni tanto mi comporto come se tu fossi una madre normale...» E qui si aprirono le cataratte delle rimostranze e delle frecciatine: sei un'egoista, te ne freghi anche del tuo nipotino, non gli hai mai regalato neanche uno straccio di golfino o di giocattolo (cosa assolutamente non vera!), sei l'unica persona cui non vuole andare in braccio, creperai da sola perché non vuoi bene a nessuno e nessuno ti vuole bene...

A ogni parola, vedevo la faccia di Anita farsi sempre più pallida e rattrappita. A un certo punto non ressi più, e con gesti lenti e calmi (onde non gettare benzina sul fuoco) feci scivolare giù dal letto la sopraccoperta dicendo: «La prenda pure, signora Graziella, a sua madre ne farò un'altra».

In realtà avrei voluto strozzarla. Graziella afferrò la coperta e disse: «Tu sì che sei gentile. Sono certa che sarai una madre molto migliore della mia».

Non posso avere figli, stavo per replicare, ma sia per

riserbo, sia per evitare che quella odiosa ragazza si trattenesse oltre a farmi le domande del caso tacqui. Come restammo sole, Anita scoppiò a piangere. Io la consolai come meglio potei proponendole di bere un buon caffè. E in quel momento mi ricordai della macchinetta abbandonata sul gas. Troppo tardi: la moka si era bruciata. «Questo sì è un vero dramma!» scherzai.

Anita si asciugò gli occhi dicendo che ne aveva un'altra di scorta. La tirò fuori da un armadietto e io la riempii di acqua e polvere. Quando il caffè fu pronto, lo versai e ci sedemmo una di fronte all'altra, davanti al tavolo della cucina, come due signore che hanno tutto il tempo di chiacchierare. «Puoi darmi del tu» lei propose a un tratto per la centesima volta. Aggiungendo: «Se tua madre fosse viva, sarebbe orgogliosa di te. Sei una benedizione di figlia».

Fu a quel punto che le raccontai tutto di me e del mio passato. Vivere nella menzogna, spacciandomi per quella che non ero, mi ripugnava. Alla fine, con le labbra secche a furia di parlare e parlare e parlare, dissi: «Se non vuole più tenermi, la capisco benissimo».

Anita si alzò di scatto, facendo cadere la sedia, e mi ritrovai stretta tra le sue braccia, con la sua voce dolcissima spezzata dai singhiozzi che diceva: «Figlia mia... Oh povera bambina mia... Adesso ci sono io... questa è la tua casa».

La settimana dopo, quando feci per darle la cifra pattuita per l'affitto, arretrai di un passo spaventata, credendo che volesse picchiarmi. «Neppure Graziella è mai riuscita a farmi male come hai fatto tu adesso» disse guardandomi con occhi di fuoco. Fui felicissima di quel suo dolore, perché mi diede la certezza che avevo davvero trovato una casa e una persona che mi amava come una vera madre. Tuttavia mi scusai.

«Incidente chiuso» disse Anita. «Domani andremo insieme alla mia banca e aprirai un libretto dove versare il tuo stipendio.»

«Tranne i soldi per il vitto e le spese di casa» obiettai.

«Ho ventidue anni, e starei male se alla mia età non potessi mantenermi da sola.»

Fu necessaria una lite di circa un'ora per convincerla che avrei detto la stessa cosa anche ai miei genitori, se fossero stati vivi e io avessi ancora vissuto con loro.

«Si intende che contribuirai al solo vitto» disse Anita con voce che non ammetteva repliche. «Le spese condominiali e di riscaldamento non raddoppiano per la tua presenza.»

«Ma quelle della luce e dell'acqua calda sì.» Seguì un'altra lite, questa volta non di principio ma di mercanteggiamento. Purtroppo non ci fu nulla da fare, e dovetti ripiegare sul solo contributo per il vitto, come Anita aveva deciso all'inizio.

La serenità dei giorni che seguirono fu turbata soltanto dalla preoccupazione per Carlotta. Il telefono del suo nuovo appartamento squillava a vuoto e, recatami al suo indirizzo, invano cercai un portinaio a cui chiedere notizie. In quella palazzina non esisteva portineria. Non figurando il nome della mia amica su alcuna targa, e ignorando il nome del proprietario del suo appartamento, suonai a tutti i condomini, in tutto sei. Cinque risposero, affermando di non conoscere alcuna Carlotta, e al sesto pulsante nessuno rispose. Ne dedussi che la mia amica abitava lì. Ma come era possibile che non fosse ancora rientrata dalla vacanza in montagna?

L'inquietudine si era trasformata in panico. Tornata a casa mi confidai con Anita, che ormai sapeva tutto anche di Carlotta, e lei mi suggerì con il suo solito buon senso l'unico modo possibile per sapere qualcosa di lei: andare dal padrone della pizzeria-ristorante che l'aveva sistemata in quell'appartamentino.

Poiché quella sera era ormai tardi e si era avvicinata l'ora di andare al lavoro, decisi che lo avrei fatto l'indomani mattina.

«Verrò con te» Anita disse con voce da tigrotta. «Non voglio che tu riveda da sola quel mascalzone del tuo ex principale.»

Quella sera, entrando nell'ufficio di Domenico Satti

per fare le pulizie, ebbi la bella sorpresa di trovarlo lì. Mi spiegò che il 27 dicembre precedente era dovuto volare negli Stati Uniti per una complicazione legale imprevista e che era appena rientrato. Poi mi invitò a bere un caffè alle macchinette, ma io dovetti declinare l'invito perché al personale delle pulizie era vietato servirsi delle macchinette dei piani. Se volevamo un caffè o una bibita, avevamo a disposizione quella alla sinistra dell'atrio centrale.

«Ne ha ancora per molto?» mi chiese lui.

«Il suo ufficio è l'ultimo.»

«Bene, allora lo lasci così com'è, ordinatissimo, e andiamo a mangiare un boccone insieme. Se le va, naturalmente.»

Sul fatto che il suo ufficio fosse ordinatissimo non potei obiettare niente: nei giorni della sua assenza non avevo fatto che pulire mobili e pavimento che nessuno sporcava. Però non avevo avvertito Anita che avrei cenato fuori, e non mi sembrava gentile farlo all'ultimo minuto, dopo che certamente mi aveva già preparato i suoi soliti piattini prelibati pronti da riscaldare.

Glielo spiegai, approfittando dell'occasione per parlargli brevemente di Anita e lui si confermò una persona molto cortese e sensibile evitando di insistere. «Sarà per un'altra sera» disse invece. «Posso darle un passaggio a casa, se crede.»

Per questo non esistevano proprio problemi, e acconsentii con piacere. Il tempo risparmiato rientrando in macchina anziché col pulmino della ditta ci permise di fermarci per strada a bere qualcosa. Parlammo del più e del meno, cose di nessun impegno che oggi ho dimenticato. Però ricordo lo stato d'animo di quella tarda serata: mi sentivo rilassata e a mio agio come se fossi stata con un uomo conosciuto da molto tempo senza averne dovuto conoscere tanti altri prima di lui.

La mattina successiva ritornai amaramente coi piedi per terra. Alle undici mi avviai con Anita al ristorante-pizzeria e dopo aver fatto un salto in cucina a salutare la signora Ignazia, che non mi aveva fatto nulla di male, le chiesi di suo marito, Duilio.

Lui sulle prime si mostrò seccatissimo di vedermi, ma Anita lo fulminò con lo sguardo dicendo che volevamo soltanto notizie di Carlotta. A quel punto il padrone ci pregò sottovoce di uscire in modo naturale, aggiungendo che ci avrebbe raggiunte all'esterno del locale. E così fece.

Rivolgendosi direttamente a me, disse che con grande sollievo suo e dei suoi amici Carlotta aveva lasciato l'appartamento alla vigilia di Natale. «Negli ultimi giorni aveva conosciuto un gruppo di balordi che si era portati in casa, cosa molto imprudente e assolutamente non prevista dall'accordo» precisò.

Spiacente, proprio non sapeva dirmi dove fosse andata né chi fossero i disgraziati che con tutta probabilità aveva seguito.

Nel vedermi affranta, Anita disse in tono solenne: «Non preoccuparti, ti aiuterò io a ritrovarla».

VII

La fine di febbraio arrivò senza che riuscissimo ad avere alcuna notizia di Carlotta. Di nascosto ad Anita, andai a cercarla nella zona in cui aveva lavorato prima di conoscermi, spingendomi anche verso altri marciapiedi e zone malfamate. Il non averla trovata in quei posti da un lato mi diede un enorme sollievo ma dall'altro accrebbe la mia angoscia. Dove poteva essere finita? E se le fosse accaduta una disgrazia?

Una mattina non ce la feci più e presi la decisione estrema, recandomi dal commissario Perazzi. Ancora una volta lui mi riconobbe subito. E non solo: si mostrò felicissimo di vedermi. «Sono stato molto preoccupato (sic)» disse. Mi spiegò che era venuto a cercarmi al posto di lavoro che mi aveva procurato e, appreso che io e la mia amica ci eravamo licenziate, sulle prime aveva pensato al peggio e poi si era tranquillizzato apprendendo che avevo trovato un altro posto.

«Come ha fatto a saperlo?» chiesi profondamente meravigliata.

«Tramite gli uffici di collocamento.»

Questo interesse del commissario per la mia sorte mi fece un gran bene al cuore e, in un empito di gratitudine e di fiducia totale, gli raccontai di Carlotta spiegando che il non sapere più nulla di lei mi stava facendo impazzire.

Il commissario annuì con quella sua aria cogitabonda e comprensiva che ormai conoscevo, dopo di che mi chiese se avevo provato a mettermi in contatto con la sua famiglia nel caso fosse tornata lì. Gli risposi che lo escludevo categoricamente, dato che erano stati proprio il fratello tossico e la madre snaturata a buttarla sul marciapiede.

«Sai se all'epoca avesse un protettore, qualche amica particolare?»

«Purtroppo no.» E qui passai a raccontargli del tardo pomeriggio in cui l'avevo vista per la prima volta.

Erano circa le diciannove e io, in preda a un forte mal di testa, mi ero recata nella farmacia antistante la pensione in cui risiedevo per comperare delle aspirine, quando d'un tratto lei era entrata zoppicando, con la faccia gonfia e sanguinante, chiedendo di essere medicata.

La giovane commessa le stava domandando che cosa le fosse accaduto, quando irruppe dal retro la farmacista anziana strillando che si trattava di una balorda e che andasse a farsi medicare al pronto soccorso, lei non ne poteva più di drogati, sieropositivi e puttane, quel quartiere era diventato un immondezzaio e così via. Più che la crudeltà della farmacista mi colpì il comportamento di Carlotta: tutta pesta e sanguinante, stava lì a farsi ricoprire di orribili insulti senza dire una parola, come se essere trattata a quel modo fosse per lei la cosa più naturale e meritata del mondo.

Io non ci vidi più per l'indignazione. Mi avvicinai a quella povera ragazza, le passai un braccio sulle spalle e con quanto fiato avevo in gola strillai alla farmacista che si vergognasse, che il vero immondezzaio del quartiere erano le persone disumane e meschine come lei, aggiungendo perfidamente (debbo purtroppo confessarlo) una frecciatina sul suo fisico di befana invidiosa e raggrinzita.

Lieta di vederla rabbiosa e senza parole, trascinai la ragazza fuori dalla farmacia e la condussi nella mia pensione. Giunte nella mia camera, per prima cosa le lavai e le disinfettai la faccia, poi la feci distendere sul letto e le misi una pomata sulla gamba contusa. Soltanto quando la vidi medicata e rilassata le chiesi che cosa le era accaduto.

Carlotta borbottò qualcosa tipo "le brave ragazze come te non possono capire", al che mi affrettai a comunicarle che quella pensione era il mio posto di lavoro ed ero purtroppo in grado di capire *qualunque* cosa. Una volta che ebbe espresso tutto il suo stupore con una serie di "non è possibile", "non ci sembri proprio", "devi avere un protettore importante", finalmente si decise a raccontarmi che a ridurla così era stato un cliente che l'aveva caricata in macchina e in seguito aveva perso le staffe perché lei si era rifiutata di fare una certa cosa.

«Ma tu sali nelle macchine di chi non conosci?» feci io.

«Nel nostro lavoro non "conosci" mai nessuno.»

E fu a questo punto che io le spiegai la differenza tra fare il nostro lavoro sul marciapiede e farlo al chiuso e con un giro fidato. Precisando per inciso che non avevo alcun protettore, né importante né balordo. Per farla breve, presi Carlotta con me e da quella sera diventammo due grandissime amiche.

Terminato il mio racconto, mi accorsi che il commissario Perazzi mi fissava con aria più comprensiva che mai. «Sei una gran brava ragazza» disse infine. Il nostro colloquio fu interrotto dall'arrivo di una donna in divisa che gli ricordò la riunione con il questore.

Prima di lasciarci, il commissario Perazzi si fece dare il numero di casa della signora Anita e mi assicurò che avrebbe fatto il possibile per ritrovare Carlotta, invitandomi però a smettere immediatamente le ricerche in proprio, in quanto pericolose e inutili.

Uscii dal suo ufficio sollevata e fiduciosa, come se mi avessero tolto un macigno dal cuore. Perché avevo aspettato tanto a rivolgermi a lui?

Quella sera andai al lavoro con entusiasmo e a metà delle pulizie mi ritrovai a cantare. Ho dimenticato di dire che in quei due mesi trascorsi alla disperata ricerca di Carlotta il mio rapporto di conoscenza con Domenico Satti si era piuttosto approfondito, al punto che ormai ci davamo del tu. Mi aveva invitato a cena tre volte e un paio di sere era venuto apposta in ufficio per accompagnarmi a casa.

Il fatto che lo vedessero con una ragazza delle pulizie, e cioè di condizione sociale tanto inferiore alla sua, sembrava non preoccuparlo affatto. Piuttosto si meravigliava che io, con la mia intelligenza e la mia cultura (*testuale*), non cercassi una occupazione più idonea. A questo punto io mi buttavo sullo scherzoso e sull'evasivo, non potendogli dire che per una col mio passato quel posto fisso, pur modesto, era il massimo.

E qui devo aprire una parentesi sulla decisione, molto meditata e sofferta, di tenergli nascosto ciò che avevo fatto e che ero stata. Per prima cosa, avevo pagato sino in fondo il prezzo di quei sei anni ai confini con la follia. Erano una parte della mia vita che non apparteneva né assomigliava alla nuova Lucia, una parentesi chiusa della quale non dovevo più rendere conto a nessuno. Ero diventata un'altra persona, e ritenevo un mio diritto venire accettata, respinta e giudicata per ciò che ero al presente, non per ciò che ero stata nel passato.

Come seconda cosa, benché provassi una grande simpatia per Domenico, senz'altro ricambiata, il nostro rapporto non era minimamente paragonabile a quello che avevo avuto con Carlotta o a quello, da madre e figlia, che si era creato tra me e Anita. Scherzavamo, ci prendevamo in giro, parlavamo di libri e di cinema, spesso litigavamo (lui adorava Céline, io lo ritenevo angosciante), ma tutto si esauriva qui, e cioè a un'ottima conoscenza. Perché mai avrei dovuto mettergli a nudo il mio privato?

Domenico stesso si mostrava molto riservato su questo versante. Una volta mi aveva detto di sfuggita di avere qualche problema con la figlia Cristina e un'altra si era lasciato scappare che divorziare era stato per lui molto doloroso: ma ignoravo se avesse incontrato un'altra donna, o chi fossero i suoi amici, o dove vivesse, o in che cosa consistessero i "rapporti civili" che aveva detto di aver mantenuto con la ex moglie. Io non facevo domande e lui non approfondiva i discorsi, come è giusto tra due persone che si frequentano sporadicamente e per caso.

Infine, Anita mi aveva fatto solennemente giurare che per nulla al mondo, e con nessuno, avrei mai dovuto parlare del mio passato. E il fatto che una donna onesta e saggia come lei avallasse la decisione che a me sembrava la più giusta mi rasserenava molto: stava a significare che i miei scrupoli erano ingiustificati e non avevo ragione per considerarmi bugiarda o immorale.

La sera dopo la mia visita al commissario Perazzi accadde però qualcosa che mi turbò non poco e diede un risvolto più coinvolgente all'ottima conoscenza che mi legava a Domenico. Era un giovedì sera e, uscita dal palazzo al termine delle pulizie, lo vidi scendere dalla macchina e venirmi incontro. Per farla breve, nel riaccompagnarmi a casa mi chiese se quel fine settimana ero libera.

Alla risposta che non avevo niente di particolare da fare, perché Anita sarebbe andata a Cesano Boscone, mi chiese se all'indomani sera, dopo il lavoro, volevo andare con lui e con sua figlia Cristina a trascorrere un week end nella sua vicinissima casa di Selvino (nel bergamasco).

«Perché?» chiesi io stupidamente.

Difatti lui mi guardò come se fossi scema, prima di rispondere che mi aveva invitato perché gli faceva piacere.

«Credi che farà piacere anche a Cristina?»

Qui Domenico si strinse nelle spalle, con espressione rabbuiata. «Se mia figlia riuscisse a farmi capire che cosa le fa piacere, metà dei problemi sarebbero risolti.»

Per qualche istante temetti che la ragazza fosse sordomuta. Ma il dubbio cadde subito, perché spiegò che Cristina stava attraversando un periodo particolarmente difficile. «Ha una disfunzione endocrina che le ha causato un forte aumento di peso, e credo che abbia per questo molti complessi. Tornata da scuola si rinchiude nella sua stanza e ha rotto i ponti con tutte le amicizie di un tempo.»

«Con chi vive? Voglio dire, chi bada a lei quando tu sei in ufficio o in viaggio?»

«La mia vecchia tata. Marcella venne a casa nostra due mesi prima che io nascessi e nonostante l'età è ancora una donna molto affidabile.»

«Forse tua figlia la vede in un altro modo.»

«E cioè?» chiese con l'aria di non aver capito.

«Beh, a una ragazzina non gliene frega niente della affidabilità. Con una persona più giovane e magari un po' pazza vivrebbe certamente molto meglio.»

«Ma vivremmo molto peggio io e sua madre. O tu appartieni a quella categoria di figli che negano qualsiasi diritto ai genitori?»

«Io sono stata *figlia* troppo poco per appartenere a qualunque categoria. Stavo soltanto cercando di mettermi nei panni di Cristina.»

Terminata la piccola discussione Domenico mi domandò se mi piaceva la montagna e se sapevo sciare. Qui stavo per dire che non ero più andata in montagna da quando avevo perso i miei genitori, ma non mi parve il caso di ritornare sul tema configurandomi come l'orfanella Annie, e così risposi genericamente che preferivo il mare, ma l'importante era la compagnia. Precisai che avremmo potuto partire anche alle venti, perché quel fine settimana ero di turno accorciato.

Quella sera stessa, rientrata a casa, dissi ad Anita dell'invito per il week end e la sua prima reazione fu: «Domattina dobbiamo andare a comperare l'attrezzatura, non hai niente di pesante e di adatto».

Io obiettai che era demenziale investire un patrimonio in tuta, pedule, scarponi e altra roba che probabilmente non avrei mai più usato in vita mia. Anita replicò che, siccome Domenico aveva una casa a Selvino, era più che certo che mi avrebbe invitata di nuovo.

Da quando glielo avevo presentato (era accaduto una sera di un paio di settimane prima, quando io mi ero attardata con lui sulla via del ritorno e avevo trovato Anita davanti al portone ad aspettarmi), si era messa in mente chissà quali romanticherie. Ai suoi occhi io ero il massimo della virtù e della bellezza, per cui riteneva *impossibile* che un qualsiasi uomo, conoscendomi, non si innamorasse follemente di me. E siccome era rimasta affascinata da Domenico (che a suo dire però assomigliava più ad Al Pacino giovane che non ad Andy Garcia), le sembrava altrettanto impossibile che io non contraccambiassi il suo amore.

Dal momento che queste fantasticherie la rendevano felice, avevo rinunciato al tentativo di riportarla alla realtà. Ma la mia condiscendenza non poteva spingersi sino al punto di investire il corrispettivo di uno stipendio per rimpannucciarmi come una Cenerentola alpina. Motivo per cui le ripetei che mi sarei arrangiata coi pantaloni e i golf che avevo, aggiungendo che si guardasse bene dal comprarmi l'attrezzatura coi suoi soldi: cosa che, conoscendola come la conoscevo, sicuramente stava meditando di fare.

Anita borbottò qualcosa tipo "ragazza impossibile e testarda" e se ne andò a letto. Al mattino dopo, quando mi alzai, lei era già uscita. Rientrò alle tredici con una sacca colma di indumenti per la montagna chiesti in prestito alla figlia Graziella con un raid a Cesano Boscone.

Quando le chiesi come era riuscita a convincerla, mi rispose più meravigliata di me che era stato facilissimo.

«Deve essere per via del patchwork che le hai regalato...»

Con Domenico eravamo rimasti d'accordo che sarebbe passato a prendermi alle venti davanti al palazzo delle pulizie. Da lì saremmo partiti direttamente per Selvino andando a cena in una trattoria del paese dove aveva prenotato per le 21,30. Io avevo portato sul lavoro la valigia (prestata da Anita) sistemandola col permesso del custode dietro la sua guardiola.

Alle mie colleghe non avevo detto nulla di quel week end perché negli ambienti di lavoro i pettegolezzi fanno presto a nascere. Ma era una prudenza eccessiva, in quanto si trattava di bravissime ragazze che col passare delle settimane si erano molto affezionate a me, sia perché non mi tiravo mai indietro quando le vedevo in ritardo e capivo che avevano bisogno di una mano, sia perché le tenevo sempre allegre quando le vedevo stanche o depresse. La mia amicizia per Domenico non era sfuggita a nessuna di loro, anche perché io non ne avevo fatto un segreto di Stato, ma devo onestamente dire che non avevo mai sentito un sussurro o una malignità.

Ne ebbi la conferma quando Cinzia, la collega più giovane, mi raggiunse nella toilette degli uomini dicendo in tono assolutamente naturale che il dottor Satti si trovava nel suo ufficio con la figlia e mi cercava. Io stavo ancora pulendo i lavabi. «Ma che ore sono?» chiesi pensando che mi si fosse fermato l'orologio.

Cinzia mi confermò che mancavano venti minuti alle venti e disse: «Se devi andare via, posso finire io il tuo lavoro».

La ringraziai di cuore, e dopo essermi sfilato il grembiule, mi diedi in gran fretta una pettinata per rendermi presentabile. Domenico, in effetti, era nel suo ufficio e subito precisò: «Sono in anticipo, finisci pure il tuo lavoro». Poi mi presentò Cristina. Porgendole la mano capii immediatamente che aveva tutte le ragioni per sentirsi piena di complessi: alta circa 1,50 (mi arrivava appena alle spalle) doveva pesare almeno 70 chili. Il fatto di starsene col collo incassato, posizione tipica delle persone insicure, la faceva sembrare ancora più goffa e massiccia.

«Lucia lavora in questo palazzo» le spiegò Domenico.

«Me l'hai già detto.»

«Faccio le pulizie» tenni a precisare, nel caso suo padre non l'avesse fatto, prima che la ragazzina si mettesse in mente di avere a che fare con una donna manager o una impiegata in carriera.

Dalla sua espressione indifferente intuii che il padre le aveva già detto anche questo particolare.

«Mi dispiace avervi fatto partire così tardi» dissi.

«Selvino è una tale pizza...» fu la replica di Cristina, come a dire che meno ci stava e meglio era.

Come arrivammo alla macchina, io mi infilai immediatamente sul sedile posteriore per lasciarla vicino al padre. Mi sentivo non tanto imbarazzata, quanto rattristata per lei. Io avevo trascorso l'ultima vacanza in montagna con i miei genitori giusto alla sua età, e se mio padre ci avesse portato una donna diversa da mia madre, costringendomi a subire la sua presenza, avrei sofferto molto. E non certo in educato mutismo, come Cristina.

Invece di cercare qualche argomento di conversazione con la figlia, Domenico iniziò un inutile bla-bla con me: Anita sta bene?, hai fame?, spero che ti piaccia lo spiedo perché stasera l'ho ordinato per cena, a casa ho degli sci che dovrebbero andarti bene, a Selvino c'è anche una pista facile...

«Non ho alcuna intenzione di sciare» lo interruppi seccamente dopo aver tentato di scoraggiarlo con una serie di asciutti "sì" e "no".

Domenico mi guardò dallo specchietto retrovisore. «Perché non vuoi?»

«Diciamo che non voglio rischiare di rompermi una gamba.»

Cristina si girò di scatto. «Tu non sai sciare?» chiese con voce incredula.

«Ho smesso alla tua età. E neanche allora ero una campionessa.» Questa era una bella bugia, perché ricordo che venivo giù dalle piste a razzo. Ma nella sua voce avevo avvertito anche una sottilissima nota di ansia, come di chi si aspetta una conferma, e avevo fulmineamente capito che non sapendo (o non volendo) sciare la povera Cristina sperava che neppure io fossi capace.

«Allora perché è venuta in montagna?» la ragazza chiese continuando a restare girata verso di me. La domanda poteva sembrare polemica, ma io capii che era dettata solo da curiosità.

«Non lo so neppure io» dovetti confessare. In effetti era proprio così: era per la voglia di fare una gita? Perché mi sembrava meglio che trascorrere il fine settimana sola come un cane? Per il piacere di stare con Domenico? Perché era la prima volta che un uomo mi faceva un invito disinteressato, e per di più considerandomi all'altezza di stare accanto a sua figlia?

Cristina scosse la testa. «Io non faccio mai niente senza sapere perché.» Ciò detto mi lanciò un'occhiata di disapprovazione e tornò a guardare la strada.

Intervenne pronto Domenico: «Questo succede soltanto alla tua età, perché chiunque ti chiede una cosa o ti dà un ordine te ne spiega il motivo. Ma quando dovrai prendere delle decisioni per conto tuo, ti renderai conto che il più delle volte si agisce d'istinto e senza capire perché si è fatta una cosa piuttosto che non farla».

«Gesù» dissi. Domenico sembrò stupito e io spiegai: «Puoi giurarci che se avessi saputo di trascorrere il fine settimana con un solenne predicatore avrei rifiutato l'invito».

Benché lui fosse di spalle, capii che stava sorridendo. «Ti sembro un predicatore?»

«Se non te ne accorgi, è ancora peggio.»

«Stavo semplicemente spiegando a Cristina qualcosa di importante. Purtroppo "predicare", come dici tu, rientra nel ruolo del genitore.»

«Sta scritto nella Bibbia?»

«Quando avrai dei figli anche tu...»

A questo punto fu Cristina a interrompere. «Papà, che stress!» sbuffò.

«Parole sante» feci io. «Che cosa ne direste di una bella "due giorni" alla pari, in barba ai ruoli, all'età e ai doveri educativi?»

«Io ci sto» disse Cristina, con un pizzico di slancio, per la verità talmente impercettibile che ci volevano le mie antenne per captarlo.

«Anch'io» le fece eco Domenico. Ma una volta che fummo d'accordo, sull'auto scese un gran silenzio. Prova evidente che la gente parla soprattutto per imporre qualcosa o per dimostrare che è superiore agli altri.

Arrivammo alla trattoria prenotata da Domenico alle 21,30 in punto, e invece dello spiedo con gli uccellini (che non mi piaceva sia per ideologia sia per sapore) io mi feci portare un trittico di frittate (alla cipolla, alle verdure miste e ai formaggi) con un bel contorno di radicchietto.

«Da quanto tempo conosci mio padre?» Cristina chiese quando si arrivò alla frutta.

«Dalla vigilia del Natale scorso» le risposi. Per il terrore di perdere quell'insperato tema di conversazione, rievocai fin nei minimi particolari quella serata, dallo scontro davanti alla sua scrivania polverosa e ricolma di cartacce sino alla sua offerta di un passaggio accettata con grande riluttanza, per finire con l'invito a cena e relativa descrizione dei piatti.

Essendo ormai arrivata agli sgoccioli, mi soffermai sulla ricetta e il sapore della sogliola all'Isotta.

«Per la verità si chiamava sogliola alla Tristano» Domenico mi corresse.

«Tristano o Isotta, è sempre la stessa musica» tagliai corto.

Cristina annuì con una smorfietta di superiorità. «Non mi sembra un argomento così interessante.»

«Nemmeno a me» convenni. «Ma se lo lasciamo cadere, mi sai dire di che cosa parliamo?»

«Tu e mio padre intendete sposarvi?» Cristina chiese a bruciapelo.

Scoppiai in una sonora risata. «Brava ragazza, questo è coraggio. Io chiedo un argomentino tanto per rompere il silenzio, e tu fai esplodere la bomba.»

«Non hai risposto alla mia domanda.»

«Ma che cosa ti viene in mente? Innanzi tutto io e tuo padre ci conosciamo appena, e poi l'ultima cosa a cui penso è il matrimonio.»

Stavolta non occorrevano delle antenne speciali per capire che Cristina appariva tranquillizzata. E poiché il mio motto è che tutto è perfettibile, mi buttai a capofitto nel proposito di tranquillizzarla del tutto. «Ammetto che tuo padre è un uomo che vale, ma anche nell'assurda ipotesi che un giorno pensassi a sposarmi, non saremmo certo fatti l'uno per l'altra.» E qui, via con l'elencazione dei miei difetti, delle sue lacune e dei motivi di inconciliabilità.

Domenico restò ad ascoltarmi senza interferire, ma fortunatamente, quando non sapevo più che cosa altro aggiungere, Cristina mi subentrò con inattesa loquacità. «Papà dimentica gli appuntamenti, perde tutto, mangia col giornale davanti al piatto e potrebbe crollare la casa che non se ne accorgerebbe. Però io sono contenta di vivere con lui perché, salvo stasera, è più allegro e meno stressante della mamma. Purtroppo Marcella dice che gli uomini occupati e importanti come lui hanno bisogno di una moglie, e il giorno in cui si risposerà io sarò costretta a trasferirmi a Roma.»

«Potrebbe sposare una donna che ti piace» obiettai.

«Lo escludo» Cristina replicò ermeticamente e a labbra strette.

Domenico a questo punto fece udire la sua voce. «Ragazze, il gioco "alla pari" è finito. Da ora in avanti esigo tutto il rispetto dovuto alla mia età e al mio ruolo paterno.»

Cristina si rivolse a me per lanciare l'ultima frecciatina. «Hai dimenticato di aggiungere che mio padre è *anche* troppo vecchio per te.»

Domenico rise: «Aggiungilo subito, Lucia, così mi avete steso e non ci penso più».

Mi sentii in dovere di consolarlo: «A tuo onore va detto che stai invecchiando con grazia. Sembri ancora un giovanotto».

VIII

Lasciammo la trattoria alle 23,20 e dieci minuti dopo scaricavamo i bagagli dalla macchina. La casa di Domenico era una vecchia baita ristrutturata fuori dal paese e abbastanza lontana dall'area turistica. Qualcuno doveva essere stato preavvertito del nostro arrivo perché trovammo le stanze riscaldate, le luci del soggiorno accese e (cosa che fu Cristina a verificare) persino il frigorifero pieno.

Le stanze da letto, tre in tutto, erano al piano superiore, ricavate dal fienile e collegate con il piano inferiore tramite un'antica scaletta di legno. Domenico mi assegnò quella vicina al bagno, comunicante con la stanza di Cristina. Fatte due chiacchiere, andammo tutti a dormire. Io stentai come sempre a prendere sonno, sia per la solita preoccupazione per Carlotta (qualunque cosa facessi o dicessi, sotto sotto il pensiero di lei non mi abbandonava mai) sia perché quelle ultime quattro ore trascorse in viaggio e a tavola erano state tutt'altro che rilassanti nonostante l'apparente allegria.

Saranno state le due di notte, ed ero ancora sveglia, quando udii Cristina uscire dalla sua stanza e scendere in soggiorno. Aspettai che ritornasse su, ma dopo un quarto d'ora, non udendo né i suoi passi né altro rumore, mi alzai dal letto e scesi anch'io dabbasso, preoccupata.

Cristina era seduta al tavolo della cucina e stava mangiando una fetta di pane, burro e marmellata di mirtilli. Ricordando solo in quel momento che a cena aveva ordinato ben due porzioni di spiedo, mi stupii che avesse ancora fame, ma mi guardai dal dirle alcunché.

Fu lei, con la bocca piena, a chiedermi: «Hai bisogno di qualcosa?».

«Mi è venuta sete e ero scesa a bere un bicchier d'acqua» mi affrettai a mentire.

Mentre io riempivo il bicchiere, lei inghiottì l'ultimo boccone e lanciò un'occhiata libidinosa al barattolo di marmellata aperto sul tavolo.

Per non metterla in imbarazzo, una volta che ebbi finito di bere la salutai e tornai di sopra. Cristina risalì dieci minuti dopo. Domenico mi aveva parlato di "problemi endocrini", e io non avevo alcuna veste per dubitare della diagnosi degli specialisti che certamente avevano visitato sua figlia: però, a lume di logica, se la ragazza mangiava d'abitudine come in quelle ultime ore, era una bella lotta tra calorie e ghiandole. Insomma, anche una dodicenne sana sarebbe diventata un barilotto ingozzandosi a quel modo.

Possibile che Marcella, la vecchia tata, non dicesse nulla? E la madre?

Passando da un pensiero all'altro, realizzai solo in quel momento che Marta, come la moglie divorziata di Domenico si chiamava, non era mai stata nominata da sua figlia: tranne che per dire "preferisco vivere con mio padre, meno stressante". Chissà che cosa intendeva con quell'aggettivo. Una cosa era certa: Cristina mi faceva pena e mi dispiaceva molto avere accettato quell'invito a Selvino, perché la mia presenza accanto a suo padre chiaramente l'aveva allarmata e turbata.

Al mattino successivo ci alzammo alle nove e io mi attenni rigorosamente alla linea di condotta stabilita prima di addormentarmi: lasciai che Domenico andasse da solo sui campi da sci e invitai Cristina a fare una passeggiata con me in paese. Purtroppo le vetrine non la interessavano, camminare la stancava, di fare una gita in seggiovia o sui bidoni neanche parlarne: cosicché non mi restò che proporle di sederci a un bar, dove io ordinai un cappuccino e lei una cioccolata e una fetta di torta alle mandorle. Una volta che ebbe finito, raccolse "Novella 2000" dalla poltroncina accanto e si immerse nella lettura.

Notai con piacere che aveva una fronte leggermente bombata, da madonna toscana, gli occhi scuri e luminosi dal taglio leggermente allungato, come suo padre, e una bella bocca con denti bianchi e perfetti. Il tutto incorniciato da folti capelli neri che avrebbero fatto un figurone se tagliati e pettinati con cura.

«Che cos'hai da guardarmi tanto?» Cristina fece a un tratto, sollevando gli occhi dal giornale.

«Sei molto carina» dissi sinceramente.

«Sono un cesso» fu la cruda replica.

Più che il termine, mi colpì il tono. Lo stesso di Carlotta quando, medicata e disinfettata, mi aveva raccontato tutti i suoi guai: rassegnato, da perdente nata.

Il sangue mi montò alla testa e scaricai su Cristina tutta la rabbia, l'impotenza, la tensione per la sorte della mia amica. «Sei semplicemente una balena! Se la smettessi di ingozzarti, diventeresti una bellissima ragazza!»

«Ho una disfunzione e, anche se digiunassi, resterei una balena lo stesso.»

«Come fai a dirlo? Hai mai provato non dico a digiunare, ma a mangiare in modo normale?»

«Non me ne frega niente di diventare bella» replicò Cristina a corto di argomenti. A confermare le sue parole, fece cenno al cameriere di avvicinarsi e, dopo avermi lanciato un'occhiata provocatoria, ordinò un'altra cioccolata in tazza.

Io, di rimando: «Aggiunga anche un paio di paste». Come il cameriere si allontanò, rivolsi a Cristina un sorriso glaciale: «Visto che ingrassi per la disfunzione, tanto vale che ti dia alla pazza gioia».

Mi pentii immediatamente di queste parole. Anche se ero furiosa per il disamore che Cristina mostrava per se stessa, la mia aggressività e il mio sarcasmo erano inqualificabili. Invece di capire i suoi problemi, glieli avevo resi più amari umiliandola. Mi alzai di scatto e, messa sul tavolo una banconota da diecimila lire (il resto mancia), dissi alla figlia di Domenico con tutt'altra voce: «Per piacere, andiamocene da qui».

Mi seguì, stranamente, senza fare storie. Tenendola per un braccio, la guidai verso una panchina con vista fondovalle e lì ci sedemmo. «Non mentivo affatto dicendo che sei molto carina» esordii.

«E tu sei molto gentile.»

Dovetti fare uno sforzo per non perdere di nuovo le staffe. Se c'è un aggettivo che odio, usato impropriamente, è *gentile*. Lo puoi dire a chi ti cede il posto in tram, o ti porge qualcosa che ti è cascato per terra, o ti fa un piccolissimo favore come aiutarti a spreparare la tavola o portarti il caffè a letto. Ma se una persona entra nella tua vita e si interessa a te o si sacrifica per te o è generosa di amore per te, puoi definirla illusa o pazza o cretina o buona d'animo, ma mai *gentile*. Purtroppo questo è un aggettivo che le ragazze e le donne di vita hanno continuamente nelle orecchie.

Ancor oggi ricordo la prima volta che un uomo, dicendomi con voce ansimante "sii gentile con me", mi chiese di fare una cosa che ancora non avevo mai fatta. E io dovetti accettare: ma soltanto perché ci fui costretta, e non certo per un gesto di cortesia.

Sentii su di me lo sguardo perplesso di Cristina e mi resi conto di essermi assorta con viso truce nei brutti ricordi del passato. Scossi la testa abbozzando un sorriso: «Scusami».

«Non c'è di che.»

«Cosa fai le altre volte, quando vieni a Selvino?» cambiai discorso. Restare sedute su quella panchina non mi sembrava il massimo.

«Fino a due anni fa sciavo, ma ora non mi va di fare la palla di neve.»

E da questa frase ebbi la conferma di ciò che già mi era chiarissimo: Cristina era paralizzata dai complessi d'inferiorità a causa della sua mole.

Ripensando oggi a quel lontano week end, i miei ricordi sono tutti focalizzati sui discorsi e sui particolari che gettarono la base del grandissimo amore sorto in seguito tra me e Cristina.

Spezzare la corazza della sua diffidenza fu difficilissimo, ma la sua aggressività, le sue frecciatine e il mutismo in cui si rinchiudeva a tartaruga quando si sentiva raggiunta dalle mie domande non mi scoraggiarono affatto. Non mi ero arresa a un destino segnato, figurarsi se potevo dichiararmi sconfitta da una ragazzina.

Dai oggi e dai domani (che furono giusto i due giorni di sabato e domenica trascorsi a Selvino) nella corazza si aprì una piccolissima breccia attraverso la quale mi si profilò l'origine di tutti i problemi di Cristina. Per tutte le elementari aveva avuto come compagno di classe e adorante cavalier servente tale Lorenzo, il figlio di carissimi amici dei suoi genitori. Tutte le compagne glielo invidiavano. Ma all'inizio della scuola media, e cioè l'anno prima, il "bravo e carinissimo" bambino le aveva improvvisamente voltato le spalle trasferendo tutte le sue attenzioni e i suoi servigi su tale Tiziana. Una mattina, durante la ricreazione, Cristina lo aveva sentito ridere di lei e definirla *Moby Dick*, la balena bianca.

Mi riferì quel particolare a testa bassa e con le labbra serrate per non piangere, e io fui straziata nell'immaginare il suo piccolo cuore appassionato e innocente tanto brutalmente umiliato. Odiai Lorenzo con tutte le mie forze e giurai tra me che Cristina avrebbe dovuto avere una trionfante rivincita. Era ormai arrivata l'ora di ripartire, e mi riproposi di studiare il modo con più calma.

Quando feci ritorno a casa erano le ventidue.

Anita mi stava aspettando ansiosa di sapere come era andata e fu molto delusa quando cominciai a raccontarle di Cristina, ovviamente rispettando i particolari che appartenevano al suo privato.

«Sì, sì» lei disse a un tratto con impazienza, «capisco che la bambina ti sia molto piaciuta, ma io vorrei sapere come è andata con Domenico.»

«Bene» riassunsi vagamente.

«Che significa *bene*? Avete sciato? Parlato? Siete andati in qualche locale?»

A ben pensarci avevamo parlato parecchio, soprattutto dopo cena, e avevamo fatto anche una gita sui bidoni, ma fin da quella sera mi era rimasta impressa nella memoria solamente Cristina, come se suo padre fosse stato un fantasma.

Quando Anita capì che più di tanto su di lui non poteva tirarmi fuori, si rassegnò a sentire di Cristina, sembrando via via sempre più interessata. Alla fine, soddisfatta, disse: «È un'ottima cosa che tu sia riuscita simpatica alla ragazza. Sono stata una sciocca a sottovalutare l'importanza di questo particolare».

La guardai incredula. O meglio, rifiutandomi di credere ciò che avevo improvvisamente capito. «Ma che cosa ti sei messa in mente? Puoi davvero pensare che un uomo importante come Domenico possa interessarsi a una come me?»

«Mi sembra che lo stia già facendo. Diamine, è lampante!»

«Si interessa a me come persona gentile, al massimo come amico.»

«Ammesso che sia così, cosa su cui non sono d'accordo, basta soltanto lasciare tempo al tempo.»

A questo punto io decisi di non controbattere. Il romanticismo di Anita non conosceva limiti né ostacoli, per lei sarebbe stato normalissimo che la signora Ferrero Rocher avesse finito con lo sposare l'autista Ambrogio che capiva al volo tutti i suoi gusti.

Purtroppo nei giorni che seguirono il caso volle che Domenico si fermasse in ufficio fino a tardi, cosicché mi riaccompagnò sempre a casa lui. Una sera, dalla finestra, Anita lo invitò a salire, e il fatto che Domenico avesse accettato con piacere fermandosi a chiacchierare con noi fino quasi all'una di notte trasformò le sue speranze in certezza: «È innamorato pazzo di te!».

Quando al sabato successivo lui mi invitò a cena a casa sua dicendo che Cristina desiderava rivedermi (dopo Selvino ci eravamo telefonate tre volte), lo riferii ad

Anita senza alcun timore: avendo ormai dato per scontato che era *pazzo* di me, oltre non poteva spingersi.

Cristina fu carinissima con me, e così pure la vecchia tata Marcella che però mi sembrò molto affaticata. Alla fine della cena la aiutai a spreparare la tavola e a mettere i piatti e le pentole nella lavastoviglie. Già che c'ero, diedi una lustratina anche alla piastra del gas, al vetro del forno e al doppio lavello in marmo. Domenico, chiamato al telefono dalla ex moglie, restò a parlare con lei per tutto il tempo che io aiutai Marcella in cucina, e a un certo momento mi sembrò che litigassero.

Quando Cristina mi propose di andare a vedere la sua stanza, suo padre restò in salotto a bere il whisky che si era nervosamente versato.

La prima cosa che mi saltò all'occhio fu la grandezza della stanza: in pratica un mini-appartamento, con il letto e l'armadio nel soppalco in alto e un salottino-studio in basso. In un angolo della scrivania c'era una foto che ritraeva Cristina sugli otto anni accanto a una donna che la circondava con le braccia. «È mia madre» disse Cristina seguendo il mio sguardo.

Notai che era bionda, con i lineamenti marcati ma nell'insieme molto personali e gradevoli.

Senza che le chiedessi nulla, Cristina spiegò: «Papà ha appena litigato con lei perché invece di venire a passare la Pasqua con noi, va a New York».

Immaginando che fosse delusa, le dissi: «Quando si ha un lavoro importante come tua madre, purtroppo non si è mai padroni del proprio tempo».

«Stronzate» ribatté Cristina lasciandomi di sasso, perché era la stessa espressione con cui Carlotta (accidenti a te, dove sei finita?) reagiva quando non era d'accordo con me.

Approfittando del mio silenzio, aggiunse: «Se mia madre valesse qualcosa, a quest'ora l'avrebbero già assunta».

Mi arrabbiai sul serio. «E che ne sai tu? Se l'hanno mandata in America significa che vale molto più di quello che pensi. E in ogni caso non puoi permetterti di...»

«Guarda che va in America con Giacomo, non per lavoro.»

«E chi è Giacomo?» chiesi automaticamente.

«Il suo uomo. Lavora alla Rai, e adesso pensano di andare a vivere insieme.»

«Ah.»

«Non fare quella faccia, non me ne importa niente.»

Il sopraggiungere di Domenico interruppe l'imbarazzante discorso. Notai con sollievo che aveva la faccia rilassata e sorridente, segno che la rabbia della telefonata gli era passata.

«Cosa stanno complottando queste belle ragazze?» scherzò.

All'aggettivo *bella* vidi Cristina irrigidirsi come se avesse ricevuto il peggiore degli insulti. Accidenti a Domenico, doveva essere cieco e scemo per non capire che l'aspetto fisico era il tallone d'Achille di sua figlia.

«Per il momento *bella* sono soltanto io» replicai in tono finto-serio «ma appena Cristina avrà perso qualche chilo dovrò passarle la mano...»

Quella battuta, che non fece ridere nessuno, fu in realtà illuminante perché nel momento stesso in cui la stavo elaborando avevo capito ciò che dovevo fare: aiutare Cristina a dimagrire. Trascorsi il resto di quella prima serata in casa Satti cercando tra me le parole migliori per convincerla, tutta eccitata nel prospettarmi il risultato finale, e cioè la crisalide trasformata in farfalla.

«Sei stranamente riflessiva» Domenico mi disse più tardi, nel riaccompagnarmi.

Al mattino successivo, senza dir niente a nessuno e approfittando del fatto che Cristina era a scuola e Domenico in ufficio, mi presentai dalla tata Marcella. Dopo averle esposto il mio piano le chiesi di collaborare.

«In che modo?» chiese lei, perplessa. Ma forse, a ripensarci oggi, frastornata e stravolta dalle mie parole.

«Lei deve semplicemente fare tre cose: la prima, abolire dolci, panna, besciamella e altri cibi ingrassanti. La seconda, tenere sempre il frigorifero mezzo vuoto. La terza, fare sparire cioccolatini, caramelle e torroncini sparsi dappertutto.»

«Ma Cristina è ancora nell'età della crescita...» la tata obiettò.

«A me sembra che sia cresciuta anche troppo.» Non vedendola convinta, le chiesi di potermi assentare per una decina di minuti. Avevo notato, poco distante dal portone, una libreria: vi entrai in gran fretta e chiesi al commesso se esisteva un libro sulla scienza dell'alimentazione e sul mangiar sano. Scoprii che i titoli erano almeno una ventina. Non avendo certo il danaro sufficiente per acquistarli tutti, presi quello che il commesso mi consigliò personalmente e risalii sempre in gran fretta in casa Satti.

Porgendo il volume a Marcella le dissi col fiato corto: «Siccome non voglio che lei faccia qualcosa che le sembra pericoloso o sbagliato per Cristina, la prego di leggere questo libro e poi ne riparleremo».

La tata in seguito non avrebbe fatto alcun commento su quel libro, però ebbi la certezza che l'aveva letto (e capito) immediatamente perché tre giorni dopo, per telefono, Cristina si lamentò della tata chiamandola "affamatrice", "impazzita", "colpita da un raptus di avarizia".

E fu a quel punto che affrontai il discorso anche con lei. Benché preparato in ogni aggettivo, sfumatura e parola, neppure se mi dessero un miliardo saprei oggi ricordare ciò che dissi per convincerla. Certamente la colpii all'impazzata in tutti i suoi punti deboli, con la spericolatezza di chi non ha nulla da perdere. Per male che fosse andata, Cristina sarebbe rimasta una balena.

Invece andò bene, perché quando ebbi finito di parlare (eravamo in un bar) Cristina chiamò il cameriere e gli disse di sostituire il tramezzino al tonno e la coca con una spremuta di pompelmo.

Quella sera stessa la tata Marcella mi chiamò a casa e, non trovandomi perché ero già al lavoro, pregò Anita di riferirmi che Cristina aveva mangiato per cena cento grammi di prosciutto crudo, due crackers integrali e un piatto misto di verdure cotte.

Da quel momento anche Anita si sentì coinvolta in prima persona nell'operazione dieta. Il ferreo principio a cui io mi attenni era che innanzi tutto andava salvaguardata la salute della ragazza, per cui era da escludersi un regime drastico: sarebbe bastato ridurre le calorie giornaliere privilegiando le proteine, ma senza assolutamente eliminare i carboidrati. Dopo aver fatto incetta di giornali e di inserti aventi per tema le diete, e averli letti attentamente, fui in grado di stilare per Marcella un particolareggiato menu che andai a consegnarle personalmente. La pregai di non far parola con Domenico della nostra iniziativa: poiché si era messo in mente che la figlia era affetta da una disfunzione (non l'aveva mai vista mangiare?!) ci avrebbe senz'altro dissuase o peggio.

Anita, che nel frattempo aveva conosciuto Cristina, si fece carico del suo morale con quotidiane telefonate di materno incoraggiamento: agli inizi non necessarie, ma già dal terzo giorno indispensabili giacché la ragazza, in preda a una vera e propria crisi di astinenza di dolciumi, tramezzini e bibite gasate, cominciò a protestare con me e a litigare con la tata.

Ma una settimana dopo, quando controllammo il suo peso, la bilancia segnava due chili in meno. Le proteste di Cristina cessarono istantaneamente.

IX

Quei lontani giorni a cavallo tra l'inverno e la primavera furono dominati dalla presenza di Cristina, ma rivivendoli nell'ottica di oggi mi accorgo che anche suo padre ebbe un grande spazio. Un sabato sera mi invitò al cinema, un altro sabato (pomeriggio) mi portò con sé a Parma per la vernice di un pittore suo amico, una domenica andammo dalla mattina alla sera a fare una gita a Venezia (senza Cristina, che era stata invitata da Anita a Cesano Boscone per conoscere la figlia).

Poi ci furono le sere della settimana, molte, in cui veniva a prendermi alla fine delle pulizie per riaccompagnarmi a casa, e strada facendo capitava sempre che ci fermassimo in una pizzeria o in qualche bar a bere qualcosa. Il problema di Anita non si poneva, perché lui stesso aveva provveduto a telefonarle che avrei tardato.

Stare con Domenico era molto rilassante e piacevole, tranne quando cominciava a parlare del mio lavoro presso l'impresa di pulizie. Ormai avevo imparato a riconoscere i segnali dell'imminente discorso. D'un tratto cominciava a fissarmi come se non sentisse più quello che gli stavo dicendo, e invece di rispondermi a tono buttava lì in tono circospetto, e prendendola ridicolmente alla larga, una sequela di osservazioni e domande che, stringi stringi, si riassumevano nell'arcinoto interrogativo: come era possibile che una ragazza come me (ai molti aggettivi qualificativi aveva aggiunto anche "giovane" e "bella") si accontentasse di un lavoro tanto inadeguato?

Una sera, spazientita, gli dissi seccamente: «A quanto pare sono di modeste aspirazioni. E non posso cambiare natura e lavoro soltanto perché ti secca frequentare una ragazza delle pulizie».

Lui reagì come se l'avessi schiaffeggiato. «Se pensi questo, sei una cretina.»

Mi riaccompagnò a casa in silenzio e per tre giorni non lo vidi né sentii più. Alla quarta sera, entrando nel suo ufficio per le solite pulizie, trovai sulla scrivania un biglietto bene in vista con scritto in stampatello: *Il cretino sono io*. Più sotto, con scrittura normale, due righe fitte fitte in cui mi annunciava che fra tre giorni sarebbe stata Pasqua (neanche fossi una protestante o una che non ha mai visto un calendario) e mi invitava a trascorrerla con lui e Cristina nella loro casa di campagna.

La mia prima reazione fu: questo uomo ha troppe case. Insomma, realizzai di colpo che Domenico era laureato, dirigente, ricco, ex marito di una giornalista. Certamente non l'avevo mai scambiato per un poveraccio, però una cosa è dare per scontato che una persona sia superiore a te e non pensarci più, un'altra toccare improvvisamente con mano chi appartiene a un altro pianeta. Paradossalmente, come specie, io ero più affine a quella di un bel cane addestrato che non a quella di Domenico Satti.

Terminai le pulizie assorta nei miei pensieri e questo stato d'animo poco felice non dovette sfuggire alle mie colleghe perché non mi chiesero se gli davo una mano né tentarono di attaccare discorso, limitandosi a guardarmi di sottecchi quando ci incrociavamo.

D'istinto, tanto per togliermi il pensiero, avrei voluto lasciare sulla scrivania di Domenico un foglio di risposta avvertendolo che purtroppo a Pasqua non ero libera e anche nelle prossime settimane avrei avuto parecchi impegni. Ma siccome l'idea di interrompere il bel rapporto che si era creato con lui e soprattutto con Cristina mi stringeva il cuore, prima di rassegnarmi alla sofferenza delle decisioni giuste volevo accertare bene che la mia lo fosse veramente.

Purtroppo accadde qualcosa di terribile che non soltanto mi impedì di concentrarmi su quel problema, ma me lo fece apparire assolutamente irrilevante. Come rientrai a casa, Anita mi disse sconvolta che poco prima aveva telefonato il commissario Perazzi pregando di richiamarlo non appena avessi potuto. Erano riusciti a rintracciare Carlotta, ma non c'erano buone notizie.

Al mattino successivo, accompagnata da Anita che non aveva voluto saperne di lasciarmi partire da sola, prendemmo il treno Milano-Lecce delle 7,05 ed arrivammo a Pesaro alle 10,28. Dalla stazione, con un taxi, raggiungemmo l'ospedale dove Carlotta era stata ricoverata due giorni prima per una overdose. Come era finita a Pesaro? Con chi? E *perché*, mio Dio, aveva cominciato a bucarsi?

L'angoscia di quegli interrogativi senza risposta, che mi avevano tormentato per tutto il viaggio, fu nulla al confronto di ciò che provai quando mi ritrovai, sola, davanti al suo letto d'ospedale. In quattro mesi, doveva aver perduto almeno otto chili di peso. Aveva i capelli unti e stopposi, gli zigomi ossuti come quelli di un teschio e gli occhi circondati da un alone bluastro. Sul dorso della mano sinistra era infilato l'ago della flebo. Fortunatamente dormiva, così non mi vide arretrare di un passo né scorse la mia espressione di disperazione e di spavento. Per qualche istante credetti che mi si spezzasse il cuore. Da morta non l'aiuteresti certo, mi dissi a un tratto imponendomi di respirare a fondo e di ritrovare quel minimo di autocontrollo indispensabile per affrontare la situazione.

Spostai la seggiolina di ferro e mi sedetti al suo capezzale concentrandomi sull'unico aspetto positivo, e peraltro fondamentale, del dramma che ci aveva colpite: Carlotta era ancora viva. Qualunque cosa le fosse accaduto, e per qualsiasi motivo si fosse ridotta così, avremmo potuto porvi rimedio. Soltanto la morte è irreparabile. E al pensiero che in quel momento, anziché ritrovarmi davanti alla sua bara ero seduta accanto al suo letto d'ospedale, provai una smisurata sensazione di sollievo. Come sempre, e a dispetto di tutto, la fortuna era stata dalla mia parte.

Piano piano, per non svegliarla, le presi la mano libera dall'ago e gliela strinsi. Aveva le unghie nere e spezzate. Sentii di nuovo una stretta al cuore, ma passò subito: era assurdo fare un dramma di qualcosa che bastavano una forbice e uno spazzolino insaponato per riparare.

Quando Carlotta si svegliò mancavano dieci minuti a mezzogiorno. Appena mi vide, sulle prime restò a guardarmi come se non credesse ai suoi occhi, poi scoppiò in singhiozzi. «Vattene via... vattene via...»

«Non ci penso nemmeno, carina» dissi con voce ferma, cosa che mi costò un notevole sforzo nonostante avessi ormai ritrovato il completo controllo di me stessa e della situazione.

«Se sapessi cosa mi è successo... Oh, Lucia, mi vergogno tanto... Per nulla al mondo avrei voluto farmi vedere così...»

«Ammetto che non è il massimo, ma ne abbiamo passate di peggio. Adesso devi soltanto pensare a uscire di qui.»

«Non sei arrabbiata con me?» chiese incredula.

«Certamente sì» risposi dopo qualche istante di riflessione. Non c'è come farla franca impunemente o sentirsi perdonate troppo in fretta per cadere in balia dei sensi di colpa. Da bambina, quando ne combinavo qualcuna delle mie, non vedevo l'ora che mia madre mi scoprisse e mi sculacciasse per sentirmi con la coscienza a posto.

Onde far capire a Carlotta che non l'aveva affatto fatta franca, aggiunsi: «Sono arrabbiata perché sei sparita nel nulla lasciandomi pensare le cose peggiori, e anche perché ti sei lasciata andare così. Ma siccome ti voglio bene, cercherò di metterci una pietra sopra».

«Ti voglio tanto bene anch'io... Sapessi quante volte avrei voluto chiamarti...»

Alle tredici passò una giovane dottoressa dal volto sorridente e umano che misurò la pressione di Carlotta, le auscultò il cuore e le palpeggiò la zona dietro le orecchie e sotto alla gola. «Andiamo bene» disse alla fine.

Seppi più tardi che Carlotta era stata ritrovata da una macchina della polizia urbana accovacciata davanti a un portone e subito trasportata d'urgenza in rianimazione. Ancora mezz'ora e non ci sarebbe stato più nulla da fare.

Trascorsi tutta la giornata di venerdì accanto a Carlotta, grazie a un permesso speciale che la giovane dottoressa mi fece avere. Anita mi diede il cambio per permettermi di andare a mangiare un boccone. E fu lei, nel tempo libero, a trovare una graziosa pensione poco distante dall'ospedale.

Nonostante le mie insistenze, rifiutò recisamente di ripartire per Milano e mi disse che anche sua figlia Graziella si era detta d'accordo sul fatto di non lasciarmi lì sola ad assistere la vecchissima nonna morente (versione che Anita, fanatica paladina del mio privato, aveva fornito del nostro viaggio a Pesaro).

Devo ammettere onestamente che la sua presenza si rivelò preziosa, non soltanto per le premure a dir poco materne di cui mi circondò, ma anche perché nell'arco di un solo giorno col suo carattere cordiale e semplice riuscì ad accattivarsi la simpatia sia delle infermiere sia del primario. Questo professore, apparentemente molto arcigno e sempre di corsa, la intrattenne nel suo studio per oltre mezz'ora e le spiegò che una volta dimessa dall'ospedale Carlotta avrebbe dovuto assolutamente essere ricoverata in un luogo specializzato per la disintossicazione e il recupero dei drogati.

Appresi così che la mia amatissima amica era ormai schiava della tossicodipendenza. Gli altri particolari me li fornì lei stessa, sia pure per grosse linee. Lasciato l'appartamento del socio del nostro ex padrone ristoratore, perché tra i visitatori c'erano due vecchi sadici che nemmeno potevo immaginare (purtroppo, immaginavo benissimo), si era aggregata a un gruppo di ragazzi e ragazze che si erano subito rivelati tossici e balordi. E così lei si era ritrovata sul marciapiede. Per reggere a quel ritorno all'inferno aveva cominciato a bucarsi; e una volta accortasi che il buco la faceva reggere meglio, per procurarsi la dose aveva cominciato a fare cose su cui preferiva sorvolare. Si era ritrovata a Pesaro con uno del gruppo che voleva sfuggire alle rappresaglie di un pesce grosso dopo essersi tenuti i soldi della droga spacciata anziché consegnarglieli. Questo suo compagno di fuga si era tenuto anche qualche dose, con la quale si erano fatti e rifatti per tutto il viaggio.

L'ultimo ricordo lucido di Carlotta si fermava al momento in cui, sfilandosi l'ago dalla vena, aveva sentito il sangue schizzarle al cervello con una vampata e, terrorizzata, aveva perso conoscenza.

«Adesso è passato, non parliamone più. Se solo provi a rifare certe cose, giuro che ti ammazzo risparmiandoti anche lo spavento» feci io con la voce strozzata dalla rabbia e dal dolore.

Io e Anita trascorremmo la domenica e il lunedì di Pasqua dandoci il cambio all'ospedale. Al martedì mattina, dopo aver chiesto quella settimana di permesso al mio datore di lavoro, telefonai al commissario Perazzi per raccontargli di Carlotta e chiedergli un consiglio sul da farsi.

«Dammi il numero che ti richiamo io» fece lui come sentì la mia voce. Così fece. E dopo avermi detto che non voleva farmi spendere tanti soldi per una interurbana, mi chiese di iniziare il racconto per filo e per segno. Io gli riferii tutto quel che sapevo, e alla fine arrivai al nocciolo del problema: dove portare Carlotta per la disintossicazione?

Il commissario chiese quando più o meno sarebbe stata dimessa, e io risposi che, stando a quanto il primario aveva detto ad Anita, ciò sarebbe avvenuto nella seconda metà della settimana appena iniziata, cioè di lì a tre o quattro giorni.

«Ti richiamo io» disse laconico il commissario Perazzi. Io gli raccomandai di farlo al mattino presto, perché altrimenti non mi avrebbe trovata. Mi ritelefonò due giorni dopo annunciando che aveva trovato la soluzione: si trattava di una piccola ma efficiente comunità di recupero a pochi chilometri da Milano (precisamente in Brianza) fondata e gestita da un sacerdote col quale aveva parlato la sera prima. Questo sacerdote, don Tonino, era riuscito a trovare un posto per Carlotta e la aspettava. Ci presentassimo subito a suo nome, concluse Perazzi.

Se non fosse stato all'altro capo del telefono, l'avrei abbracciato. «Lei è il mio angelo custode!» dissi pazza di gioia.

Il timore che Carlotta rifiutasse di entrare in quella comune o facesse chissà quali storie si rivelò fortunatamente infondato. Accettò anzi senza discutere, e quando fu dimessa la portammo in Brianza direttamente dall'ospedale di Pesaro. Una infermiera con cui Anita aveva fatto amicizia ci procurò il passaggio con l'automobile di un suo parente che volle solamente il rimborso delle spese di autostrada e del gasolio.

La comune si trovava nel vecchio oratorio di un collegio religioso che qualche anno prima aveva cessato le attività scolastiche (elementari e medie parificate) per mancanza di alunni. L'edificio, di proprietà della Diocesi, era stato messo a disposizione della parrocchia, rimanendo però inutilizzato fino a quando don Tonino non aveva ottenuto i permessi per ospitarvi alcuni ragazzi bisognosi di aiuto.

Egli stesso ci spiegò tutto questo, aggiungendo che purtroppo, mancando il danaro per ristrutturare e attrezzare il corpo principale dell'edificio, non poteva accoglierne più di dodici alla volta. I ragazzi (quattro maschi e otto femmine), una volta disintossicati con l'assistenza di un medico si guadagnavano da vivere eseguendo lavori di falegnameria, cucito o ceramiche artistiche in un laboratorio ricavato dal vecchio refettorio del collegio.

Don Tonino mi sembrò un giovane prete entusiasta e costruttivo.

Quando Anita gli chiese con un imbarazzato giro di parole se non c'era pericolo che la convivenza tra ragazze e ragazzi creasse qualche complicazione, rispose con semplicità che si trattava di esseri umani come tutti gli altri, e pertanto non gli si poteva proibire di innamorarsi o di sentirsi sessualmente attratti. Tuttavia precisò che assieme a loro vivevano un missionario tornato in patria per limiti di età e un esperto volontario, per cui era da escludersi che potessero verificarsi abusi incresciosi o atti contrari alla morale.

Lasciammo Carlotta alle diciannove, in ottime mani, con la promessa che saremmo andate regolarmente a trovarla. Un'ora dopo rientrammo a casa e per prima cosa Anita telefonò alla figlia Graziella, annunciandole che la mia vecchissima nonna era purtroppo scomparsa. No, non aveva sofferto. Sì, sì, le avevamo già fatto il funerale. Certo, mi avrebbe fatto le sue condoglianze.

Poi tacque, interrompendo il silenzio con "eh, già", "mi dispiace...", "certo", "hai fatto bene". Come mise giù il telefono, prevenne i miei interrogativi dicendo che data la mentalità ristretta di sua figlia aveva preferito insistere sulla versione della vecchia nonna, e altrettanto avrei dovuto fare io. Quando Carlotta fosse uscita dalla comune, aveva diritto di essere rispettata e non etichettata come una ex drogata.

Dopo qualche istante per riprendere fiato continuò: «Domenico e Cristina hanno telefonato a Cesano Boscone per chiedere tue notizie. Erano preoccupatissimi, e mia figlia gli ha detto del tuo lutto familiare».

«Non mi va di vivere in questo castello di bugie» replicai.

«Non sono affatto bugie.»

«Ah, no? E come le definiresti, allora?»

«Fatti propri. Difesa dell'intimità. Ti senti bugiarda quando dici che vai alla toilette a lavarti le mani, e invece ti scappa la pipì? Oppure quando affermi di essere *indisposta* anziché dichiarare ai quattro venti che ti sono venute le mestruazioni?»

Nulla è più facile che convincere una persona a dire o a fare qualcosa che in cuor suo vorrebbe tanto, ma non osa. Sapevo che tacere la verità era la soluzione più facile, ma ci erano voluti gli argomenti di Anita, pur rozzamente supportati, per darmi l'avallo che cercavo e mettermi la coscienza a posto. Non ero una bugiarda, ma una ragazza di gran classe.

Fu in questo stato d'animo che poco dopo andai a rispondere alla telefonata di Domenico.

«Finalmente sei tornata! Non potevi avvertirmi delle condizioni di tua nonna? Ti avrei accompagnata a Pesaro, ti...»

«Non era davvero il caso» lo interruppi. «Mia nonna era anziana e malata, e io ero preparata da tempo alla sua fine. Se n'è andata con molta dignità, felice di avermi riabbracciata» inventai compunta, ascoltando me stessa con incredulità. Possibile che fosse così facile mentire?

Domenico mi chiese se l'indomani sera poteva venirmi a prendere per poi andare a mangiare qualcosa insieme.

«Non lo so...» risposi evasiva. Il problema della nostra diversità, accantonato per il dramma di Carlotta, tornava a riproporsi purtroppo ancora insoluto.

«Lucia, spero che tu mi abbia perdonato per come mi sono comportato prima di Pasqua.»

«Certo. E non mi pare proprio il caso di riparlarne.»

«Allora perché sei così strana?»

«Ho appena subito un grave lutto» risposi in tono quasi risentito, di nuovo sbalordita non soltanto per la mia capacità di recitare, ma anche per la rapidità con cui mi ero aggrappata a quella bugia per evitare una risposta sincera.

Quando posai il ricevitore, vidi Anita ferma poco distante. Mi sorrise maternamente. «So quanto ti è costato rispondere così, ma non potevi fare diversamente.»

«Forse sì» replicai assorta.

«Il passato è passato.»

Capii ciò che intendeva dirmi: avevo il diritto e il dovere di difendere la mia nuova vita. Ma questo non significava affatto che ci sarei riuscita.

«Prima o poi» mormorai «salta sempre fuori qualche conto in sospeso da pagare.»

Anita si avvicinò e mi passò un braccio sulle spalle. «Tu li hai pagati *tutti*.»

La sera dopo stavo strizzando gli stracci del pavimento nel cestello a ventosa, quando sentii due mani incrociarsi davanti ai miei occhi. «Indovina chi è?» trillò una voce allegra. La riconobbi immediatamente. Scostai le mani e mi sollevai verso Cristina. «Che sorpresa! Ti trovo benissimo» esclamai sinceramente.

«Ho perso cinque chili!» annunciò facendo una piroetta attorno a se stessa.

«Chi ben comincia è *solo* a metà dell'opera. Vedo ancora parecchia ciccia da smaltire» feci con voce burbera, in realtà per nascondere la commozione che mi aveva presa nel rivederla.

Cristina fraintese. «Sono una scema, tu hai appena perso la nonna e io invece di dirti quanto mi dispiace ti parlo di queste idiozie.»

«Mia nonna ha smesso di soffrire e la vita continua. La tua dieta è tutt'altro che un'idiozia!»

«Allora collabora. Marcella ha esaurito tutti i menu che le avevi preparato, e io sono stufa di mangiare sempre le stesse cose. Dimenticavo, papà è nel suo ufficio e ci aspetta.»

Quella sera andammo a mangiare in una pizzeria, ma Cristina ordinò per sé una sogliola ai ferri con insalata. Nel momento di separarci ci accordammo che il prossimo sabato sarei andata a cena a casa loro.

«Potresti fermarti a dormire da noi e organizzare qualcosa per domenica» propose Domenico.

«Domenica ho un impegno e purtroppo non posso» replicai. Era la verità. Avevo promesso a Carlotta che sarei andata a trovarla e non vedevo l'ora di rivederla.

X

Il mese di aprile e quello di maggio li trascorsi come credo succeda quando si è vecchi e ogni giorno è uguale all'altro perché, salvo la morte, non può accadere più niente: convivi con gli stessi affetti, guardi le stesse cose tutte al loro posto come se ormai vi fossero inchiodate, compi meccanicamente gli stessi gesti, la quotidianità si è trasformata in un susseguirsi di piccole manie e la sola paura che può raggiungerti è che una minima cosa possa spostarsi o cambiare.

Rassicurata sulla sorte di Carlotta, certa del mio posto di lavoro, coccolata e protetta da Anita, rallegrata dall'amicizia di Domenico e di Cristina, ritenevo ormai di aver trovato il mio equilibrio e dato un assetto definitivo alla nuova vita. Ora so che la vita è una sola, e le divisioni o le barriere che poni tra un periodo e l'altro sono soltanto un'illusione o un artificio. Ma allora come potevo capirlo? Per dieci anni, dai dodici ai ventidue, avevo accumulato più esperienze e dolori di quanti la maggior parte delle persone non riesca per sua fortuna a patirne in una intera esistenza. Il fatto che per due lunghi mesi non mi fosse più accaduto nulla mi sembrava un concreto segno di una vita diversa. "Nuova".

Sottovalutavo una fondamentale realtà: avevo poco più di vent'anni, non novanta, e non potevo illudermi che Dio (o il fato, o il destino, o il caso) si scordassero di me lasciandomi in un angolo senza più donarmi o togliermi nulla per tutti i decenni che mi separavano dalla morte. E difatti, con l'arrivo di giugno, fui stanata e ributtata nel flusso degli eventi. Come se si volesse riguadagnare il tempo perduto, in una sola settimana tutto il mio assetto "definitivo" fu scrollato e ribaltato.

Il padrone dell'impresa di pulizie da cui ero stata regolarmente assunta sei mesi prima morì di ictus cerebrale e una settimana dopo suo fratello, che aveva una catena di macellerie, convocò noi dipendenti per comunicarci che l'attività sarebbe cessata a fine mese ed entro allora avremmo ricevuto le nostre liquidazioni. Per inciso, un sindacalista dell'associazione artigiani ci disse che il titolare aveva omesso di versare i contributi previdenziali. Ricordando la gentilezza con cui il defunto principale mi aveva assunta sui due piedi, mi dissociai dall'ingiunzione legale contro gli eredi.

Non mi ero ancora ripresa dal colpo, quando don Tonino telefonò pregando sia me sia Anita di raggiungere immediatamente la comune. Come arrivammo, ci annunciò che Carlotta era scappata nel corso della notte e due ore prima era stata sporta regolare denuncia. Io cascai dalle nuvole: come era possibile? Durante tutte le visite che le avevo fatto la mia amica mi era apparsa serena, in buona salute, piena di progetti per il futuro.

Don Tonino, dopo essersi schiarito la voce, assunse una odiosa espressione afflitta e rivolgendosi direttamente a me disse che purtroppo non era affatto così. A suo dire, "come tutti i tossici" Carlotta aveva una straordinaria capacità di simulare e mentire, motivo per cui le era stato facile farmi credere quel che volevo per *tranquillizzarmi*.

In realtà (ovviamente la realtà di quel prete che mi si rivelava improvvisamente come una persona convenzionale e qualunque) Carlotta si era mostrata sin dall'inizio insofferente, ribelle, irrecuperabile. Sempre a detta del prete, Carlotta aveva dato segni di disturbi psicologici che andavano ben oltre quelli della tossicodipendenza, per cui, nell'eventualità che l'avessimo trovata *viva* (testuale) non mi illudessi che una comunità fosse la soluzione ideale.

«Sta dicendo che Carlotta è pazza?» urlai con quanto

fiato avevo in gola, realizzando la sola tragedia vera e cioè la sua sparizione.

Alla risposta che era *paranoica* e *autodistruttiva* non ci vidi più: chi era lui, uno psichiatra? Non gli veniva in mente che potessero esistere persone *diverse* da lui e dalla gente come lui, e perciò semplicemente incomprese e infelici? Se Anita non mi avesse trasportato via da lì credo che sarei arrivata a picchiarlo.

Il terzo affronto del ringalluzzito destino fu di mettere fine alla favola dell'angelo custode. Lasciata la comune di don Tonino, immediatamente mi recai dal commissario Perazzi certa di trovare come sempre comprensione e aiuto. Ma come cominciai a parlargli di Carlotta, lui subito mi interruppe dicendo che era già stato avvertito della sua sparizione.

«Bisogna cercarla subito! Sono nelle sue mani!» proruppi.

E qui lo vidi assumere la stessa espressione, melliflua e falsa, di don Tonino. Prendendola esasperatamente alla lontana, Perazzi cominciò a farmi una orribile lezione sulle persone "disadatte alla vita", arrivando alla conclusione che Carlotta era profondamente diversa da me e pertanto non potevo fare nulla per preservarla da una sorte già segnata.

«Sta dicendo che debbo rassegnarmi all'ipotesi che ricominci a battere, riprenda a bucarsi e finisca ammazzata o suicida?» gridai. Ricordo come fosse oggi l'insopportabile sospiro del commissario. «Per quanto l'idea ci ripugni o ci sconvolga, è proprio così. Con il passare degli anni, capirai che è impossibile salvare chi è determinato a distruggersi.»

«Carlotta non *è adatta* alla vita che intendete voi... alla inutile comune dove l'avevamo rinchiusa pretendendo che abboccasse al giochino di quei valori artificiosi e fasulli...»

La voce mi si spezzò nei singhiozzi, ma scappai via prima che il commissario potesse infierire con le ultime parole di consolazione. Tornando a casa pensai che il dramma della vicina chiusura dell'impresa si stava rivelando una provvida sventura: mi sarei cercata un altro posto per le ore del giorno, e tutte le sere avrei potuto girare alla ricerca di Carlotta. Ovunque tu sia, ti stanerò e non ti abbandonerò più un istante, dissi silenziosamente.

Mi furono sufficienti tre escursioni notturne per capire che non ce l'avrei mai fatta: era come pretendere di trovare un ago in un pagliaio, e peggio ancora in un pagliaio minato. Di notte, i quartieri malfamati sono battuti da persone che per loro natura o per la legge della sopravvivenza sono diventate come animali che agiscono sotto la spinta della violenza o degli istinti incontrollati.

Tornata a casa miracolosamente incolume, mi toccò subire ancor di peggio: la vista di Anita che mi aspettava stremata dalla sofferenza e dall'angoscia. Se avessi persistito nelle mie uscite, le avrei spezzato il cuore. E così mi proposi di farlo saltuariamente e con accortezza, in modo che non se ne accorgesse. Ma nel frattempo fui io a aspettare l'alba rigirandomi nel letto in balia di orribili incubi e di tormentosi sensi di colpa.

Il peso delle disgrazie raddoppia quando, oltre a soffrire, ti tocca anche affrontare i problemi pratici del tirare avanti e i contrattempi della quotidianità. Io avevo l'urgenza di trovare un nuovo posto di lavoro, ed era ripreso freneticamente il rituale della sottolineatura degli annunci economici con relativo pellegrinaggio da un appuntamento all'altro. E ogni esito negativo comportava, oltre alla mia delusione personale, anche l'amarezza di dover deludere le speranze di Anita.

L'ultima sera di giugno, che era anche l'ultima di attività della impresa di pulizie, Domenico si era fermato in ufficio fino a tardi e capii che era arrivato il momento di dargli la notizia. Aspettando che il pavimento del vicino ufficio si asciugasse, ne approfittai per raggiungerlo e gli comunicai senza tanti preamboli che il mio lavoro in quel palazzo era terminato.

«Bene, così facciamo in tempo ad andare al cinema» fece lui tutto gaio.

Dovetti spiegargli che ne avevo per altre due ore, e

che con quel "terminato" intendevo finito per sempre. Gli vidi passare in faccia perplessità, sollievo, curiosità. In pratica era come se mi avesse detto "finalmente ti sei decisa, che altro posto hai trovato?". Apprezzai il suo riserbo e gli risposi esplicitamente che dovevo smettere per cause di forza maggiore. E che purtroppo, dopo giorni e giorni di ricerche, ero ancora alla ricerca di una nuova occupazione.

Invece di dispiacersi di tutto questo, saltò su quasi offeso: «E come mai me lo dici soltanto adesso?». Poiché alzai le spalle con un sospiro, incapace di dargli una risposta logica, lui rincarò la dose accusandomi di averlo trattato come un estraneo, sciorinando tutte le volte in cui in quelle settimane ci eravamo visti anche senza Cristina e avrei potuto metterlo al corrente dei miei problemi, lamentandosi che io gli avessi sempre parlato tanto poco di me.

In teoria aveva ragione, in pratica il sentirmi colpita nel vivo e colpevolizzata mi sembrò troppo: cosicché girai le spalle e uscii dal suo ufficio senza dire una parola di risposta. Due ore dopo, a pulizie finite, ci scambiammo saluti e abbracci con le colleghe e ciascuna prese la sua strada in mancanza del solito pulmino che da due sere era stato sospeso.

Io mi stavo dirigendo verso la fermata del mio tram quando vidi Domenico scendere dalla sua macchina e catapultarsi verso di me. Mi piacque molto il fatto che invece di buttarla sulla scena madre mi prendesse per un braccio dicendo come se niente fosse: «Credevo che non mi avessi visto».

Più tardi, quando ci fummo seduti alla solita pizzeria, disse con voce allegra: «Spero che in futuro i tuoi orari ci concedano di entrare nel circuito dei ristoranti». In effetti, alle undici e passa di sera, più che pizzerie aperte cosa potevamo trovare?

Subito dopo, facendosi serio, mi chiese che tipo di lavoro mi piacesse fare. «Ho molte conoscenze e potrei aiutarti. Lo avrei fatto da molto tempo, se me lo avessi permesso.»

«Non se ne parla nemmeno» risposi con tutta me stessa.

L'eventualità che tra richiesta di referenze e informazioni saltasse fuori ciò che avevo fatto in passato mi apparve terrorizzante.

E mentre a testa bassa me ne chiedevo il perché (dopotutto avevo la stima di un buon conoscente), sentii le dita di Domenico posarsi dolcemente sul mio mento e sollevarmelo. «Lucia, io ti amo» disse.

Nel momento stesso in cui udii quelle parole mi innamorai perdutamente di lui e questo sentimento sconosciuto mi esplose dentro con una tale violenza che ancor oggi, riandando a quegli istanti, mi sento tremare.

Rimasi a fissarlo trattenendo il fiato, incapace di controllare l'ondata di emozioni che mi sconvolgevano: sorpresa, struggimento, panico, vergogna, dolore. Nessun uomo mi aveva mai detto "ti amo" ed era come se Domenico avesse trovato la formula magica per aprire il mio cuore. Soltanto che dentro non c'erano gemme scintillanti, ma una manciata di fango. E io non sopportavo che, continuando a tenermi per il mento, mi guardasse con quegli occhi ansiosi e adoranti neanche io fossi la Madonna a cui chiedere la grazia.

«Ti amo tanto» ripeté.

«Non dovevi dirlo! Non è possibile! Tu sei pazzo!» gridai ritrovando finalmente la voce e il controllo di me. Mi alzai di scatto e scappai fuori, cominciando a correre nella notte.

Domenico mi raggiunse e mi fermò, afferrandomi per un braccio. Sperai con tutta me stessa che fosse furioso e mi dicesse che era stato davvero pazzo, che si era sbagliato, che io ero soltanto una povera ragazza delle pulizie. Invece, una volta che riuscì a tenermi ferma, rimase a guardarmi con lo sguardo colmo di stupore e di amarezza.

«Devo andare a casa» dissi io.

«Ti accompagno.» Salimmo in macchina e facemmo tutta la strada in silenzio. Stavo per aprire la portiera quando lui posò una mano sulla mia. «Scusami. Ti prego soltanto di non sparire dalla mia vita.»

«Io non sono la ragazza per te.»

«Lo so.» Fece un sorriso amaro. «Un giorno elencasti con Cristina tutti i miei difetti... Credevo che scherzassi» aggiunse con l'aria di un cane bastonato.

Sta soffrendo. Sta soffrendo *per me*, pensai. Non capii più nulla. «Scherzavo davvero! Tu sei l'uomo più straordinario che esista e io ti amo!» proruppi. Troppo tardi capii che mi ero buttata a testa bassa nella rovina.

Vidi Domenico illuminarsi e fare per gettarmi le braccia al collo. Invece, forse per la paura che io facessi o dicessi qualcosa che potesse ributtarlo nel dubbio, si ritrasse per tempo e mi strinse forte una mano. «Ti telefono domattina» disse.

Quando salii in casa, Anita mi chiese subito se stavo bene. Oppure se avevo saputo qualcosa di Carlotta. Le risposi che ero un po' stanca e avevo un cerchio alla testa. Solo al mattino dopo, quando mi alzai, le raccontai tutto. Lei mi lasciò parlare e parlare senza interrompermi.

Come tacqui, restò per qualche istante a scrutarmi in silenzio, gli occhi stretti a fessura. Poi, con voce tra l'impaurito e il perentorio disse: «Spero proprio che non ti sia messa in mente delle idee stupide, come tirare fuori un passato morto e sepolto».

Avevo letto da qualche parte che noi possiamo soltanto fare una dichiarazione di morte presunta del nostro passato: per seppellirlo occorre il consenso degli altri. E finché Domenico non mi avesse dato questo consenso, io non mi sarei mai sentita in pace con me stessa. Ma come spiegarlo ad Anita? Lei mi amava con cuore di madre, e per le madri come lei conta soltanto che i figli siano felici.

«Hai sentito quello che ti ho detto, Lucia?»

«Sì.»

«E perché non parli?»

«Non so che cosa fare, Anita.»

Mi aspettavo che iniziasse a ripetere quanto brava,

cara, degna e meritevole d'amore io fossi. Invece mi posò le mani sulle spalle e si limitò a dire con dolcezza: «Per il momento non fare nulla, bambina. Dai tempo al tempo».

Nei giorni che seguirono Domenico dovette partire per Monaco di Baviera e ci sentimmo soltanto per telefono. Se non avessi avuto nella mente ogni gesto e ogni parola del nostro ultimo incontro, avrei potuto illudermi che non fosse accaduto nulla perché lui non ne fece alcun cenno, mostrandosi l'amico affettuoso e premuroso di sempre.

Mi telefonò anche Cristina per chiedermi se potevo accompagnarla dal parrucchiere e consigliarle un nuovo taglio di capelli, essendosi stufata di tenerli lunghi. Io acconsentii ad accompagnarla, ma chiarii immediatamente che sarebbe stato uno sbaglio tagliare dei capelli così belli e che le incorniciavano tanto bene il viso.

Il parrucchiere fortunatamente mi diede ragione e le spuntò solo la frangia e due ciocchette laterali. A operazione conclusa non potei trattenere la mia meraviglia, non tanto perché Cristina stava benissimo, quanto perché solamente in quel momento mi accorgevo di come si fosse assottigliata. Mi confermò di avere perso in tutto otto chili, cosa che peraltro già sapevo perché ogni giorno seguivo il suo dimagramento come i marinai il bollettino dei naviganti, ma una cosa è parlarne astrattamente e un'altra scoprirne di colpo i risultati.

«I jeans e le gonne mi ballano addosso» disse Cristina in tono orgoglioso.

«Bisognerà provvedere prima che ti caschino ai piedi» fu il mio commento.

Quando Domenico mi chiamò dicendomi che era appena tornato dalla Germania, la prima cosa che gli dissi fu se poteva dare dei soldi a Cristina perché aveva urgente bisogno di rinnovare il guardaroba.

«Sta crescendo sotto i miei occhi» commentò Domenico. «È incredibile come a quell'età smettano di essere bambine da un giorno all'altro.»

«Per la verità sta *diminuendo*» puntualizzai io. E non ebbi il tempo di chiedergli se gli piaceva la nuova pettinatura della figlia perché subito cambiò discorso domandandomi se quella sera volevo andare a cena a casa loro.

Mi affrettai a dire di sì, sollevata: in cuor mio avevo temuto fin dall'inizio della telefonata che mi chiedesse di uscire noi due soli.

Alle 19,30 venne a prendermi in macchina e appena mi vide uscire dal portone mi si fece incontro dandomi un affettuoso bacio sulla guancia. Per tutto il tragitto parlò del più e del meno. Finito di cenare, si allontanò per qualche minuto e ritornò con tre pacchettini che porse a me, a Cristina e alla tata.

«Vi ho portato un ricordino da Monaco» disse.

«Miracolo!» lo punzecchiò sua figlia. Il suo pacchetto conteneva un grande bracciale in argento con pietre dure e smalti, quello di Marcella un golf grigio con roselline rosse e verdi ricamate in rilievo. Io fui l'ultima ad aprire il mio, e apprezzai molto la delicatezza di non avere strafatto mettendomi in imbarazzo con un regalo troppo impegnativo: si trattava di un fermaglio per capelli in tartaruga con due gruppetti di perline di fiume laterali.

Cristina mi costrinse a sciogliere i capelli, che avevo uniti a treccia, per fare una coda che lei stessa volle fissare col nuovo fermaglio. Marcella commentò che non aveva mai visto dei capelli di un così bel rosso naturale, e la cosa mi fece molto piacere. Agli inizi della nuova vita ero stata tentata di scurirli perché avevo il timore che sembrassero finti e troppo vistosi.

Anche durante la strada del ritorno Domenico si comportò in modo impeccabile. Mi accompagnò fino al portone e solo un istante prima di lasciarmi fece un cenno a quello che era successo dicendo: «In questi giorni non ho fatto che pensarti».

Io mi sentii rimescolare tutta. Anche di tristezza.

Debbo dirgli tutto, pensai quando richiusi il portone alle mie spalle.

Non ne ebbi il modo perché, nei giorni successivi, accaddero due cose che mi tennero, per diversi motivi, lontana da lui. La prima riguardava il mio lavoro, e fu Anita stessa a farsi portavoce della proposta: sua figlia Graziella, stanca di fare la casalinga a tempo pieno, intendeva mettere su una piccola attività di produzioni artigianali. L'idea le era venuta quando due amiche sue erano andate in visibilio davanti al mio famoso copriletto patchwork chiedendole dove l'aveva comprato. E quando aveva risposto che l'aveva fatto un'amica di sua madre, le avevano chiesto se poteva farne uno anche per loro, "a qualsiasi prezzo".

In sostanza, la nuova attività consisteva nel confezionare copriletti a tempo pieno da rivendersi dapprima tra il giro di conoscenze e in seguito si sarebbe visto. Fu Graziella stessa a entrare nei particolari: il laboratorio sarebbe stato ricavato dalla lavanderia della villetta di Cesano Boscone, che suo marito avrebbe provveduto a sistemare. Sempre suo marito, le avrebbe anticipato i soldi per acquistare due macchine da cucire e gli altri materiali (scampoli di stoffa, fili, lane, pizzi per intarsi e così via).

Per la parte economica non c'erano problemi: Graziella mi avrebbe dato la metà esatta del guadagno per ciascun capo. Aggiunse che per produrre di più avrebbe cucito e tagliato anche lei, ovviamente dopo aver imparato da me; e che se le richieste fossero aumentate come lei era certa, avrebbe preso come aiutante anche una giovane cugina disoccupata di suo marito, naturalmente dandole molto meno perché non aveva messo di suo né l'idea, come me, né il locale e i soldi, come lei.

«Cosa ne dici?» mi chiese alla fine del lungo discorso.

«Mi sembra una proposta straordinaria!» esclamai convinta.

Il secondo avvenimento fu il ritorno dall'America di Marta, l'ex moglie di Domenico. Me ne parlò lui stesso alla vigilia dell'arrivo. Marta si sarebbe fermata con lui e con la figlia una settimana, e gli avrebbe fatto molto piacere presentarmela. Più tardi capii che me l'aveva detto per farmi capire sia che non mi considerava l'avventura da tenere nascosta sia che l'arrivo di Marta equivaleva a quello di una buona amica. Sul momento, però, mi sembrò quanto meno stravagante che volesse presentarmela: che *piacere* poteva rappresentare per lei il nostro incontro? Al massimo le sarebbe stato indifferente.

A me, lo confesso, la sola prospettiva suscitava una serie di oscure reazioni che andavano dal disagio alla rabbia. In una parola, dopo avere scoperto l'amore mi dibattevo in un altro sentimento che prima di allora mi era stato del tutto sconosciuto: la gelosia. E mi faceva stare maledettamente male. Prendendo la scusa della nuova attività da avviare a Cesano Boscone, dissi a Domenico che in quei giorni ero molto occupata e mi sarebbe stato impossibile sia andare a casa sua, sia vederlo fuori.

In un certo senso era proprio vero che non tutto il male viene per nuocere. Le ricerche di Carlotta (che, ho dimenticato di dire, continuavo sia pure sporadicamente a fare) erano non poco complicate dalla difficoltà di potermi muovere alla sera senza destar sospetti. Ad Anita inventavo che sarei stata fuori fino a tardi con Domenico, a Domenico inventavo che non potevamo vederci perché Anita aveva bisogno di me (stava poco bene, era tornata stanca da casa della figlia, dovevo aiutarla a fare qualcosa di urgente). Tutto questo castello di scuse e bugie sarebbe crollato se i due si fossero per caso telefonati durante i miei giri notturni. Io ne ero consapevole, ma con la spericolata fede dei disperati continuavo a osare.

Il dover mentire solamente ad Anita dimezzava il rischio di essere scoperta, e in ogni caso il non poter incontrare Domenico aveva come lato positivo molte serate in più da dedicare al ritrovamento di Carlotta. Evitai allo scopo di dire ad Anita dell'arrivo della ex moglie, e il lato negativo fu la fitta di vergogna che provai quando lei mi disse contenta: «Ormai lui non può stare un giorno senza vederti!».

Mentire non mi piaceva affatto perché la lealtà era e rimane al vertice della mia scala di valori. Ma il pensiero della mia amica continuava a mordermi il cuore. Tranne che nel momento in cui Domenico mi aveva detto "ti amo" non c'era un istante in cui non pensassi a lei. L'avevo pensata quando ero andata dal parrucchiere ad accompagnare Cristina e avevo visto su una rivista una pettinatura che sarebbe stata benissimo anche a lei, l'avevo pensata nel dire sì alla proposta di Graziella ("quando troverò Carlotta la porterò nel laboratorio con noi"), l'avevo pensata quando la tata Marcella mi aveva complimentato per il colore dei capelli ("chissà come Carlotta li avrà ridotti"). La pensavo quando andavo a letto, quando mi svegliavo, quando mangiavo, quando facevo le pulizie. Sentendomi tremare di disperazione e di ansia.

Una notte mi ritrovai, tremante, a pregare Dio. Non l'avevo più fatto da quando avevo sedici anni ed ero uscita da quel maledetto appartamento sentendomi talmente sporca e miserabile e in colpa che mi ero vergognata anche di far vedere a Dio come mi ero ridotta. Fortunatamente mi ero dimenticata che Egli sa e vede tutto, altrimenti quel giorno avrei perduto la fede chiedendomi dove stesse guardando quando quegli uomini mi avevano ridotta a quel modo.

Le ricerche di Carlotta terminarono due giorni dopo l'arrivo della ex moglie di Domenico, proprio quando io mi preparavo a intensificarle. Ero uscita per andare a visitare dei negozi e dei magazzini specializzati nella vendita degli scampoli, per poi poter riferire a Graziella sia dei prezzi sia della qualità. Quando rientrai, alle 12,45, Anita mi disse che due ore prima aveva telefonato il commissario Perazzi. La mia amica era stata ritrovata per la seconda volta.

XI

A distanza di tanti anni parlare di Carlotta mi fa sentire come se mi ficcassi un coltello nel cuore. Del resto, che cosa aggiungere a quello che chiunque può immaginare? A differenza della vita delle persone fortunate e felici, quelle dei disgraziati si assomigliano tutte. La mia amica era stata fermata con un pregiudicato evaso dal carcere l'anno prima e ricercato dalla polizia. Stava con lui da un mese, ma fortunatamente gli inquirenti le credettero quando affermò di non sapere nulla.

Io la incontrai, appena rilasciata, nella pensioncina in cui era avvenuto il fermo. Sulle prime mi si allargò il cuore nel vederla, perché la trovai ben vestita, coi capelli in ordine e persino con le unghie lunghe e smaltate (quando vivevamo insieme era una lotta continua perché smettesse di rosicchiarsele).

Ma quando mi staccai da lei, dopo un lungo abbraccio di sollievo e di gioia, notai che aveva le pupille dilatate, il viso leggermente gonfio e gli occhi cerchiati. Come cominciai a parlarle del progetto del laboratorio e delle nostre ottime prospettive future, mi interruppe subito dicendo che era felice per me, ma per quanto la riguardava non era minimamente interessata: la sua vita era quella, e la lasciassi dov'era perché stava meglio di quanto io credessi.

Dopo tre ore trascorse supplicandola di venir via subito con me e tentando di farla ragionare, restammo d'accordo che ci avrebbe riflettuto e mi avrebbe dato una risposta al mattino dopo.

Al mattino dopo, quando mi ripresentai in quella

pensioncina, il padrone mi disse che Carlotta era partita. Spiacente, lui non era né l'angelo custode della mia amica né un indovino, per cui non sapeva nulla. E aggiungendo che di guai ne aveva già avuti abbastanza, con la polizia in casa "per colpa di quei due", mi consegnò una busta che Carlotta aveva lasciato per me.

La aprii non appena fui fuori. Conteneva tre righe lapidarie con le quali confermava che la sua vita era quella e pensassi a essere felice io, tanto più degna e meritevole di lei.

Vincendo il mio orgoglio, mi precipitai dal commissario Perazzi pregandolo di fare qualcosa per salvarla. Lui scosse la testa dicendo che purtroppo per la legge Carlotta era una cittadina incensurata e pertanto libera di spostarsi e di vivere a suo piacimento. Quando riattaccò con l'ipocrita tiritera che era impossibile salvare una persona determinata a inseguire il proprio destino, io tagliai corto dicendogli grazie lo stesso e me ne andai. Dopo ventiquattr'ore di tregua e di speranza ripiombai nell'angoscia, vanamente consolata da Anita. Per alcuni giorni vissi nell'attesa che da un momento all'altro i miei peggiori incubi venissero confermati: Carlotta era stata arrestata, uccisa da un sadico o da una overdose, di nuovo vagante per i marciapiedi di chissà quale quartiere o città.

Adesso capisco che i naturali meccanismi di difesa di una mente sana pongono un limite a ciò che è umanamente insopportabile, pena l'impazzire o il morire di crepacuore. Insomma, a un certo punto ti ritrovi a vivere *normalmente* accorgendoti che riesci ad accettare e perciò a convivere con quello che poco prima ti straziava. È quello che succede alle famiglie dei sequestrati, ai genitori dei figli tossicodipendenti che se ne sono andati chissà dove a bucarsi, a spacciare, a prostituirsi o a fare scippi: benché il pensiero dei loro cari non li abbandoni un istante, arriva il momento in cui ricominciano a mangiare, a dormire, a lavorare, a uscire, a staccarsi dal telefono.

Ma allora, quando accadde a me, non riuscii a farmene una ragione. E nel preciso istante in cui mi accorsi di essermi *rassegnata* alla sorte di Carlotta, all'angoscia subentrarono i più atroci sensi di colpa. Poi passarono anche quelli e, come si suol dire, rientrai nel flusso della vita.

Una mattina stavo facendo colazione quando squillò il telefono. Andò a rispondere Anita e pochi istanti dopo mi disse che l'ex moglie di Domenico desiderava parlarmi. Andai a rispondere stupita. Che cosa voleva da me?

L'interrogativo ebbe immediata risposta: prima di ripartire per Roma, Marta desiderava conoscere "la ragazza di cui sua figlia continuava a parlarle e di cui era entusiasta". Volevo andare a cena da loro, quella sera?

Di fronte a una richiesta tanto cortese, non potei rifiutare. Poco dopo il telefono squillò di nuovo. Era Domenico, che si scusava di avermi fatto chiamare da Marta e si informava se la cosa mi era dispiaciuta: purtroppo non aveva trovato altro modo per tentare di vincere le mie resistenze e farmi capire che l'arrivo della ex moglie non aveva cambiato nulla nei miei rapporti con lui e Cristina. Prima di riattaccare, mi disse che sarebbe passato a prendermi verso le diciannove.

E così, quella sera, conobbi Marta. Mi apparve esattamente come nella fotografia che mesi prima avevo visto nella stanza di Cristina: più che bella, molto interessante. Era magra, elegante ma con semplicità, con un piglio deciso e un'espressione molto intelligente. Benché si fosse mostrata molto cordiale con me, invitandomi subito a darci del tu, non conservo un ricordo felice di quella serata: per tutto il tempo mi sentii, sia pure con discrezione, scrutata e messa sotto esame. E con le mie antenne avvertii una sottile diffidenza. Due cose l'avevano lasciata perplessa: la mia bellezza (lo capii dall'occhiata sbalordita con cui mi aveva accolto alla porta, percorrendomi dalla testa ai piedi) e il fatto che dopo aver lavorato in una impresa di pulizie mi accingessi a un'altra occupazione per lei modestissima.

«Non hai mai pensato di lavorare nella televisione o nel cinema?» mi chiese a un tratto.

Le risposi che questo pensiero non mi aveva mai nemmeno sfiorato la mente.

«Eppure il fisico ce l'hai» osservò.

«Ci vorrebbero anche il talento e la vocazione» risposi pronta. Pensando tra me che se nella precedente vita un importante produttore o regista mi avesse offerto una parte, avrei certamente accettato: ma a parte che questo tipo di uomini non va a caccia di avventure nelle pensioncine, avrei considerato comunque questa offerta una violenza fatta alla mia natura che è sempre stata molto riservata e incapace di esibizioni.

«Quale sarebbe il lavoro ideale, per te? Insomma, non hai un sogno nel cassetto?» insistette Marta.

«Fino ai sedici anni sognavo di diventare scrittrice. O giornalista come lei... come te.»

«E dopo?»

«Dopo il cassetto ha preso fuoco e il sogno è andato in cenere» ribattei accorgendomi istantaneamente che non si trattava soltanto di una battuta.

Per fortuna Domenico intervenne e si cambiò discorso. Marta parlò di New York, dell'intervista che aveva fatto a Woody Allen, della nuova casa che Giacomo (il suo uomo) aveva comprato a Roma e stavano arredando insieme.

A questo punto, però, la conversazione prese una piega molto spiacevole perché Marta si rivolse alla figlia dicendo che era prevista anche una stanza per lei. Cristina replicò che per le sue visite le sarebbe bastato un divano letto. Marta osservò scherzosamente che contava di averla a Roma molto più che per una visita al volo. Al che sua figlia replicò piuttosto secca che odiava Roma.

E qui la situazione sfuggì di mano a tutti perché Marta, cambiando tono, preannunciò che "era un discorso da affrontare seriamente", Domenico disse pronto che non c'era nulla da aggiungere a quanto si erano già detti, Cristina si intromise strillando che la smettessero di considerarla un pacco postale o una cosa di loro proprietà. E quando sua madre le ricordò che aveva soltanto dodici anni e non ancora l'età per prendere decisioni da sola, Domenico si intromise strillando a sua volta che erano stati loro due, i genitori, a decidere che Cristina restasse affidata a lui.

Io mi guardai bene dall'intromettermi, pregando tra me che quell'imbarazzante battibecco terminasse al più presto. Cosa che avvenne nel momento in cui Cristina lasciò di corsa il soggiorno andando a rinchiudersi nella sua stanza.

Il giorno successivo, dopo la partenza di Marta, Cristina stessa mi spiegò per filo e per segno i retroscena che erano a monte di quella esplosione di rancore e aggressività.

Sua madre, tornata dal lungo soggiorno a New York, si era spaventata rivedendola tanto dimagrita e allungata. Anziché rallegrarsene (ma questo lo pensai io), accusò l'ex marito di non essersi preoccupato di portarla dal medico. Quando Cristina la tranquillizzò raccontandole della dieta che io le avevo suggerito, dal problema della salute il discorso si focalizzò sulla mia persona. Chi ero? Come mi chiamavo? Che ruolo avevo?

Con l'ingenuità dei suoi dodici anni, Cristina mi riferì che il papà aveva risposto "è una brava ragazza a cui tengo moltissimo". Al che sua madre aveva osservato che questo non lo autorizzava a farmi familiarizzare anche con la figlia, esprimendo molte perplessità sulla influenza che sembravo avere su di lei. In ogni caso, non le piacevano i vestiti "troppo chiassosi" che io le avevo suggerito, né la nuova pettinatura "troppo da adulta", né i modi "troppo sicuri" che Cristina aveva assunto.

Nell'apprendere tutto questo, mi sentii offesa e meravigliata allo stesso tempo. Come era possibile che Marta preferisse vedere la figlia grassa, infagottata e piena di complessi? Devo ammettere onestamente che quando la rividi la seconda volta (due settimane dopo) l'ex moglie di Domenico aveva miracolosamente mutato atteggiamento: non una domanda incuriosita, non un'occhiata scrutatrice. Addirittura mi ringraziò per quanto avevo fatto per Cristina.

Purtroppo però il primo incontro con Marta e la lite sull'affidamento della figlia avevano lasciato il segno perché, come Marta ripartì, vuoi per fame nervosa e vuoi per un soprassalto di disamore, Cristina ricominciò a mangiare come e peggio di prima riprendendo due chili in quattro giorni.

Io non me ne accorsi subito perché la nuova attività di Cesano Boscone mi deconcentrò da ogni altro problema. Per due giorni girai con Graziella alla ricerca di due macchine da cucire che non costassero molto ma allo stesso tempo avessero tutti gli optional indispensabili per dei capi professionali (ricamo, zigzag, soprapunti, intercambiabilità di aghi dal vario spessore). Scelte e ordinate le macchine, nei due giorni successivi mi trasferii a casa di Graziella (anche a dormire) per dare dei suggerimenti e una mano nella trasformazione della lavanderia in laboratorio.

In quel breve soggiorno scoprii, per inciso, che Graziella era tutt'altro che la ragazza arida, insensibile e pretenziosa che avevo sempre ritenuto fosse. Ed essendo scontato che neppure Anita era una donna negativa, ne dedussi che nel loro rapporto madre-figlia doveva essersi insinuato qualche equivoco o episodio che col tempo aveva fatto scattare un meccanismo perverso. Ma, anche qui, non ebbi il tempo per fare analisi più profonde.

Al quinto giorno (prendendo sempre riferimento dalla partenza di Marta) andai, con Graziella, a fare incetta di scampoli di vario materiale e colore nei magazzini da me precedentemente visitati. Al sesto, infine, andammo per mercatini alla ricerca di vecchie trine, pizzi, sangalli coi quali pensavo di dare un tocco di preziosità ai lavori patchwork.

Rimaneva da affrontare il problema del mio quotidiano trasferimento dalla casa di Anita, dove abitavo, alla villetta di Cesano Boscone, dove al lunedì successivo avrei iniziato a lavorare. Escludendo l'automobile (non avevo neppure la patente) e scartando i mezzi pubblici (sarei stata troppo legata agli orari), decisi di acquistare un *Ciao* di seconda mano. Devo dire che Anita sulle prime fece un sacco di storie tirando fuori il traffico eccessivo, la mia inesperienza come guidatrice, i pazzi che giravano per le strade. Alla fine la convinsi, promettendole che sarei stata attentissima e ribadendo che non avrei potuto fare diversamente. Va inoltre detto che si era entrati in piena estate (stagione in cui Milano si spopola) e che stringi stringi il percorso si riduceva a una quindicina di chilometri.

Il marito di Graziella, trentaduenne onesto, lavoratore e di ottimo carattere, mi aiutò a cercare il motorino e me lo portò nel cortile di casa di Anita dopo avermi spiegato come funzionava. Imparai a guidarlo in meno di dieci minuti.

Con Domenico e Cristina ci sentivamo tutte le sere e via via li aggiornavo sui progressi della nostra attività. Domenico si complimentò per tutto, tranne che per il *Ciao*. Anche lui fece un sacco di storie, proponendomi di mandarmi il suo autista ad accompagnarmi e riprendermi.

«Da quando in qua hai un autista?» chiesi sorpresa. Seppi così incidentalmente che proprio in quelle settimane era stato promosso amministratore delegato della sua società, e in questo nuovo ruolo era prevista anche un'automobile con autista. Gli feci i complimenti e nel contempo respinsi l'offerta: mi imbarazzava già che Anita mi portasse il caffè a letto, figurarsi avere a disposizione lo *chauffeur*.

Fu quando finalmente ebbi il tempo per accettare un invito a cena a casa sua che mi accorsi di come Cristina era ingrassata. La tata Marcella mi confermò che aveva ricominciato a ingozzarsi anche di dolciumi e si scusò per non avermelo detto, ma non aveva voluto darmi un problema in più.

Approfittando di una telefonata di Domenico, io presi da parte Cristina e le feci una solenne lavata di capo chiedendole se la rendeva così felice ritornare come Moby Dick e vedersi nello specchio con quei capelli opachi e a spinacio.

Lei mi rispose con la vecchia frase che "non gliene fregava niente" e qui io persi davvero le staffe chiamandola masochista, deficiente, incapace di volontà. Alla fine le dissi seccamente che le persone come lei non mi interessavano minimamente, per cui smettesse di telefonarmi o farsi viva fino al giorno in cui le fosse *fregato* qualcosa di se stessa e della mia amicizia.

Cristina, offesissima, mi piantò in asso senza una parola e secondo il suo stile andò a rinchiudersi nella sua stanza. Non venne a salutarmi nemmeno quando me ne andai.

Nel riportarmi a casa Domenico disse che in quella settimana gli ero mancata molto ma non aveva voluto insistere per vedermi, comprendendo che ero molto presa dai miei progetti di lavoro. Aggiunse che si rendeva conto che io avevo poco più di vent'anni e al confronto di un uomo di trentasei, divorziato e padre, ero ancora una bambina. Confessò che agli inizi era stato colpito dalla mia bellezza e incuriosito dal fatto che una come me svolgesse un lavoro tanto inadeguato, ma che gli erano bastati pochi giorni per essere conquistato dalla mia intelligenza, dalla mia allegria, dalla mia semplicità, dal mio calore umano, dalla mia eccezionale capacità di entrare nel cuore delle cose.

Arrossisco ancor oggi ripensando a quella appassionata descrizione che fece di me, e se la riferisco testualmente è per la fondamentale importanza che ebbe negli eventi che sarebbero seguiti. Ascoltandolo provai una sensazione di felicità talmente violenta da fare sparire dubbi, scrupoli, onestà. *Non gli parlerò mai del mio passato*, decisi. E più tardi, quando avrei voluto farlo, era ormai troppo tardi.

A mia parziale discolpa va detto che per una ragazza come me il rinunciare all'amore di un uomo come Domenico equivaleva all'immaginare che un uomo perduto nel deserto voltasse le spalle all'oasi appena scoperta per ricominciare a vagare, oppure che un cieco che avesse appena ritrovato la vista accettasse di tornare nelle tenebre, oppure che un miserabile respingesse due mani protese per aiutarlo: qualcosa di impensabile, di *impossibile*.

Domenico probabilmente non era un essere umano perfetto, ma con me lo era stato. E quella sera, quando fermò la sua automobile sotto il portone della casa di Anita e si girò a guardarmi, io vidi il bellissimo volto di un uomo eccezionale e dagli occhi ricolmi d'amore.

Gli gettai le braccia al collo. E lui dolcemente, con rispetto infinito, quasi avesse paura di farmi male, mi strinse contro di sé e mi baciò sulla bocca. Non potevo più ritornare indietro.

Una volta presa la decisione di non parlargli mai del mio passato, accadde qualcosa che ancor oggi mi sorprende profondamente: smisi di pensarci e di sentirmi in colpa per il mio silenzio. Se non fosse stato per la preoccupazione di Carlotta (che era come lavorare e muoversi con l'impercettibile sottofondo di una musica inquietante) mi sarei probabilmente scordata di ciò che ero stata. Dio, come era facile stimare e amare la Lucia che ero diventata! Trascorsi quel luglio del 1991 dimenticando che esattamente un anno prima gli uomini del commissario Perazzi mi avevano prelevata da un appartamento per trasportarmi con loro su un cellulare. Ce l'avevo fatta. Mi sentivo orgogliosa, allegra, fiera di me. Solo qualche notte continuava a succedere che mi svegliassi di colpo, tremando di paura per la sorte di Carlotta.

Al mattino uscivo da casa col mio *Ciao* alle sette in punto per raggiungere Cesano Boscone e alle otto ero già al lavoro nel bellissimo laboratorio. Graziella mi raggiungeva dopo che era arrivata una vicina a guardarle il bambino. Fausto, suo marito, aveva costruito con le sue mani un enorme tavolo di assi verniciate sul quale io stendevo i pezzotti via via tagliati sotto lo sguardo attento della mia nuova amica e socia.

Il tecnico che ci aveva portato le macchine da cucire

ci aveva spiegato anche il loro funzionamento, e mettere insieme i rettangoli, i quadrati e i cerchi era un gioco da bambini. La bellezza dei nostri copriletti consisteva negli accostamenti e negli inserti di materiali preziosi ricavati da biancheria, tende e telerie trovate ai mercatini.

In una settimana, riuscimmo a confezionare tre patchwork che rivendemmo immediatamente a tre amiche di Graziella nonostante l'esosità del prezzo da lei richiesto: trecentomila lire l'uno. A suo dire, si trattava di oggetti artistici e con materiali di prima qualità. La voce del nostro lavoro si sparse nelle villette intorno e nella settimana successiva ricevemmo ben venti prenotazioni. A questo punto Fausto volle che per regolarità sua moglie facesse una partita Iva (io chiesi espressamente di star fuori) e che rilasciassimo una ricevuta per ciascun capo venduto.

Poiché ci accorgemmo che da sole io e Graziella non riuscivamo a far fronte alle richieste, lei chiamò ad aiutarci la famosa cugina disoccupata del marito, che si rivelò subito veloce e bravissima. A Ferragosto eravamo talmente ingolfate di lavoro che Graziella dovette rinunciare alla progettata vacanza a Gatteo Mare e io fui costretta a dire a Domenico che non potevo andare in barca con lui e Cristina come d'accordo. Prima di partire per le ferie le clienti erano venute a ordinarci i loro patchwork, e sarebbe stato poco serio, oltreché nocivo, ritardare le consegne.

Anita si offrì di andare a Gatteo con il nipotino e il genero. E Domenico partì, ma per una sola settimana, dopo che io mi sgolai a furia di insistere per fargli capire quale delusione sarebbe stata per Cristina veder sfumare quella vacanza in barca. Dopo la nostra lite, sua figlia non mi aveva più chiamata. Sapevo dalla tata Marcella che ormai aveva ripreso tutto il peso perduto, e questo mi causava una tale rabbia che mi risultava più facile vincere la tentazione di chiamarla io. A volte, capire chi sbaglia può rivelarsi il suo male perché lo spinge a credere che nel suo sbaglio non vi sia nulla di imperdonabile. E invece volevo far capire a Cristina che quello che stava facendo a se stessa era gravissimo.

La contemporanea partenza di Domenico e Anita ebbe come risvolto positivo che io e Graziella, rimaste sole e senza obblighi di orari e altri impegni, potemmo buttarci a lavorare liberamente. Per non perdere tempo prezioso, io rimasi addirittura a dormire a casa sua. Alcune mattine alle sei eravamo già scese in laboratorio e la cugina, che abitava poco distante, arrivava poco dopo col termos del caffè e le brioches appena sfornate.

Ormai avevamo preso la mano e lavoravamo così sincronizzate che ci sembrava di essere a una catena di montaggio. Io e Graziella ritagliavamo dai vari scampoli i pezzotti dalle varie forme e misure, Valentina (ossia sua cugina) li disponeva sul tavolone e tutte e tre insieme li componevamo artisticamente come se fossimo impegnate in una partita a dama. Costruito il patchwork, io e Graziella ci mettevamo alle macchine da cucire e Valentina passava a ciascuna di noi una striscia di pezzi da assemblare. Terminata la mia parte e la sua, non restava che fare la cucitura finale dei due mezzi copriletti.

In un giorno riuscivamo a farne anche quattro, il che significava in termini pratici oltre un milione di incasso. Tuttavia, come Fausto ci aveva avvertite, occorreva detrarre sia le spese dei materiali sia soprattutto le tasse. Ma il rimanente a me sembrava ugualmente una cifra di sogno, considerando che si trattava di soldi onestamente guadagnati.

Il solo inconveniente di questa splendida attività consisteva nel fatto che mentre cucivo e tagliavo, tagliavo e cucivo, la mia mente restava libera e pensavo a Carlotta (dov'era e cosa stava facendo in quel momento?), a Cristina (era soltanto colpa sua se si amava tanto poco?), al mio futuro con Domenico (escludendo che potessi sposarlo, che cosa sarebbe stato di noi?) e a mille altre cose che mi immalinconivano. Fortunatamente col passare dei giorni l'inconveniente sarebbe andato via via attenuandosi fino a sparire. Io, Graziella e Valentina diventammo talmente abili nel nostro lavoro che a un certo punto avremmo potuto farlo anche a occhi chiusi. E così cominciammo a parlare, a scherzare, a raccontarci un po' di fatti nostri, cosa che mi distolse da ogni malinconia.

XII

Quando si va indietro nel tempo con la memoria, ci si accorge che ogni periodo è legato a un solo episodio o a una sola persona. Nella seconda metà di quel lontano 1991 accaddero tante cose, ma Cristina dominò su tutto e tutti.

Quando Domenico tornò dalla breve vacanza in barca e mi mostrò le fotografie che aveva scattato, mi si strinse il cuore nel vedere l'immagine di sua figlia deformata dall'adipe e perennemente avvolta in un pareo. Lui stesso era preoccupatissimo, tanto più che Cristina sembrava decisa a non ricominciare la scuola.

A quel punto capii che aveva vinto lei. La gigantesca e terribile determinazione ad autodistruggersi di una bambina aveva avuto la meglio su tutte le mie strategie. E perciò non mi restava che cambiarle. Agli inizi di settembre, quando Domenico dovette partire per lavoro, io spiegai a Graziella il problema e le chiesi di potermi assentare dal laboratorio per una settimana. Ottenuto il permesso, mi presentai a casa di Domenico con una valigetta e annunciai sia alla tata Marcella (felicissima) sia a Cristina (muta e ostile) che mi sarei trattenuta da loro per sette giorni.

Per farla breve, invasi il suolo di casa Satti come Hitler fece con la Polonia. Via cioccolatini e dolciumi, in pattumiera tutte le provviste del frigorifero, che nessun cibo entrasse senza la mia approvazione. Alle proteste e alle parole cattive di Cristina (chi ti credi di essere, vattene via, adesso telefono a mia madre, farò capire a mio padre chi sei) reagii come si fa con un tossicodipendente in crisi di astinenza: la rinchiusi a chiave in camera sua, aprendola soltanto per introdurvi un vassoio con la giusta dose di calorie ben bilanciate.

La furia della ragazza era tale che il primo giorno lo lasciò intatto. Poco male, anzi, benissimo: con tutte le riserve che aveva, di certo non sarebbe morta di fame. Marcella mi confermò che Cristina era determinata a non tornare a scuola. «Non entra più in nessun vestito, e si vergogna di farsi vedere ridotta così» spiegò affranta. Pesava settantacinque chili.

«Lasci fare a me, vedrà che tutto andrà a posto.» Al secondo giorno la fame fu più forte dell'orgoglio e Cristina riprese a mangiare i pasti che io e Marcella le portavamo aprendo e richiudendo a chiave la sua porta. Tra un pasto e l'altro, lei non faceva che tirare calci, inveire, strillare che me l'avrebbe fatta pagare. Per quello che ne sapevo, era davvero come disintossicare un drogato.

Una notte si fece aprire con la scusa di andare in bagno e, approfittando della mia imprudenza (evitai di piantonarla) tentò di scappare di casa. La ripresi al volo davanti all'ascensore.

«Ti odio!» urlò lei.

Al quarto giorno, aiutata da Marcella, la trascinai di forza sulla bilancia: aveva perduto tre chili. Al sesto, notai dalla porta socchiusa del bagno (avevo imparato la lezione e la guardavo a vista) che stava salendo spontaneamente sulla bilancia. Entrai con noncuranza e chiesi: «Quanto hai perso?».

«Un altro chilo...» lei fece con voce tremula e incredula. Quella sera aggiunsi al suo menu una fetta di pane e due cucchiai di purea di patate, di cui era ghiottissima: terminata la terapia d'urto (psicologica e dietetica) occorreva tornare a un regime meno drastico, per un dimagramento costante ma più lento.

Lasciai casa Satti al mattino successivo, che coincideva con quello dell'inizio della scuola. Le proteste di Cristina si spensero di colpo quando si accorse che entrava di nuovo nei vestiti. Notando la mia aria soddisfatta, si affrettò a borbottare: «Sono sempre una balena».

«Su questo non ci piove. Ma se segui i menu che ho lasciato alla tata e non vai ad abbuffarti in qualche bar, puoi giurarci che tra un mese sarai quasi presentabile.»

Timorosa che non andasse a scuola, chiamai un taxi e la portai di persona non soltanto davanti al portone, ma addirittura fino alla sua aula. Una volta superato il disagio di mostrarsi ai compagni, il peggio era passato. Prima di lasciarla, notai con una fitta al cuore lo sguardo estatico e sconsolato che rivolse a un ragazzo. Doveva essere il mitico Lorenzo, e purtroppo stava chiacchierando fitto fitto con un'altra ragazzina.

Notai anche che gli altri compagni di scuola passavano accanto a lei senza neppure degnarla di un'occhiata, neanche fosse stata trasparente... Cristina entrò in classe a testa alta. Nessuno meglio di me poteva capirla, perché dieci anni prima anch'io ero stata, come lei, una piccola alunna emarginata, ignorata e altera.

Il ritorno al lavoro mi impedì di continuare a seguire i suoi pasti e i suoi movimenti, ma ogni sera la chiamavo a casa e nonostante mi rispondesse a monosillabi, io la intrattenevo incoraggiandola, dandole dei consigli, tentando di strapparle qualche confidenza. Marcella mi tranquillizzava dicendo che Cristina non aveva più sgarrato, limitandosi a mangiare ciò che lei (sotto mie direttive) le passava.

Quando Domenico rientrò a Milano non credette ai suoi occhi nel ritrovare la figlia così assottigliata e senza più "fisime" per la testa tipo smettere di studiare. E come seppe da Marcella del mio soggiorno a casa sua e di tutto il resto, il suo stupore per il miracolo che avevo compiuto fu almeno pari all'ammirazione che espresse nei miei confronti definendomi "straordinaria", "unica", "meravigliosa" e così via.

Come ho già detto, il ricordo di quella seconda metà dell'anno è legato esclusivamente alla lotta che intrapresi per restituire a Cristina un aspetto che le consentisse di non vergognarsi più di se stessa. Ottobre fu il mese in cui perse altri tre chili, novembre quello in cui chiesi a Domenico di accompagnarci da un bravo dietologo perché a quel punto cominciavo a sentirmi troppo responsabilizzata: aveva perso altri due chili. Non scorderò mai il sollievo e la felicità di quando quello specialista, dopo essersi fatto dettagliatamente spiegare da me il regime alimentare a cui avevo sottoposto Cristina, mi disse che lui non avrebbe potuto suggerire di meglio.

E alla mia domanda se tutto quel calo non fosse eccessivo, mi rassicurò spiegando che il sovrappeso causato da un'assunzione smodata di cibo tendeva sempre a ridursi in fretta nel primo periodo di regime controllato. Come uscimmo dal suo studio, Cristina mi gettò le braccia al collo: e quello fu un altro momento indimenticabile e perfetto. La nostra guerra era finita.

Al 15 dicembre la bilancia segnava sessantatre chili e fu una grande festa perché Domenico ci dette una sua carta di credito speciale e io e Cristina andammo per boutiques a rifare tutto il suo guardaroba. Ormai entrava quasi perfettamente nella taglia 46 e non c'era che l'imbarazzo della scelta. Scialacquammo senza rimorsi: e quando comunicai a Domenico che avevamo speso sei milioni, lui mi accusò di essere la sua rovina. Ma aveva gli occhi allegrissimi.

Il pomeriggio del 22 dicembre accadde qualcosa che, sulle prime, mi fece temere di aver fatto soltanto un bellissimo sogno. Domenico mi telefonò a Cesano Boscone dicendo che Cristina era ritornata da scuola "con una faccia stranissima" e si era rinchiusa nella sua stanza senza neanche mangiare. Marcella l'aveva sentita piangere.

Spaventata infilai il mio equipaggiamento in *pile* (giacca a vento, berretta e guanti), saltai sul *Ciao* e mi precipitai a casa loro. Cristina era sempre rinchiusa nella sua stanza.

Vincendo il terrore, bussai con forza dicendo che ero io e mi aprisse immediatamente. Cristina aprì e, nel vedermi, mi si aggrappò al collo singhiozzando.

«Adesso basta, dimmi che cosa ti è successo» feci severa.

«Niente... niente...» Con voce spezzata mi raccontò che all'uscita da scuola Lorenzo si era avvicinato a lei e dopo averle detto quanto era diventata carina, le aveva chiesto perdono per essere stato tanto cattivo.

«E che cosa c'e da piangere?» chiesi io con un sospiro di sollievo che mi allargò i polmoni.

«Sto... sto piangendo di gioia!» Cristina proruppe.

E fu in quel momento che scoppiai a piangere anch'io. Non l'avevo mai fatto prima. Ma nel sentire che Lorenzo le aveva chiesto perdono, fu come se tutte le persone che mi avevano respinto, umiliato, ferito, usato, maltrattato si fossero inginocchiate davanti a me per dire "perdonaci, solo adesso abbiamo capito quello che ti abbiamo fatto". Aggrappate l'una all'altra, io e Cristina demmo sfogo a tutte le nostre lacrime. Fino a quando Domenico, schiarendosi la gola, non si avvicinò per separarci.

Alla mattina della vigilia di Natale, Marta passò al volo da Milano per portare Cristina a sciare a Cortina con lei e con il suo uomo. In quei mesi era venuta tre volte a visitare la figlia e devo dire che non aveva fatto più alcuna scenata nel vederla dimagrita. Solo che nel ritrovarsela davanti quasi normale (ormai era scesa a sessanta chili) ebbe una specie di crisi di disperazione perché aveva comprato per Cristina tute, pantaloni e giacche di montagna di almeno tre taglie superiori. A quel punto rimandò la partenza di tre ore e andò con lei a ricomprare tutto della misura giusta, affermando che a Cortina avrebbe speso il doppio.

Domenico si offrì di darle i soldi, ma l'ex moglie rifiutò spiegando che Cristina era anche figlia sua e il minimo che poteva fare era regalarle l'attrezzatura della montagna. Rientrarono dal giro di spese alle tredici e ripartirono in gran fretta avvertendo Giacomo del ritardo (l'uomo di Marta era già a Cortina ad aspettarle).

Cristina, come seppi da lei stessa al momento dei saluti, non aveva opposto alcuna resistenza a quella vacanza perché la loro mansarda si trovava proprio di fronte a quella di Lorenzo. Mi ricordai allora che i genitori del ragazzino erano molto amici di Marta e Domenico, anche se io non li avevo mai visti, e tra amici ricchi si usa comprare le case al mare e in montagna molto vicine.

Quando restammo soli Domenico mi confermò che per loro era stato proprio così, e mi spiegò che nel concordare il divorzio aveva ceduto quella mansarda alla moglie preferendo tenere per sé la villetta di Selvino, molto più vicina a Milano. Aggiunse che da quando Marta si era trasferita a Roma aveva perso i contatti con tutte le amicizie comuni, dapprima perché il lavoro lo aveva totalmente assorbito e poi perché aveva preferito di gran lunga dedicare il tempo libero a me.

Per la prima volta mi parlò dei suoi genitori. Aveva perso il padre a ventitre anni, poco prima del matrimonio, e l'anno successivo sua madre si era trasferita a Londra dalla figlia maggiore. Seppi così che aveva una sorella quarantenne, moglie di un industriale alberghiero e mamma di due gemelli quindicenni. Ogni volta che Domenico andava in Inghilterra per lavoro si fermava un paio di giorni in più per stare con loro. «La prossima volta porterò anche te per farteli conoscere» disse a conclusione di quel discorso.

Restammo a chiacchierare fino alle diciannove, ora in cui ci dirigemmo verso Cesano Boscone per trascorrere la vigilia di Natale a casa di Graziella. Devo dire che l'avere appreso l'esistenza di un'altra casa a Cortina e di un cognato proprietario di una catena di hotel mi aveva dato una dimensione ancora più terrificante della nostra differenza economica e sociale.

D'altra parte questo accrebbe, se possibile, il mio amore per lui. Nonostante la posizione e la ricchezza, era un uomo che faceva sentire a proprio agio chiunque e, soprattutto, che non subordinava il suo star bene con una persona a ciò che questa persona era o possedeva. Faceva lunghe chiacchierate telefoniche con Anita, accettava con evidente piacere di fermarsi a cena a casa di

Graziella e Fausto quando veniva a prendermi a Cesano Boscone, e nei suoi modi non c'era traccia di quella gentile condiscendenza che spesso caratterizza i cosiddetti rapporti "democratici".

Fausto e Graziella gli erano davvero simpatici, ma quando dicevano qualcosa di sbagliato o che non approvava Domenico si accalorava a contraddirli o a difendere il proprio punto di vista come se fossero stati membri del suo consiglio di amministrazione.

E qui debbo aprire una parentesi sulla nostra produzione di patchwork. Dalla fine di agosto sino a quell'ultimo mese del '91 la nostra attività si era talmente sviluppata che avevamo chiamato ad aiutarci anche la sorella di Valentina. La proprietaria di una grossa merceria milanese dopo aver visto casualmente a casa di un'amica un nostro copriletto, era venuta nel nostro laboratorio a chiederci se le davamo l'esclusiva della nostra produzione.

A questo punto Fausto ebbe la grande idea e ci invitò a prendere tempo per la risposta. Dopo aver fotografato alcuni dei capi più belli, fece stampare da un amico tipografo un mini-catalogo e iniziò personalmente un "porta a porta" nei negozi di arredamento e di biancheria per offrire i nostri capi. Su oltre trenta commercianti che contattò, solamente tre si mostrarono entusiasti (gli altri si sarebbero col tempo pentiti del loro villano disinteresse, in quanto io trascrissi i loro nomi in un'agenda e nel libro nero della mia memoria...). Ma i tre contratti che facemmo furono più che sufficienti per dare un nuovo impulso alla nostra attività.

Domenico mise Fausto in contatto col suo commercialista, che per prima cosa ci aiutò a costituire una società a nome collettivo che chiamammo (sorvolo su quanto uscì dalle nostre fantasie scatenate) *L'Arte del Patchwork*.

Una volta costituita la società, stipulammo i contratti di cui sopra: noi ci impegnavamo a cessare le vendite in proprio, garantendo a ciascuno dei tre negozianti un *tot* di capi mensili. Essi, a loro volta, si impegnavano a garantirci un minimo venduto con pagamento a sessanta giorni da ogni fornitura.

Domenico sconsigliò vivamente di affittare un capannone, come Fausto avrebbe voluto, dicendo che prima di assumere un impegno tanto gravoso era più prudente consolidare la nostra attività. Così ricorremmo a una soluzione di ripiego: Fausto allargò il locale della vecchia lavanderia annettendovi (previo abbattimento di muro) anche i quaranta metri quadrati della taverna. Grazie alla sua amicizia con un geometra del Comune, ottenemmo rapidamente i permessi. In un angolo creammo un piccolo ufficio con strutture mobili e facemmo domanda per avere una linea telefonica intestata alla società.

Domenico, con molto tatto, si offrì di prestarmi la cifra necessaria per partecipare alle spese, ma io declinai l'offerta in quanto in quei sei mesi di incredibile fortuna avevo messo da parte anche più di quello che serviva. Devo inoltre dire che Fausto e Graziella rifiutarono drasticamente di prendere una sola lira, sostenendo che l'idea era stata mia, l'anima della società era il mio talento e il minimo che loro potevano fare era finanziare le strutture, peraltro fino a quel momento non costosissime.

Quella vigilia di Natale i lavori erano in via di conclusione. Per motivi logistici (calcinacci, polvere, secchi di pittura sparsi ovunque) da dieci giorni avevamo dovuto sospendere la produzione riproponendoci di riprenderla all'inizio di gennaio, data di partenza dei contratti. Approfittando della sospensione, Graziella aveva contattato tre nuove lavoranti, Fausto aveva ordinato altre tre macchine da cucire e un ferro da stiro professionale e io avevo preso contatto con alcuni magazzini all'ingrosso di tessuti per migliorare ulteriormente la qualità dei materiali.

Proprio guardando i rotoli di stupende cotonine, stoffe provenzali e tele dalle fantasie tenerissime, mi era venuto in mente di diversificare la nostra attività: perché non fare anche copridivani, copritavola e tovaglie? Consultammo al proposito i nostri tre esclusivisti, i quali non soltanto si mostrarono nuovamente entusiasti, ma dissero che non c'era alcun bisogno di modificare il contratto in quanto si parlava genericamente di *capi* stile patchwork e qualsiasi cosa uscita dal nostro laboratorio d'arte rientrava in questa definizione.

La cena della vigilia, cui parteciparono anche Anita, i genitori di Fausto e la cugina Valentina, per quanto gaia e bellissima sembrò più che altro un'assemblea straordinaria. Tra una portata e l'altra, non si fece che parlare di progetti, rinnovamenti, migliorie. E tutti a dirmi quanto ero brava, lavoratrice, geniale.

Mentre si parlava, Domenico mi teneva un braccio attorno alle spalle. Non mi ero mai sentita tanto felice e protetta in vita mia, e pensai con struggimento a quanto avrebbe potuto esserlo anche Carlotta, se soltanto avesse avuto un poco più di fiducia in me e in se stessa. Dove era in quel momento? E con chi?

Dovetti rabbrividire, perché Domenico si curvò verso di me con espressione preoccupata. «Tutto bene, Lucia?»

Anche Anita mi guardò, ma con la malinconia di chi ha capito e compartecipa. Nei suoi occhi lessi quel che voleva dirmi: coraggio, non pensarci, vedrai che la ritroveremo.

A mezzanotte ci scambiammo i regali. Il momento più commovente fu quando Anita scartò il pacco, grande e morbido, che conteneva il dono di sua figlia. Era il primo patchwork che io le avevo cucito per farle una sorpresa, quello che Graziella aveva quasi strappato via dal letto. Dentro c'era un bigliettino che Anita lesse con gli occhi lucidi e due giorni dopo avrebbe fatto leggere anche a me: *Te lo rendo perché te lo devo, come l'affetto che in questi ultimi anni ti ho ingiustamente tolto*.

Curiosamente capii il senso del dono simbolico fin da quella sera. Guardando il volto luminoso di Graziella pensai che è bello essere felici perché soltanto quando si è felici si può essere anche buoni.

Domenico mi regalò un foulard di Hermès che giorni prima avevamo visto in una vetrina e mi aveva fatto sbalordire per il prezzo. La cosa più sbalorditiva fu che avevo completamente scordato di averne acquistato più d'uno nella mia precedente vita. «Quando sarò diventata ricca» scherzai «bisogna che ne compri uno e me lo tenga al collo per non illudermi che è stato un sogno.»

Nell'aiutarmi ad annodarlo, Domenico mi sussurrò: «Volevo ricordarti che sei già ricca». Capii al volo che non parlava dell'*Arte del Patchwork*.

Quella indimenticabile serata terminò alle tre del mattino e io, come d'accordo, mi fermai a dormire a Cesano Boscone perché l'indomani mattina presto, mentre Anita cucinava, io e Graziella avremmo dovuto portare avanti con Fausto la sistemazione del nuovo laboratorio.

Accompagnai Domenico al cancello e lui mi baciò dolcemente tenendomi stretta a sé. Poi disse: «Ci siamo visti per la prima volta giusto un anno fa, ricordi?».

Io annuì silenziosamente. Come avrei potuto dimenticarlo?

Mi scostò da sé. «Il prossimo anno, a quest'ora, non voglio più vederti sparire e ritrovarmi solo nel buio della notte» disse con voce scherzosa. Ma io capii che parlava seriamente. Benché non avessi alcuna esperienza in proposito, era chiaro che si trattava di una domanda di matrimonio.

Il pomeriggio del 31 dicembre partimmo per Selvino, io e lui soli, e quella notte facemmo l'amore per la prima volta. Eravamo allungati sul grande divano bianco, le sue braccia attorno alla mia vita, e guardavamo in televisione il solito spettacolo della gente famosa che ride, balla e canta e fa fracasso aspettando la mezzanotte.

Quando la mezzanotte arrivò, invece di brindare Domenico si curvò sopra di me e mi guardò negli occhi. Il suo viso era una maschera d'amore. Tutto si svolse come qualcosa che era impossibile fermare e controllare. E d'un tratto mi ritrovai col fiato sospeso, tremante come una vergine, tutta raccolta contro di lui. Non sapevo che cosa sarebbe accaduto perché il mio corpo non era mai stato sfiorato, accarezzato e desiderato con amore, e ignorava che unendosi a un altro corpo avrebbe provato orgoglio e felicità.

Domenico entrò in me con tenerezza infinita e io sentii il suo cuore battere forte contro al mio mentre si muoveva lentamente, tenendomi racchiusa tra le sue braccia e mormorando il mio nome. Rimasi immobile sentendomi sciogliere dalla gioia: se il suo corpo mi avesse lasciato e le sue braccia avessero allentato quella dolcissima stretta sarei precipitata nel nulla. Mi aggrappai a lui e quando tutto fu finito ero ancora lì, circondata dalle sue braccia, una voce adorante che ripeteva "ti amo", "ti amo".

Era l'alba quando Domenico, trasportandomi come se fossi un fuscello, mi condusse a letto e mi rincalzò le coperte. Quando si addormentò, mi staccai da lui e rimasi a fissare le righe di luce violacea che filtravano dalle persiane per arrampicarsi sul muro, pensando che il mio corpo purtroppo non aveva dimenticato. E non avrebbe mai più potuto imparare a trarre piacere fisico dal corpo di un uomo, anche se questo uomo era Domenico. Ma io ero, lo stesso, molto felice.

XIII

Un anno, mentre lo vivi, ti sembra lunghissimo e pieno di avvenimenti. Ma se lo ricostruisci dopo che è passato, quando le emozioni e gli stati d'animo che quegli avvenimenti ti provocarono non esistono più, ti accorgi che di dodici mesi la memoria ha archiviato soltanto pochi ed essenziali momenti.

Il 1992 è rimasto nei miei ricordi come l'anno in cui Domenico mi regalò una bellissima veretta di diamanti (perché mi decidessi una volta per tutte a fissare la data delle nozze), "Vogue" americano fece uno stupendo servizio fotografico ai nostri patchwork, Cristina ebbe le sue prime mestruazioni, io e Anita lasciammo la casa popolare del Lorenteggio per trasferirci in un appartamento all'ultimo piano nel palazzo di fronte a quello in cui abitava Domenico (e lui disse scherzando, ma non tanto, se dovevo prenderla così alla larga prima di trasferirmi direttamente a casa sua). E infine fu l'anno in cui mi accorsi che, nonostante i modi amichevoli e cordiali, Marta male sopportava che io avessi occupato un posto tanto importante nella vita di sua figlia e del suo ex marito.

Anche dei primi otto mesi del 1993 ho conservato il fior fiore. Abbandonammo il laboratorio casalingo di Cesano Boscone per trasferire l'attività in un grande capannone con ufficio nella zona industriale del paese: Domenico ci aiutò a ottenere il finanziamento necessario dalla banca. Sia perché il nostro amore era ormai collaudato e profondissimo, sia perché lui aveva cominciato a dire che ormai preferivo la carriera alla famiglia (Dio, che liti!), a un certo punto fissai la benedetta data delle nozze.

«Per quando?» ricordo che mi chiese impaziente.

«Per il 10 novembre» buttai lì a caso.

Domenico mi fissò stupito. «Perché proprio il 10 novembre? È un giorno particolare?».

«Lo diventerà dopo che ci saremo sposati» risi io. Lui scosse la testa. Avrebbe apprezzato di più se avessi detto giugno, luglio o addirittura la settimana dopo.

Il momento difficile fu quando gli dovetti confessare che non potevo avere figli. Parlai succintamente di una operazione subita da ragazzina, vergognandomi come una ladra di non potergli dire la verità: ma per fortuna Domenico mi tolse subito dall'imbarazzo affermando che a lui interessava avere me, non dei figli, e comunque, avendone già una, bastava e avanzava.

Dei primi otto mesi del 1993 ho conservato nella memoria anche una telefonata di complimenti che mi fece il commissario Perazzi per i successi del mio lavoro: a quanto pareva era sempre al corrente delle mie mosse. Lo ringraziai con formale cortesia, precisando che il successo più grande sarebbe stato per me ritrovare Carlotta ma evidentemente né il destino né la legge avevano voluto aiutarmi in questo senso.

Un altro ricordo è legato alla vacanza che quell'estate io, Domenico e Cristina facemmo all'isola di Bali. Fu come una ubriacatura di emozioni, di bellezza, di magiche esplorazioni. Gli unici momenti di lucidità furono quelli in cui scoprii un artigiano che fabbricava stupendi tessuti *batick* e concordai con lui una spedizione all'ingrosso a Cesano Boscone.

I giorni felici non hanno storia anche perché ti evocano un solo sentimento, per l'appunto l'essere stati felici: a differenza di quelli dolorosi che il solo ripercorrerli con la mente ti fa ancora sentire paura, incredulità, dubbio, angoscia, strazio.

I giorni del dolore ebbero inizio al nono mese, e

precisamente il 3 settembre. Ed è da qui che ricomincio a ricordare ogni particolare, ogni istante, ogni parola. Mancavano dieci minuti alle nove e io e Anita eravamo sedute in cucina a fare colazione silenziose e un po' tristi: da un momento all'altro sarebbe arrivato l'addetto di una impresa di traslochi per controllare di persona il numero e la grandezza dei mobili da trasportare e gli scatoloni necessari per gli imballi onde fare un preventivo e stabilire quanti uomini occorressero.

Era trascorso soltanto un anno e mezzo dal nostro trasferimento in quella casa, e già ci ritrovavamo a smontarla: la mia roba (già selezionata) era destinata alla casa di Domenico, che tra poco più di due mesi sarebbe diventato mio marito, e quella di Anita nella nuova villa di sua figlia a Cesano Boscone, dove erano stati previsti tre locali indipendenti per lei.

Al di là di quel filo di disagio che accompagna ogni cambiamento, era un lieto fine da favola e ancora adesso non riesco a capire perché quella mattina mi sentissi addirittura oppressa dalla malinconia. Forse era oscura premonizione di quanto stava per accadere.

O forse era la mia natura assolutamente disadeguata alle favole. Ricordo che quando ero bambina e mia madre mi raccontava quella di Cenerentola, giunta la scena del ballo, quando la povera e maltrattata figliastra volteggia tra le braccia del principe, anziché compartecipare alla sua felicità pensavo preoccupata a quanto dovesse soffrire con quelle microscopiche scarpette di cristallo. E non capivo proprio perché la fata, se davvero era tanto buona, non gliele avesse fornite in velluto o camoscio o altri materiali meno dolorosi.

«Ma è una favola!» la mamma aveva obiettato alla mia osservazione. «Non esiste niente di più bello e scintillante di un paio di scarpette di cristallo!»

In un certo senso, lo stesso discorso valeva per il mio matrimonio con Domenico e tutto il resto. Nulla avrebbe potuto accadermi di più bello e scintillante: solo che la mia natura pignola andava istintivamente a guardare ciò che vi era dietro, e trovava silenzio, vigliaccheria, slealtà.

Domenico amava e stava per sposare una persona che non esisteva, e a quel punto era troppo tardi per aprirgli gli occhi. Ma al pari della scarpina di Cenerentola, quella finzione mi faceva star male e mi impediva di godere della mia favolosa sorte come sarebbe stato naturale. Mi guardai bene dal dire tutto questo ad Anita: per lei il discorso del confessare tutto era ormai chiuso e archiviato. E sono certa che avesse addirittura scordato ciò che ero stata.

L'addetto dei traslochi arrivò alle nove in punto. Non aveva ancora cominciato a guardarsi intorno che squillò il telefono. Anita rispose dall'apparecchio in cucina e dopo qualche istante mi raggiunse con una strana faccia. «È il commissario Perazzi, vuole parlare con te.»

Mi diressi verso l'apparecchio con uno stato d'animo tra il seccato e il divertito: quel diavolo d'uomo doveva davvero seguirmi a vista. Adesso, appreso delle mie imminenti nozze, si rifaceva vivo per congratularsi. «Sono Lucia, mi dica» esordii con l'aria di chi ha fretta di venire al sodo.

Qualche istante di esitazione. «Mi dispiace molto doverti dare una brutta notizia. Abbiamo ritrovato la tua amica Carlotta.»

«E la chiama *brutta notizia*?» urlai.

«Lucia, la tua amica è nei guai: ieri è stata fermata mentre rubava un'autoradio dopo aver tentato di rompere un vetro e forzato la portiera. Credo che abbia bisogno di aiuto, se tu sei ancora intenzionata a...»

La notizia, per quanto sconvolgente, era assai meno drammatica rispetto a quella che, nel sentire la parola "guai", mi ero aspettata. «Dopotutto si tratta solo di un furterello» minimizzai con un sospiro di sollievo.

Un altro momento di esitazione. «Due mesi fa è stata condannata a un anno, con la condizionale, per aver partecipato a un furto d'appartamento. E non è tutto, purtroppo.»

Il cuore mi mancò. «Mi dica dove posso raggiungerla» lo interruppi in fretta. Non ero pronta per sentire cose peggiori di quelle che avevo appena appreso, avevo bisogno di un minimo di tempo per poter ritrovare il controllo delle emozioni e dell'angoscia che mi avevano travolta.

«Ti mando a prendere io.» Stavolta fu lui a tagliare corto.

Anita, che aveva seguito la breve telefonata torcendosi le mani, il volto pieno d'angoscia, disse più che chiedere: «Hai avuto notizie di Carlotta?».

Le riassunsi brevemente ciò che era accaduto, ma quando mi propose di venire con me, la dissuasi con forza. «Immagino che la prima cosa da fare sia trovare un bravissimo avvocato. Mentre io vado da lei, tu cerca di risolvere questo problema.» Anita era una donna di buon senso e piena di risorse, dandole l'incarico ero certa che l'avrebbe portato a termine nel migliore dei modi.

Congedammo in gran fretta e con un pretesto l'addetto ai traslochi e io corsi a vestirmi. L'uomo del commissario Perazzi citofonò dieci minuti dopo e io stavo schiacciando nervosamente il pulsante dell'ascensore quando, da quello contiguo, sbucò Marta. L'ex moglie di Domenico parve molto stupita di vedermi uscire.

Mi disse che era appena arrivata a Milano e, sapendo che ero in casa, ne aveva approfittato per venirmi a salutare. Congedai in gran fretta anche lei, accampando non so quale pretesto per la mia uscita imprevista e assicurandola che Anita sarebbe stata felicissima di vederla (cosa assolutamente falsa, inquantoché non l'aveva mai avuta in simpatia).

Il commissario, con grande delicatezza, mi aveva mandato a prendere da un'auto civile, e cioè senza scritte che avrebbero potuto indurre i vicini negozianti o i passanti a sospettare un fermo o un arresto. Come fui salita, inondai di domande il suo uomo: aveva visto la mia amica? Come l'aveva trovata? Dove stavamo andando?

Il poverino mi rispose che purtroppo non sapeva

nulla: gli era stato ordinato di accompagnarmi davanti a una certa stanza al secondo piano del Fatebenefratelli, dove avrei trovato chi mi avrebbe introdotto all'interno e spiegato. Senza accorgermene, mi aveva fornito la peggiore delle risposte: Carlotta era stata fermata e subito condotta in ospedale, prova evidente che le sue condizioni erano gravi. Per tutto il tragitto mi prospettai le ipotesi più drammatiche: era stata ferita durante una sparatoria? Il padrone dell'auto derubata aveva reagito con selvaggia violenza?

Ciò che vidi una volta entrata nella stanza superò ogni fantasia e mi causò una emozione tanto violenta da scacciare immediatamente l'impressione di vivere per la seconda volta lo stesso incubo. Ero già corsa all'ospedale, arrestandomi impietrita di fronte alla visione della mia amica addormentata, ma *questa* Carlotta era irriconoscibile. Quel che mi colpì non fu tanto il volto rinsecchito e ricoperto di macchie rossastre, quanto la luce scolorita e vacua dei suoi occhi. Sembrava una morta a cui una mano pietosa avesse scordato di abbassare le palpebre.

Sulle prime temetti che non mi avesse riconosciuto neppure lei. Mi costrinsi a schiodarmi dalla soglia. «Carlotta, sono io» dissi curvandomi sul suo letto.

Chiuse di colpo gli occhi. La chiamai ancora, supplicandola di rispondermi. Girò lentamente la testa da un'altra parte, quasi non volesse vedermi, e poi si rimise immobile. «Adesso sono qui io, andrà tutto bene» le dissi con forza. Vidi una lacrima scendere lungo una gota, ma non rispose niente e a nulla valsero i miei tentativi di farla parlare. Rimasi seduta accanto al suo letto per oltre due ore, fino a quando non arrivarono un medico e un'infermiera e mi invitarono a uscire.

Solo allora mi accorsi che la stanza era piantonata. Il sangue mi montò alla testa: con tutta la delinquenza che c'era in giro non era assurdo, oltre che disumano, sprecare ben due uomini per fare la guardia a una sventurata ragazza che aveva commesso un minimo reato e che per di più era nella reale impossibilità di fuggire?

L'ira crebbe quando, sì e no due minuti dopo che era entrato, il medico uscì dalla stanza di Carlotta e io tentai di avere notizie sulle condizioni della mia amica. Era grave? Che cosa aveva, esattamente? Senza neppure fermarsi, il medico mi rispose sgarbato (neanche l'avessi insultato) che non si poteva sapere ancora niente.

Tralascio l'ansia delle ore che seguirono. Alle venti, nonostante le mie suppliche e le insistenze di Anita, che nel frattempo mi aveva raggiunta, la caposala mi costrinse ad andarmene: era il regolamento. Non mi preoccupassi, l'ammalata era assistita perfettamente. Sì, sì, per qualunque evenienza sarei stata subito avvertita.

Una volta che fummo a casa, ebbi una conferma dell'efficienza di Anita: ricordando che il figlio del nostro più importante fornitore di tessuti lavorava alla cancelleria del Tribunale, quel mattino si era recata da lui e si era fatta dare il nominativo del "migliore avvocato" sulla piazza ovviamente senza scendere nei particolari del perché e percome le serviva (conoscendo il suo culto per il privato, non ne dubitavo affatto...).

Lasciato il Tribunale, si era recata direttamente nello studio di questo avvocato.

«La segretaria mi ha fatto un mucchio di storie perché non avevo un appuntamento» Anita proseguì il suo racconto «ma alla fine si è decisa a farmi passare. Si chiama Carlo Derenzi, tutto attaccato, e mi ha fatto un'ottima impressione: umano, deciso, esperto. Per inciso, è stato lui a fare assolvere il mostro di via Genova e a provare l'innocenza del famoso uxoricida col cellulare...»

Se non fossi stata affranta, mi sarebbe venuto da ridere: per il piccolo reato di Carlotta, un principe del foro era decisamente spropositato, come sparare a una mosca col famoso cannone.

Quando glielo feci osservare, Anita ribatté pronta: «Con la giustizia non si sa mai, meglio mettere le mani avanti. Ma adesso ti preparo un boccone e poi vai subito a dormire: sei stravolta».

Ricordai solo in quel momento che di lì a poco sarebbe arrivato Domenico per portarmi al cinema. Quasi mi avesse letto nel pensiero, Anita aggiunse: «Non preoccuparti per Domenico, prima di raggiungerti all'ospedale ho disdetto a tuo nome l'appuntamento per stasera». Non osai chiederle quale scusa avesse accampato, né osai pensare ai pretesti e alle bugie che avrei dovuto sciorinare nei giorni a venire per poter restare vicina a Carlotta.

Mai come in quel momento capii quale drammatico errore avessi commesso infilandomi nel tunnel senza ritorno del silenzio. La comparsa della mia amica mi aveva riportato a un passato che *mai* avrei potuto cancellare, perché la vera Lucia sarebbe rimasta per sempre una ex prostituta che nulla aveva da spartire con l'amata, ammirata e rispettata protagonista di una finzione. Che cos'altro era, il mio presente, se non un'invenzione, una recita, un imbroglio?

Il giorno successivo fui catapultata drammaticamente nella realtà. L'avvocato Derenzi venne in ospedale per parlare con Carlotta, ma dopo un'ora di inutili tentativi di farle aprire bocca dovette desistere. Prima di andarsene, chiamò da parte me e Anita e ci riferì ciò che lui stesso aveva appreso dopo un lungo colloquio con il commissario Perazzi.

Negli ultimi sette mesi Carlotta aveva vissuto senza fissa dimora in varie località del Nord Italia, aggregandosi casualmente a barboni, pregiudicati e sbandati come lei. A quanto pareva, Perazzi mi aveva detto una bugia pietosa parlandomi di un solo precedente penale: su di lei esisteva un carico pendente lungo così di piccoli reati. Impossibilitata a prostituirsi a causa di un fisico degradato e debilitato, e ormai tossicodipendente, per procacciarsi cibo e droga era costretta a rubare, scippare, fare da complice.

Via via che l'avvocato parlava, la mia pena e la mia sofferenza si facevano sempre più insopportabili. Ma non era ancora finita. Indagando su un noto boss della camorra, gli inquirenti avevano scoperto che dal febbraio del '92 sino al gennaio del '93, e cioè otto mesi prima del suo fermo, Carlotta aveva vissuto a Napoli con lui. Alla fine di quel gennaio era stata ricoverata in ospedale per una ferita d'arma da fuoco. Ma, interrogata in proposito, si era rinchiusa nel più assoluto silenzio.

Qui l'avvocato Derenzi, probabilmente impaurito dalla mia faccia, fece una lunga pausa.

«Prosegua» dissi io in tono perentorio.

«Durante quel ricovero, la sua amica è risultata sieropositiva al test dell'Aids. La cartella clinica che Perazzi mi ha mostrato contiene due indicazioni interessanti: la prima, che la degenza fu pagata da un complice del boss, e la seconda che copia della cartella stessa gli fu consegnata. In pratica, la ragazza fu abbandonata al suo destino non appena l'amante seppe della sieropositività.»

Fu come se sulle mie spalle fosse improvvisamente cascato tutto il peso del mondo. Le braccia di Anita mi circondarono prontamente.

«Vada avanti» dissi di nuovo, ma stavolta con un filo di voce.

«Stamattina è arrivato da Napoli il magistrato che sta indagando su Vincenzo Chiaia, il boss camorrista. Si hanno fondate ragioni per ritenere che la sua amica possa collaborare alle indagini fornendo notizie molto interessanti. In un anno di convivenza certamente ha visto e ascoltato molte cose.»

«Carlotta non collaborerà mai» proruppi. Nessuno la conosceva più di me. Buttata tra le braccia del primo cliente a suon di botte, aveva imparato sul marciapiede la legge primaria della sopravvivenza: non vedere, non sentire e non parlare. La natura leale e mite faceva il resto.

L'avvocato Derenzi sospirò. «Esiste anche il fondato timore che qualcuno possa impedire alla sua amica di parlare. La sua stanza è piantonata per questo.»

«Se quel delinquente avesse voluto ucciderla, l'avrebbe fatto subito...» obiettai balbettando.

«È possibile che non abbia osato. Oppure che, conoscendo la ragazza, sia stato sicuro del suo silenzio. Non è da escludere neppure l'ipotesi più cinica, e cioè che si sia affidato al killer più sicuro: l'Aids.»

Io rabbrividii. Soltanto più tardi sarebbe emersa la spiegazione vera e atroce: in preda all'ira e al terrore provati nell'apprendere di aver convissuto con una ragazza "infetta", il boss l'aveva pestata furiosamente scacciandola dalla sua casa sui due piedi.

Allora, proseguendo il discorso, l'avvocato disse che soltanto collaborando Carlotta avrebbe potuto contare sulla protezione di polizia e carabinieri ed essere curata adeguatamente. E qui io ripresi in pugno la situazione. In quegli ultimi due anni avevo guadagnato e risparmiato abbastanza da potermi considerare benestante: perciò, ringraziando Iddio, a Carlotta non sarebbero comunque mancate né le cure, né l'assistenza dei migliori specialisti.

Quando rientrai nella sua stanza, le presi una mano e china su di lei le dissi che doveva fidarsi di me, che finalmente poteva guardare con fiducia al futuro perché quello che le offrivo non era più un lavoro miserabile e che essere sieropositivi non significava affatto una condanna a morte.

Benché non desse alcun segno di comprendere ciò che dicevo, proseguii come si fa con le persone in stato di coma, certa tra me che il suo cervello recepisse comunque i miei messaggi. Le raccontai del mio prossimo matrimonio con Domenico, della fortuna che avevamo avuto con la società *L'Arte del Patchwork*, della nuova casa presa in affitto con Anita che però presto avrei dovuto lasciare, di tutti i bei posti, anche stranieri, che avevo visitato con l'uomo che amavo e con la sua bellissima figlia.

Tanto per riscuoterla, le dissi che Domenico era diventato anche azionista della società che amministrava, che aveva un'infinità di case sparse per mari e monti, che aveva ordinato il mio abito di nozze ad Armani in persona e che possedevo, acquistati col mio onesto lavoro, ben sei collier in oro massiccio e pietre preziose, due solitari con diamanti e svariati orologi di cui uno firmato Cartier e l'altro Bulgari.

Infine, non sapendo più che cosa raccontarle, tacqui per riprendere fiato. E fu mentre allungavo una mano sul comodino per versarmi un bicchier d'acqua che rizzai le orecchie. Che cosa era stato quel flebile mormorio?

Mi girai di scatto verso Carlotta e vidi che sul suo volto pallido e scavato s'era come accesa una luce. «Sei forte, Lucia...» disse con un filo di voce, ma chiaramente.

La sollevai per la schiena e la strinsi a me in un abbraccio di incontenibile felicità. «Sei forte anche tu! Adesso siamo insieme... Adesso anche per te il passato diventerà solo un brutto ricordo...»

Due giorni dopo Carlotta ebbe un lungo colloquio con una ispettrice di polizia femminile che l'aveva già visitata alcune volte prendendola in grande simpatia. Ed era il 13 settembre (dieci giorni dopo il ritrovamento della mia amatissima amica) quando i giornali strillarono in prima pagina l'arresto del noto boss camorrista Vincenzo Chiaia "incastrato da una misteriosa amante".

XIV

Il 15 settembre io e Anita facemmo trasferire Carlotta a *Villa Ines*, una piccola casa di cura privata tra Milano e Rho con un reparto per malattie infettive molto attrezzato. Il commissario Perazzi ci fu di grande aiuto per ottenere i necessari permessi dai colleghi che avevano in mano il caso Chiaia: Carlotta risultava fino a quel momento l'unica teste a carico e alla loro preoccupazione di tutelare la sua incolumità si aggiungeva quella, soprattutto mia e di Anita, di tenere segreta la sua identità ai giornalisti della TV e della carta stampata.

L'arresto di *'O Vesuvio*, come quel camorrista era chiamato a causa del temperamento vulcanico e delle gesta esplosive, aveva eccitato la fantasia popolare e scatenato tutti i mass media soprattutto a causa di *Mademoiselle X*, come era stata ridicolmente ribattezzata la misteriosa ex amante che l'aveva incastrato e cioè Carlotta. Chi la descriveva rossa e chi bionda, chi avanzava l'ipotesi che fosse una donna sposata rientrata all'ovile e chi insinuava che si trattasse di una francesina tornata in patria in attesa di testimoniare.

I telegiornali continuavano a mandare telecamere e giornalisti nelle zone di Napoli in cui *'O Vesuvio* aveva vissuto o spadroneggiato, ma tutte le domande rivolte a passanti, conoscenti, donne di passaggio avevano come risposta "non so", "non ho mai visto", "non conosco". Fortunatamente si partiva dalla convinzione errata che l'ex amante segreta fosse nascosta a Napoli o dintorni.

Villa Ines si rivelò sin dall'inizio il rifugio ideale per Carlotta. Chi avrebbe potuto scovarla lì? Per maggiore prudenza era stata sistemata in una stanza dell'ultimo piano, nell'ala riservata all'archivio e all'abitazione del guardiano notturno e non ancora totalmente ristrutturata.

Il solo inconveniente era che, non trattandosi di un vero reparto, occorreva che il personale salisse appositamente per visitarla e prendersi cura di lei. E la mia impressione era che ciò non venisse fatto con la frequenza che sarebbe stata necessaria: il terzo giorno del ricovero trascorse una intera mattinata prima che qualcuno si facesse vedere e toccò a me arrangiarmi a chiudere la farfallina della flebo, ormai vuota.

Di certo, le due infermiere che, a turno, erano state assegnate a Carlotta, si avvicinavano a lei per lavarla o farle le iniezioni o cambiarle il letto conciate a mo' di marziane: mascherina in faccia, tre paia di guanti infilati uno sopra l'altro, grembiule di plastica sopra la divisa.

Al quarto giorno, pensando all'umiliazione di Carlotta, non ci vidi più. E quando uscì dalla stanza, raggiunsi l'infermiera di turno apostrofandola brusca: «Per caso, lei è un maniaco sessuale travestito da donna?».

Mi fissò come se fossi pazza. «Cosa le viene in mente?»

«È la sola spiegazione logica alle sue ridicole precauzioni: si potrebbe contagiare soltanto se abusasse sessualmente della mia amica.»

L'infermiera borbottò qualcosa e scivolò via. Anita, che mi dava il cambio nell'assistenza di Carlotta, confermò che purtroppo la trattavano come appestata: ma come lottare contro pregiudizi e ignoranza? Mi allargò il cuore sentirla aggiungere: «Quando starà meglio, la trasporteremo a casa nostra e mi prenderò cura personalmente di lei».

«Hai dimenticato che ci sono anch'io.»

Qui Anita si scurì in volto. «Tu tra poco devi sposarti ed è arrivata l'ora che ricominci a pensare a te stessa... e a Domenico.»

Aveva toccato il tasto più dolente. Il rinvio del trasloco, il mio disinteresse per il lavoro (mi limitavo ormai a fare sporadiche apparizioni in laboratorio), il continuo accampare pretesti per giustificare gli appuntamenti rinviati o cancellati e il telefono che squillava per ore e ore a vuoto, aveva finito per creare tra me e Domenico uno stato di continuo disagio e tensione. Lui non riusciva a capire perché fossi così irritabile e sfuggente. "C'è qualcosa che non va?", "Posso esserti d'aiuto?" continuava a ripetere. Anche Cristina si lamentava d'essere trascurata da me.

A complicare il tutto subentrò Marta. Dopo una lite con Giacomo, il suo uomo, era arrivata a Milano e aveva chiesto a Domenico di potersi sistemare per qualche giorno nella mansardina indipendente sopra il suo appartamento. Il soggiorno si era prolungato oltre il previsto perché un capostruttura Rai le aveva proposto di far parte della redazione di un nuovo programma di attualità e approfondimento che sarebbe stato trasmesso proprio dagli studi milanesi. Marta, che era sempre senza un contratto fisso, aveva accettato di buon grado. Va da sé che Domenico non aveva potuto scacciarla dalla mansardina.

Ero troppo sicura del suo amore per essere gelosa e, a dispetto delle frecciatine di Anita, a me la sua ex moglie piaceva abbastanza. Ma una cosa sono gli incontri saltuari e formali, un'altra il rapporto quasi quotidiano. Ogni volta che riuscivo a trovare il tempo per fare una scappata a casa di Domenico, ci trovavo la sua ex moglie che, in pratica, usava la mansardina soltanto per dormirci. Non bastasse, le due volte che eravamo riusciti ad andare al cinema e a cena, io stessa mi ero vista costretta a invitare anche lei: con che cuore piantarla da sola, dopo aver sentito quanto era preoccupata per la trasmissione che stava per cominciare e quanto era depressa per i suoi problemi con Giacomo?

In pratica, dal 3 settembre la mia intimità con Domenico non esisteva più. E a volte mi ritrovavo a casa sua talmente stanca e preoccupata che la presenza di Marta finiva per diventare provvidenziale. Mentre lei parlava, io potevo seguire il corso dei miei pensieri limitandomi ad assumere una espressione compartecipe. Ma sul finire del mese fui d'un tratto distolta con violenza dalle mie riflessioni e costretta ad ascoltare, col cuore sospeso, ciò che Marta stava dicendo: all'indomani sarebbe partita la nuova trasmissione della Rai e uno dei servizi in scaletta era proprio incentrato su *Mademoiselle X*.

«Di che cosa stai parlando?» chiesi sperando di non aver capito bene.

«Dell'amante vendicatrice di Vincenzo Chiaia! Diamine, Lucia, dove vivi?» Marta rispose con l'aria tra lo stupefatto e il divertito.

«Scusami, ero distratta. Avete scoperto qualcosa su questa fantomatica amante?»

«Siamo sulla buona strada. Di certo sappiamo che ha lasciato da un pezzo la Campania. E se la soffiata che è giunta in redazione si rivela fondata, non è escluso che entro qualche giorno riusciamo ad arrivare a *Mademoiselle X*. Uno scoop così, e facciamo gli ascolti da finalissima di Coppa del Mondo!»

Imponendomi di non perdere la calma chiesi con voce assolutamente naturale: «Di che soffiata si tratta?».

Marta assunse un'aria tra il furbetto e il professionale. «Posso solo dire che arriva dall'ambiente medico.»

Feci un commento impersonale, tipo "ah", "capisco". Poi, lasciati trascorrere i minuti necessari per non destare sospetti, guardai l'orologio ed esclamai: «Cielo, devo scappare a casa! Avevo del tutto dimenticato che un fornitore deve telefonarmi». Mi alzai di scatto.

«Alle undici di sera?» chiese Domenico alzandosi anche lui.

«È tornato poco fa dall'estero» improvvisai. «Stai comodo, conosco la strada» dissi incamminandomi verso l'uscita.

Come se non avesse sentito, Domenico mi venne dietro. E quando entrai nell'ascensore, vi si infilò anche lui. Quando fummo davanti al portone, lo salutai di nuovo. «Ti accompagno a casa» fece. Fortunatamente c'era soltanto la strada da attraversare e non ci sarebbe stato nulla da dire. Domenico mi prese un braccio e, arrivati davanti al portone di casa mia, invece di lasciarmi mi prese per entrambe le braccia dicendo: «Adesso dobbiamo parlare. È da un mese che stai dando i numeri».

Io guardai l'orologio. «Adesso devo lasciarti. Parleremo in un altro momento, ammesso che ci sia qualcosa di cui parlare.»

Domenico mi lanciò un'occhiata rabbiosa. «Che cosa mi stai nascondendo? Dove scappi tutti i giorni? Graziella è preoccupata quanto me.»

«Il lavoro va benissimo, di che cosa si preoccupa?»

«Non essere in malafede! Sai che non è di lavoro che stiamo parlando! Se non ti conoscessi come ti conosco, a questo punto potrei pensare che ti sei innamorata di un altro. Oppure che mi stai nascondendo chissà quale inconfessabile segreto.»

Inghiottii a vuoto. «Pensa quello che vuoi.»

Mi scrollò come un sacco vuoto. «Vuoi farmi diventare pazzo? Che razza di risposta è questa?» L'ira scomparve dal suo volto per lasciare il posto a una profonda tristezza. «Scusami. Dio mio, se soltanto tu potessi capire quanto ti amo...»

«Lo capisco perché ti amo tantissimo anch'io» mormorai a testa bassa.

«E allora perché non hai fiducia in me? Perché non mi dici quello che ti sta succedendo?» Sembrava sollevato dalla mia rassicurazione.

Non posso, gli risposi tra me, disperata. Mi decisi finalmente a guardarlo negli occhi. «Ho bisogno di stare per qualche giorno da sola.»

«È quello che stai facendo da un mese, Lucia.»

«Vorrei che tu non mi cercassi e non mi telefonassi» precisai, avvertendo per conto mio il ridicolo e l'illogicità della mia richiesta e aspettandomi una conseguente reazione da parte sua.

Invece, dopo avermi fissato per qualche istante, disse con voce terribilmente calma: «Va bene. Fatti viva tu, quando vorrai». Mi girò le spalle e se ne andò.

La preoccupazione per la sorte di Carlotta mi impedì di soffermarmi sul dolorosissimo pensiero che forse l'avevo perduto per sempre. Salii le scale di corsa, senza aspettare l'ascensore, e non appena Anita venne ad aprirmi le dissi d'un fiato: «Alcuni giornalisti della Rai hanno scoperto che Carlotta non è a Napoli e sono vicini alla verità. Dobbiamo portarla via da *Villa Ines* al più presto. Domani stesso».

Anita mi invitò a calmarmi, mi fece sedere sul divano e poi volle sapere tutto. Le raccontai quanto poco prima Marta mi aveva detto, dalla "soffiata" giunta dall'ambiente medico all'eccitazione per l'imminente scoop. «Se arrivano a *Villa Ines*» conclusi concitatamente «sarà un gioco da bambini scoprire l'identità di Carlotta e il suo passato. E per lei non ci sarà più alcun futuro.»

«Neppure per te» Anita replicò desolata. «Sarà un gioco da bambini anche scoprire il tuo legame con Carlotta.»

Era vero, e mi accorsi con sorpresa di non averci neppure pensato. Ma mi accorsi anche che ero molto più preoccupata per la mia amica che non per me. «Io sono fisicamente e psicologicamente molto più agguerrita di lei» spiegai.

Gli occhi di Anita si riempirono di lacrime. «È solo colpa mia se dovrai lottare... e soffrire. Non avrei dovuto importi di tacere. Adesso so che Domenico, mia figlia, tutti ti avrebbero capita.»

«Tu non mi hai imposto niente, mi hai soltanto reso più facile comportarmi da vigliacca» replicai con forza. Non sopportavo di vedere piangere la persona più buona che avessi mai incontrato in vita mia. Anita parve sul punto di obiettare vigorosamente qualcosa, ma ci rinunciò.

Superato il brevissimo cedimento, la vidi corrugare le sopracciglia e riflettere. «Dobbiamo metterci immediatamente in contatto con il commissario Perazzi» enunciò alla fine. «Soltanto lui può aiutarci e farci avere i permessi per portare via da lì Carlotta.»

«È mezzanotte, Anita. A quest'ora...»

«Per chi fa il suo mestiere, notte e giorno sono la stessa cosa. E poi mi ha dato il suo numero di casa.» Questa affermazione mi fece intuire che tra lei e Perazzi si era creato a mia insaputa un rapporto di complicità o quanto meno di grande confidenza. Era tipico di Anita legare con chiunque e suscitare la massima fiducia: ovunque andasse, immediatamente si creava un piccolo *habitat* nel quale muoversi a proprio agio e trovare persone amiche. Non avendo nulla da obiettare alla sua proposta, lasciai che chiamasse il commissario e nel frattempo andai in cucina a farmi una camomilla.

La telefonata durò oltre un quarto d'ora e al termine Anita mi raggiunse per riassumerne il contenuto. «Perazzi mi ha ringraziato e mi ha detto che avvertirà subito chi di dovere per intensificare la sorveglianza di Carlotta. Dice anche lui che è indispensabile portarla via da *Villa Ines*: ma, per presto che vada, occorreranno un paio di giorni. Purtroppo Carlotta è in stato di fermo e bisogna seguire tutte le procedure per trasferirla. Comunque esclude fin d'ora che possiamo tenerla con noi.»

«E perché?» mi inalberai.

«Gliel'ho chiesto anch'io e mi ha risposto che Carlotta deve per forza rimanere in una struttura sanitaria, fino a quando i medici non stabiliranno che può essere dimessa.»

«Questo si vedrà. A casa nostra, assistita da una infermiera a tempo pieno e da un bravo medico, sarebbe indubbiamente curata meglio che non in quella specie di soffitta dove l'hanno messa e continuano a trattarla come un'appestata.»

«Sono d'accordo, Lucia, ma casa nostra non è la *struttura sanitaria* che per legge devono garantire a Carlotta. Qui occorre l'aiuto di Derenzi e domattina lo chiameremo. Abbiamo preso l'avvocato migliore, lasciamo che sia lui a trovare la scappatoia.»

Al mattino seguente, alle otto in punto, ero già pronta per andare a *Villa Ines*. La cosa più urgente in senso assoluto era mettere in allarme l'agente di guardia affinché impedisse a qualunque estraneo di entrare nella stanza. Con mia grande sorpresa, non soltanto trovai due piantoni invece di uno, ma si trattava di poliziotti nuovi che prima di lasciarmi passare da Carlotta mi fecero un sacco di domande e pretesero che gli mostrassi l'apposito permesso scritto avuto a suo tempo da Perazzi.

Questa prudenza, anziché irritarmi, mi tranquillizzò enormemente. E in cuor mio benedissi Anita che aveva chiamato il commissario a casa: a quanto pareva, lui si era dato subito una mossa avvertendo e allertando chi di dovere. Ma l'ondata di euforia passò di colpo quando, finalmente entrata da Carlotta, vidi il suo letto ricoperto di quotidiani e settimanali. Avevo voluto tenere la mia amica all'oscuro di tutto il chiasso fatto sull'arresto di Chiaia e le ricerche di *Mademoiselle X* proprio per non agitarla. E gli stessi inquirenti avevano dato disposizioni in questo senso: niente televisione, nessun giornale.

«Chi te li ha dati?» strillai, indicando tutti quelli sparsi sul suo letto.

Carlotta mi guardò calma. «Se permetti, le domande le faccio io. Perché mi hai tenuto nascosto questo casino? Quando la smetterai di proteggermi come fossi una bambina cretina?»

«Quando mi dimostrerai che sei capace di proteggerti da sola. Adesso buttiamo via tutta questa cartaccia e facciamo un bel discorso» replicai altrettanto calma, cominciando ad ammucchiare giornali e riviste.

Carlotta mi fermò con una mano. «Adesso tu te ne vai e non ti fai rivedere *mai* più. Tu hai la tua vita, io la mia.»

«La tua non è vita, è una corsa verso la rovina!» proruppi. «E per disfarti di me hai un solo modo, ammazzarmi.»

Cercai di riprendere fiato. «Io capisco che le altre volte tu sia scappata da me... In fondo ti potevo offrire soltanto delle miserabili prospettive, e tu aspiravi a qualcosa di meglio. Ma ora è cambiato tutto. Posso cederti metà delle mie azioni e darti un lavoro di grande prestigio nella società che abbiamo fatto con la figlia di Anita... Uscita da qui ti aspetta una casa molto più bella del nostro famoso bilocale, e se vorrai restare sola potrai comprartene una... Vuoi i vestiti e i gioielli? Ti do tutti i miei. Tutto questo non ti interessa più? Allora ti dico che fuori di qui ti aspetta la famiglia che non hai mai avuto, con Anita che ha un cuore di madre grande così e me che ti amo come una sorella... ma che dico?, ancora di più.»

Era il discorso più lungo e più difficile che avessi mai fatto in vita mia, e il cuore mi si spostò da una parte all'altra del petto quando vidi Carlotta sorridere tra le lacrime. Aveva capito. Approfittai di quell'attimo per aggiungere: «Se ritornando qui non dovessi trovarti, perché sei fuggita di nuovo, avresti rovinato anche la mia vita oltre che la tua».

Carlotta annuì con la testa. «Domenico sa di me e di quello che ho fatto?»

Scacciai fulmineamente la tentazione di mentire. Quello era un momento di grande verità, e non c'era posto per giri di parole circospetti o finzioni diplomatiche. Così le raccontai della vecchia decisione di tacere con tutti, tranne che con Anita, del nostro passato. Le confidai i rimorsi e il disagio che avevo a lungo provato per questa mia viltà. Le riferii dell'amaro scontro avvenuto la sera prima con Domenico e della mia richiesta di non vederlo più per qualche tempo.

«Questo tempo mi serve per riflettere, per trovare le parole adatte: ho capito che non potrò mai sposarlo senza prima avergli detto chi realmente sono» conclusi.

«Non lo fare!» Carlotta ansimò, con un filo di voce spaventata.

«Devo. Per te, per me, per poterci finalmente costruire un futuro a testa alta. Non abbiamo rubato nulla di ciò che la nuova vita ha dato a me e darà a te, e per questo dobbiamo esserne orgogliose. Siamo Lucia e Carlotta, e chi ci ama deve accettarci anche col nostro passato.»

«Domenico è un uomo! Non ti perdonerà mai!»

«Io lo amo perché è un uomo diverso da tutti. Se non capirà, è segno che mi sono sbagliata.»

«Devi fare i conti anche con sua figlia e la sua ex moglie» Carlotta insistette. «E come pensi che reagiranno Graziella, suo marito, i vostri clienti quando sapranno che tu sei stata una di quelle, amica del cuore della pupa del gangster?»

«A me basta la comprensione delle persone che amo. E poi, mica dobbiamo fare un proclama del nostro passato» buttai lì per sdrammatizzare. In realtà la cruda descrizione che Carlotta aveva fatto di noi mi aveva di colpo immalinconita.

«Lucia, quando i giornalisti arriveranno a me, sarà peggio che un proclama. Ci sbatteranno tutte e due in prima pagina e nei telegiornali: *Mademoiselle X* e la sua degna amica passata dal marciapiede al successo.» La voce di Carlotta era colma di amarezza.

«Ammettiamo che ciò avvenga: e allora? Nessuno riuscirà a piegarci o a farci del male, se resteremo unite.» Le spiegai che il commissario Perazzi si stava già dando da fare per portarla via da quella casa di cura. La supplicai di stare tranquilla ed avere fiducia in me. A mezzogiorno arrivò Anita per darmi il cambio. Promisi a Carlotta che sarei tornata l'indomani mattina e, dopo averla abbracciata forte forte, lasciai la sua stanza. Prima di lasciare *Villa Ines* scesi nel reparto e pregai l'infermiera addetta a Carlotta di salire e darle un'occhiata di tanto in tanto, soprattutto durante le ore notturne. Le spiegai che era molto depressa e la invitai a controllare che non ricevesse più giornali e riviste.

Quella sera Anita tornò a casa alle sei e mi assicurò di aver lasciato Carlotta rasserenata e tranquilla.

L'indomani mattina, quando già ero pronta per tornare da lei a *Villa Ines*, Graziella mi telefonò pregandomi di andare a Cesano Boscone: la banca aspettava un documento che, avendo io e lei firme abbinate, era indispensabile firmassi anch'io con urgenza.

«Vai pure» propose Anita. «Ora mi vesto e vado io da Carlotta.»

Le dissi che non era il caso: in quegli ultimi giorni ero preoccupata anche per lei, visibilmente stanca e segnata da quanto era successo. Telefonai a *Villa Ines* pregando l'infermiera di avvertire la mia amica che sarei stata da lei nel primo pomeriggio. Rinnovai l'invito a non perderla di vista.

A Cesano Boscone, oltre al documento da firmare, trovai un campionario di tessuti da selezionare ed il rappresentante di una società belga specializzata in ricami che aveva preso un appuntamento per mostrare il vasto campionario. La scelta dei materiali rientrava nei miei compiti, da settimane disattesi, e non potei non riceverlo. Apprezzai molto che Graziella non mi facesse alcuna domanda, comportandosi con me con la gentilezza di sempre. Alle quattordici mi chiamò un taxi e nel momento di lasciarci, mi abbracciò dicendo: «Qui sta andando tutto bene, riposati per tutto il tempo necessario».

Arrivai a *Villa Ines* alle quindici esatte. Il tassista a un certo punto rallentò. «Devo lasciarla qui, il piazzale d'ingresso è transennato.»

Pagai la corsa e scesi. Fatti pochi passi, mi accorsi dell'insolito movimento a un centinaio di metri da me. Più precisamente, mentre io procedevo verso l'entrata la mia mente registrò con meticolosità e per conto proprio, come se fosse estranea da me, la presenza di due macchine della polizia, una piccola folla protesa oltre le transenne e alcuni uomini in divisa che facevano deviare le macchine.

Accelerai il passo senza accorgermene, e un agente mi si parò di fronte. «Dove sta andando?»

«A trovare una degente... Ma che cosa è successo?»

«Deve fare il giro e entrare dall'ingresso notturno. È là dietro, a destra» mi indicò.

Fu in quel momento che notai la presenza di alcune telecamere. «Che cosa è successo?» chiesi di nuovo.

«Mezz'ora fa una paziente è caduta dal quarto piano. Forza, vada.»

Poveretta, pensai tra me riprendendo a camminare. La mia mente immaginò un'anziana abbandonata da tutti. Oppure una giovane donna scivolata per sbaglio mentre dava l'acqua ai fiori o ammirava i campi circostanti. D'un tratto sentii il mio corpo tremare come se avesse ricevuto una scossa. E mentre mi chiedevo perché, la mia mente mi diede l'atroce risposta: quella paziente è Carlotta. *Carlotta si è ammazzata.*

Un urlo disumano uscì dalle mie viscere. Cominciai a correre, e a correre e a correre verso il gruppo della folla, e quando fui davanti alle transenne vidi ciò che era rimasto di lei: un rigonfio immobile sotto un lenzuolo. Travolsi il cavalletto, diedi uno spintone a due agenti che tentavano di trattenermi e mi precipitai verso quel mucchietto straziante urlando, e urlando, e urlando. Due braccia mi afferrarono, immobilizzandomi, e io mi afflosciai senza più forze. Ma la mia mente mi disse "guarda, è colpa tua, troppo comodo svenire". E le forze mi ritornarono. Cominciai a divincolarmi di nuovo come una furia chiamando disperatamente Carlotta.

«Lasciatela.» Una voce. Due braccia gentili e paterne che mi circondavano. Era il commissario Perazzi. «Vieni con me, non possiamo fare più niente per lei.»

Mentre parlava, tentava di trascinarmi via. In un ultimo soprassalto, sfuggii alle sue braccia e mi curvai singhiozzando su Carlotta. «Non si fa così! Non si fa così!»

Poi non ricordo più niente.

XV

Ancora oggi, la mia mente rifiuta di tornare alle ore e ai giorni che seguirono la tragedia. Ma forse è perché rimasi a letto in uno stato di continuo sopore provocato dalle iniezioni di tranquillante e perciò non potei avere alcuna coscienza diretta degli eventi. Quello che ricordo, quando il sopore finì, fu l'odio che si frappose come una barriera tra me e il dolore, impedendomi probabilmente di impazzire. Odiai le orribili infermiere di *Villa Ines*. Odiai il commissario Perazzi per avermi tenute nascoste le vicissitudini di Carlotta dopo l'abbandono del boss e per il pietoso ripetermi che non avrei potuto fare nulla per salvarla. Odiai i giornalisti e i fotografi che si buttarono come sciacalli nella tragedia di *Mademoiselle X*. Odiai il medico che mi impedì di partecipare ai funerali soffocando le mie proteste con due iniezioni di calmante.

Quando fui in grado di reggere l'autoflagellazione, l'odio passò e caddi in preda dei più atroci sensi di colpa. Carlotta era morta per colpa mia. Io ero il suo equilibrio, il suo sostegno, il solo affetto che avesse al mondo. Lo sapevo, eppure l'avevo abbandonata. La sua sorte era stata segnata il lontano giorno di luglio in cui io, tornata a casa, le avevo detto "dobbiamo cambiare vita". Maledissi quel momento. Se mi fosse stato possibile tornare indietro avrei preferito battere il marciapiede per l'eternità piuttosto che lasciarla sola.

Purtroppo il tempo proseguiva coi suoi ritmi immutabili e a un certo punto mi toccò ricominciare a vivere maledicendo anche la mia insolita viltà che mi impediva di buttarmi da una finestra per seguire il destino di Carlotta.

Anita rappresentò l'anello di congiunzione tra lo stato di incoscienza e l'amarissimo ritorno alla realtà. Fu lei a colmare i miei vuoti di memoria raccontandomi che Domenico era corso da me la sera stessa della tragedia, ma io l'avevo cacciato furiosamente urlandogli che non volevo rivederlo mai più. Vista la mia reazione, il medico l'aveva pregato di allontanarsi e di aspettare che io avessi superato quel periodo critico prima di farsi di nuovo vivo.

Dal racconto di Anita appresi anche che sua figlia Graziella, venuta a conoscenza del mio passato, fu talmente sconvolta che dapprima ebbe una crisi di pianto disperato e poi quasi la aggredì rimproverandola di non averle detto la verità: avrebbe potuto aiutarmi, essermi davvero amica anche lei, farmi sentire in modo più profondo la sua comprensione e il suo affetto.

Anche il commissario Perazzi era venuto a trovarmi e si era tenuto costantemente informato delle mie condizioni. Ma nei racconti trionfali di Anita io avvertii qualche nota stonata e molte reticenze. Così una notte, mentre dormiva, andai silenziosamente nello sgabuzzino dove conservava le vecchie cose che non voleva buttare e, come avevo previsto, trovai ben impilati e malamente nascosti tutti i quotidiani di quegli ultimi dieci giorni.

Mademoiselle X dominava le prime pagine. Il suo calvario umano era stato trasformato in un romanzaccio strappalacrime ravvivato da scoop e particolari morbosi. Lo scoop più clamoroso fu quello d'un cronista che ebbe da un balordo, per quattro lire, il diario di Carlotta: probabilmente dimenticato in uno dei tanti giacigli di fortuna di quegli ultimi mesi. In ogni pagina c'era un riferimento a me, l'amica adorata e rimpianta con la quale aveva condiviso i momenti più felici, la ragazza solare e d'acciaio che le aveva fatto sembrare dignitoso anche il prostituirsi. Con puntiglioso orgoglio, Carlotta aveva annotato (e il giornale riferiva) la mia ribellione, il mio addio a quel tremendo mestiere, i successi della mia nuova vita.

Sei forte, Lucia... Le prime indimenticabili parole che aveva mormorato nell'ultimo letto d'ospedale mi tornarono alla mente straziandomi il cuore. E lo strazio fu tale che non provai né sorpresa, né vergogna né ira vedendo il mio volto sbattuto in prima pagina con una lapidaria frase: *Ecco Lucia, l'amica del cuore*. All'interno, ero ritratta mentre mi curvavo disperata sul corpo immobile di Carlotta nascosto da una coperta.

Quando, al mattino successivo, rivelai ad Anita che avevo letto tutti i giornali nascosti nello sgabuzzino, lei ebbe una crisi di disperazione. Ma poi, messa alle strette e smaniosa di buttar fuori tutta l'indignazione che aveva accumulato in quei giorni, mi raccontò che era stata Marta ad associare il mio nome a quello dell'amica misteriosa descritta nel diario. Come aveva visto le immagini scattate sul luogo della tragedia, era corsa a casa di Domenico a fare incetta di tutte le fotografie che mi ritraevano in barca, in campagna, nel giardino di Selvino e nel mio laboratorio di patchwork e le aveva consegnate alla Rai per inserirle in uno special sul caso di *Mademoiselle X*.

La reazione di Domenico era stata furibonda: aveva scacciato la ex moglie sui due piedi. Ma lo scoop di Marta si era rivolto contro lei stessa come un boomerang, perché la carta stampata aveva scoperto sia il mio rapporto con Domenico sia l'affetto che legava la loro figlia a me. Umiliata e rabbiosa, Marta aveva rivolto una istanza immediata al giudice minorile perché Cristina venisse sia pur momentaneamente sottratta a un clima e un ambiente non idonei. E una volta ottenuto il temporaneo affido della figlia (in ventiquattr'ore) era ripartita per Roma con lei.

Anita mi disse che attualmente Domenico si trovava nella ex Unione Sovietica per un viaggio di lavoro che si sarebbe protratto fino alla metà di ottobre. Precisò a malincuore che aveva chiamato due volte, ma che da parecchi giorni non si era fatto più vivo.

La sua reazione mi parve da manuale: superata la fase della pietà e della difesa della mia persona, tipica di un uomo nobile come lui, erano subentrati l'orrore per il mio passato, la rabbia per il mio silenzio, l'amarezza del sentirsi raggirato da me e probabilmente anche la vergogna di venire pubblicamente additato come il mio futuro marito.

Il cielo sa se non lo comprendevo. Tuttavia, per quelle contraddizioni tipiche dell'animo umano, sia il suo viaggio di lavoro (rivelatosi necessario in un momento tanto opportuno da apparire un alibi per darsi alla fuga) sia le sue immaginabili reazioni scatenarono in me un'ira almeno pari alla sua. Non volevo rivederlo mai più.

Il 10 ottobre accadde qualcosa che trasformò questa impennata emotiva in una decisione necessaria e razionale. Il commissario Perazzi mi consegnò la lettera che Carlotta mi aveva scritto prima di gettarsi dalla finestra e che, archiviate le brevi indagini sulla tragedia, poteva tornare in mio possesso. «È il momento giusto perché tu la legga e ti faccia una ragione di quanto è successo» Perazzi mi disse con commozione. Aggiunse che la mia amica ne aveva scritta un'altra per confermare tutte le accuse contro Vincenzo Chiaia, cosicché la sua morte non avrebbe impedito alla giustizia di fare il proprio corso.

La mia era di due cartelle fitte fitte. Carlotta cominciava con una lucida e struggente analisi di se stessa, spiegandomi che neppure quando io la ritenevo serena e sicura al mio fianco lei aveva smesso di cercare la morte. Mi rivelò che molte volte, mentre io la credevo con un cliente sicuro in una pensione, lei batteva il marciapiede unendosi senza precauzioni e anche gratis a tossici e barboni. Se non si era uccisa molto prima e in modo rapido e sicuro, era soltanto perché sapeva di essermi *necessaria*.

Arrivata qui, ebbi un sobbalzo e tornai più volte indietro a leggere e rileggere la folgorante intuizione della mia amica:

Tu eri molto più fragile di me, Lucia carissima, perché amavi profondamente la vita e il mestiere che facevamo, senza di me, ti avrebbe lentamente distrutta. Ti facevi forza per fare forza a me. Gli avevi dato una dignità e un senso perché credevi che fossi io ad avere bisogno di questa illusione. Quando la tua natura sana ha preso il sopravvento e hai deciso di smetterla, ne sono stata felice per te, che eri salva, e anche per me, che potevo finalmente andare incontro senza scrupoli al mio destino. Con il gesto che sto per compiere, ho solamente anticipato di qualche mese la liberazione a cui l'Aids mi aveva già destinata. Se ti avessi permesso di portarmi a casa tua e di dedicarti a me, come era nei tuoi programmi e in quelli di Anita, avrei prolungato il mio inferno e portato amarezza, scandalo e problemi nella tua vita. Adesso sono in pace, Lucia cara. E ti supplico di proseguire il tuo cammino. Se ti disperassi per me, se rimorsi assurdi o ricordi tristi ti spingessero a ritornare indietro, non soltanto distruggeresti te stessa, ma anche la pace che ho finalmente ritrovata. Un giorno ci rivedremo. Intanto ti sono vicina con tutto il mio amore.

In nessuno dei milleduecento libri che avevo letto fino a quel momento avevo mai trovato parole tanto sconvolgenti e vere, forse anche perché nessun autore aveva mai scritto la propria opera un'ora prima di togliersi la vita. Lasciandomi quella lettera, Carlotta mi aveva salvata non soltanto dalla disperazione e dai rimorsi, ma anche da quella fragilità che era rimasta annidata in me e continuava a farmi sentire inadeguata, immeritevole e perciò timorosa di perdere ciò che ero riuscita ad avere e costruire.

La mia amica, col suo testamento spirituale, chiedeva alla mia vita di dare un significato alla sua morte. E dal momento in cui ne avevo preso coscienza, essere all'altezza delle sue aspettative diventava un obbligo. *Dovevo* essere davvero forte, riconquistando l'orgoglio e l'amore di me. Non volevo essere più compatita né protetta da nessuno. Nessuno avrebbe dovuto più umiliarmi o condannarmi per un passato di cui, ora lo capivo, ero innocente. Domenico era il peggiore attentato alla mia sicurezza: non mi restava che lasciarlo lontano dalla mia vita, cosa che peraltro lui stesso aveva già spontaneamente fatto.

Due giorni dopo aver ricevuto dal commissario Perazzi la lettera di Carlotta, capii che per ritrovare me stessa nella marea delle emozioni e degli eventi che mi avevano travolta avevo bisogno di stare sola e in un luogo tranquillo. Come lo dissi ad Anita, si mostrò molto preoccupata e cercò ogni argomento possibile per dissuadermi. Ma quando capì che ero irremovibile, cercò di capire anche le mie ragioni e alla fine collaborò addirittura con me nella ricerca del luogo ideale.

Fu lei a suggerirmi la Provenza. L'anno prima ci ero stata con Fausto e Graziella per visitare alcuni laboratori artigianali dei caratteristici tessuti provenzali e dopo una breve sosta sulla Costa Azzurra avevamo esplorato tutto l'interno. Mi erano rimasti negli occhi i colori, le case, le rocce, i parchi, le macchie di lavanda, i grandi campi da bocce sotto agli alberi.

Il tessutaio col quale avevamo concluso un contratto di forniture al termine di quel viaggio aveva una piccola pensione a Salon-de-Provence, nella quale abitava con la famiglia.

La stagione turistica era finita da un pezzo e Anita mi fece osservare che sicuramente aveva una stanza libera e altrettanto sicuramente sarebbe stato lieto di ospitarmi. Contattato telefonicamente, il signor Albin si disse addirittura onorato di avermi nella sua pensione. Gli dicessi il giorno della partenza, e sarebbe venuto a prendermi con la sua macchina alla stazione di Tolone.

Fausto e Graziella insistettero per accompagnarmi in automobile fino a destinazione, ma io rifiutai: le scadenze per le consegne della produzione invernale incombevano, e la mia assenza dal laboratorio aveva creato non pochi problemi. Inoltre, viaggiare in treno mi aveva sempre eccitato come una bambina. Adoravo stare col volto rivolto al finestrino mentre i pensieri volavano come gli alberi, i prati, le case, le colline e le nuvole davanti a me. Avrei preso il *Tee* delle 6,55 da Milano a Marsiglia e il signor Albin sarebbe venuto come d'accordo a prelevarmi alla fermata di Tolone per portarmi a Salon.

Trascorsi a Cesano Boscone l'intera giornata precedente il viaggio per impostare al computer i colori e le composizioni di una nuova linea di copritavola, e mi ridussi a preparare la valigia dopo cena. La cosa fu piuttosto lunga perché Anita, forse scambiando il piccolo centro di Salon per New York, pretendeva di farmi portare persino due abiti da sera.

Alle ventitre lei andò a letto. Io feci una doccia, mi infilai il pigiama e stavo andando in cucina a preparare una camomilla, la mia droga serale, quando il campanello d'ingresso cominciò a suonare come se dietro alla porta ci fosse un pompiere smanioso di domare un incendio.

«Non aprire!» strillò Anita, sopraggiunta alle mie spalle con velocità supersonica. Mi spostò da una parte e guardò attraverso l'occhio magico. Si girò verso di me con un'espressione sbigottita. «È Domenico» sussurrò. «Non capisco, doveva restare in Russia fino al...»

«Non voglio vederlo» la interruppi. Il campanello ricominciò a suonare.

«Che cosa gli dico? Non posso lasciarlo fuori dalla porta!»

«Fa' come vuoi, l'importante è che lo tieni lontano da me» replicai secca dirigendomi a grandi passi verso la mia stanza da letto.

Udii Anita aprire e dire qualcosa, poi la voce di Domenico, e poi ancora quella di Anita. Tesi l'orecchio sperando di sentire la porta richiudersi, ma i due continuavano a parlare. Al diavolo, mi dissi, la cosa non mi riguarda più. Tolsi l'elastico che mi legava i capelli e mi infilai tra le lenzuola.

Stavo allungando la mano verso il comodino per prendere un libro, quando l'uscio della mia stanza si aprì e vidi Domenico irrompere verso il mio letto. Non feci in tempo a protestare, che mi sentii afferrare per un braccio. «Alzati. Dobbiamo parlare.»

«Tutto quello che c'era da sapere l'hanno detto i giornali e la televisione» dissi a denti stretti, tirandomi indietro.

Domenico non mollò la stretta. «Alzati, ti ho detto.»

«Che cosa vuoi ancora?»

«Capire. Avere da te una risposta a tutte le domande che mi stanno facendo diventare pazzo.»

Gli lanciai un'occhiata di sfida. «Non serve che mi alzi, il letto è il mio elemento naturale: questo dovresti ormai averlo capito da solo.»

Vidi Domenico alzare una mano su di me ed ebbi la certezza che volesse picchiarmi. Ma subito la riabbassò. «Lucia» disse con voce sconsolata «perché non mi hai raccontato tutto? Come hai potuto nascondermi una parte tanto importante e lunga della tua vita?» Si sedette, cautamente, sul bordo del letto.

«Adesso sai tutto.»

«Ti rendi conto di *come* l'ho saputo? Leggendo la tua storia sui giornali ho creduto di vivere un incubo, di aver amato per tre anni una ragazza che non esisteva. E ancora adesso non riesco a credere che tu e quella Lucia siate la stessa persona.»

Un nodo di amarezza mi strinse la gola. «Ti fa tanto orrore, *quella* Lucia?»

Domenico mi guardò negli occhi. «No. Ma la ragazza che ho conosciuto e amato non è lei...» Si fermò per qualche istante, sopraffatto dall'angoscia. «Dio mio, ricordo la prima volta che ti presi tra le braccia. Eri come una bambina spaventata... una creatura innocente che per la prima volta veniva baciata da un uomo...»

«Era così!» gridai disperata. La luce che vidi baluginare nel suo sguardo (Sorpresa? Diffidenza? Sarcasmo?) tramutò istantaneamente la mia disperazione in rabbia cieca. «Gli uomini mi avevano succhiato, morsicato, leccato, ma mai baciato. Perché le puttane non si baciano mai» dissi feroce.

«Basta» Domenico supplicò scrollandomi per le spalle. Il suo volto era una maschera di sofferenza.

Come avevo potuto essere così orribilmente crudele e volgare? «Mi ero illusa di aver seppellito quel passato» mormorai pentita. «E quando avrei voluto parlartene, era troppo tardi. L'idea di perderti mi era insopportabile... Ma adesso che questo è avvenuto mi accorgo che si può sopportare tutto... che si sopravvive a tutto.»

Vidi Domenico irrigidirsi. «Che cosa è *avvenuto*? Ho capito bene? Pensi che io abbia mollato tutto e sia salito sul primo aereo per dirti che non ti amo e non ti voglio più?» Sembrava di nuovo furioso.

«Più o meno.» Sospirai.

«Tu sei pazza! Oppure hai una opinione miserabile di me! Il 10 novembre abbiamo fissato la data delle nozze e dovessi trascinarti in Comune a calci nel sedere, tu mi sposerai...»

«Perché?» chiesi stupefatta.

«Perché ti amo. Perché dopo tutto quello che hai passato, hai bisogno di un uomo che si prenda cura di te e ti restituisca la fiducia nel genere umano.»

«Io non voglio la tua compassione!»

«E io non voglio cominciare la nostra vita insieme seppellendo il tuo passato come se non fosse esistito.»

«Per me è così. Quella Lucia non esiste più.»

«E invece sei sempre tu! Io devo capire che cosa ha in comune con la ragazza di cui mi sono innamorato. Non posso vivere con una persona spezzata in due, e tu devi aiutarmi ad amare anche *quella* Lucia.»

È così difficile? pensai sentendo le lacrime pungermi gli occhi. Il passato sepolto mi piombò addosso come i morti viventi dei film dell'orrore. Rividi la ragazzina violentata sui sedili di un'automobile. E poi condotta in quell'appartamento mattatoio dove delle persone fecero bestialmente strage, una dopo l'altra, della sua innocenza. E rividi la stessa ragazzina scacciata e insultata, vagare sola nella notte...

Domenico aveva giustamente capito che quella ragazzina ero io dieci anni dopo. Ma tutto il tempo trascorso con la schiena curva a mendicare un lavoro onesto, a lavare verdure, a strofinare pavimenti e a piagarmi le dita con l'ago le avevano fatto alzare la testa, restituendole orgoglio e dignità.

«Non posso aiutarti» dissi alzando gli occhi su di lui. «O capisci da solo, oppure è meglio che ci lasciamo.»

Domenico rifletté qualche istante. «Va bene» rispose. «Cercherò di capire da solo.»

«Io domattina parto per la Provenza. Mi saprai dire quando torno.»

«Tu non vai da nessuna parte! Devi traslocare i tuoi mobili e prepararti al matrimonio.»

«Domenico, anch'io sono confusa e angosciata. *Ho bisogno* di andare via e di riflettere con calma.»

«Va bene. Vengo in Provenza con te e rifletteremo insieme.»

«Tu devi lavorare, non puoi...»

«Quello che posso e debbo fare lascialo decidere a me, Lucia.»

XVI

Partimmo con l'auto di Domenico alle sette del mattino. Anita avrebbe provveduto ad avvertire monsieur Albin che non era più necessario venirmi a prendere alla stazione di Tolone. Fu un viaggio silenzioso, ciascuno assorto nei propri pensieri. Di tanto in tanto Domenico mi stringeva una mano, come a farmi capire che c'era, che mi sentiva vicina, che mi voleva bene. Oppure era un gesto di tenerezza con il quale intendeva silenziosamente chiedermi perdono per i suoi cattivi pensieri?

Ricordo che dopo il casello di Ventimiglia mi addormentai. Arrivammo a Salon pochi minuti prima delle tredici. Il signor Albin e la moglie ci vennero incontro sorridenti e festosi. E mentre il loro figliolo scaricava i nostri bagagli, ci invitarono a bere un aperitivo. Andassimo a darci una rinfrescata, dissero poi, il pranzo sarebbe stato servito appena fossimo scesi.

La pensione era una vecchissima casa in pietra in stile romanico con una fiancata a strapiombo sulla valle e un terrazzino lungo e stretto che la percorreva tutta. La nostra stanza, grande e luminosa, era su questa fiancata. Affacciandosi alla finestra, si aveva l'impressione di essere sospesi nel cielo. Chissà se Carlotta era lassù e mi stava guardando, pensai con tristezza. Era quella tristezza che ti pervade tutto il corpo facendoti sentire stanca come se avessi compiuto chissà quale fatica.

Domenico si avvicinò a me e mi circondò le spalle. «È un posto stupendo.» Mi sembrò che fosse triste anche lui. Restammo per qualche minuto davanti a quella finestra, silenziosamente.

«Quando è successo la prima volta, Lucia?»
«Non voglio parlarne.»
«Scusami.»
«Avevo quindici anni e mezzo. Il marito di mia zia venne a prendermi a scuola e mi violentò sui...»
Domenico mi posò dolcemente una mano sulla bocca. «Scusami» ripeté.
Abbassai la sua mano. «Mi violentò in un viottolo di campagna, sui sedili della sua automobile.»
«E tu...?»
«Io dissi: "Che bello, voglio farlo ancora e con tanti altri uomini". Fu così che unendo l'utile al dilettevole diventai una puttana.» La mia voce era un ringhio.
«Perché vuoi farti male?»
«Perché mi fai una domanda tanto cretina? Che cosa significa *"E tu?"*. Io ero una ragazzina terrorizzata e sola.»
«Con chi vivevi?»
Inspirai profondamente. «Vuoi farmi l'interrogatorio? Sotto con le domande. Alla prima rispondo che vivevo con una nonna incapace d'amore e una zia plagiata da un marito delinquente e pieno di debiti. Pochi giorni dopo avermi violentata, ritenendomi ormai una donna esperta delle cose della vita, mi condusse in un appartamentino e chiamò a raccolta i creditori più impazienti offrendogli una bambina di sedici anni in cambio di assegni e cambiali. Rimasi sdraiata su un letto per dieci giorni, come Cristo in croce, e quando...»
Domenico mi strinse contro di sé. «Basta. È passato.» Sentii le sue lacrime bagnarmi una guancia.
«Quando finalmente fui libera, decisi di andare dai carabinieri a denunciare tutti. Ma mia nonna morì in quei giorni. Dopo i funerali mio zio tentò di violentarmi di nuovo. E siccome sua moglie lo scoprì sul fatto, lui disse che io stavo tentando di sedurlo. Fui scacciata sui due piedi, a suon di insulti. Non avevo una sola lira in tasca. Camminai per ore, sentendomi l'essere più corrotto e sudicio del mondo. E quando un uomo mi invitò

a salire sulla sua macchina, io accettai convinta che quello ormai era il mio destino.»

«Se soltanto tu avessi denunciato tuo zio. E quella orribile donna di sua moglie... Se li avessi tra le mani, li strozzerei.»

«Quella orribile donna era la sorella di mia madre. Se non mi aveva creduto e difeso lei, come avrebbero potuto farlo i carabinieri?»

Domenico annuì con un profondo respiro. Poi si staccò lentamente da me. «Il signor Albin ci sta aspettando per il pranzo. Non devi pensare più al passato, Lucia. Tra meno di un mese sarai mia moglie.»

Il sole autunnale era ancora caldo e luminoso e ci avevano apparecchiato un piccolo tavolo all'aperto, sulla terrazza a strapiombo. Grossi uccelli volavano nel cielo ad ali spiegate, con traiettorie veloci come quelle di stelle cadenti. Dalla cucina arrivava un profumo acre di curry mescolato a quello di pesce messo a rosolare con le verdure.

Domenico mi versò nel bicchiere del vino bianco e frizzante. «Al nostro bellissimo domani» disse guardandomi negli occhi. Vi lessi ciò che in quello stesso momento stavo sentendo io: amore, malinconia, disperata volontà di credere in un futuro felice.

Dopo aver pranzato, andammo a fare un giro nelle vie del borgo vecchio pieno di negozietti, vicoli, vasi fioriti, piccole scalinate, archi dalla pietra annerita. Più tardi, prendemmo la macchina e andammo fino a Cavaillon, dove Domenico volle a tutti i costi regalarmi una vecchia e preziosa spilla in oro, smalti e diamantini. Inutilmente gli dissi che certi regali mi mettevano a disagio.

«Li lasceremo ai nostri nipoti» rise lui.

«Non posso avere figli. *Questo* te l'avevo detto.»

Quella sera, quando fummo nell'enorme lettone con la testiera in noce intarsiato mi raccolse tra le sue braccia. «Come è successo?» chiese dolcemente.

Capii all'istante che si riferiva al fatto che io fossi diventata sterile. «A sedici anni ebbi un'emorragia e dovettero togliermi tutto. Ero rimasta incinta.»

Domenico mi strinse a sé. «Capisco... Era stato tuo zio?»

«Lui oppure uno dei cinquantasei uomini con cui andai in quei primi mesi.» Senza accorgermene, mi ero scostata da lui. «So il numero esatto, perché per tre anni segnai in un'agenda ogni incontro. Poi le pagine finirono e persi il conto» precisai con voce cattiva.

Domenico mi costrinse a riavvicinarmi. «Non ti ho chiesto niente.»

«Però sei morbosamente e masochisticamente smanioso di sapere!»

«Sto cercando di capire. Ma non voglio i...»

«Non sei mai stato con una battona?»

«Smettila.»

«Ti ho fatto una domanda, se è concesso farne anche a me.»

«No, non ci sono mai stato. Io e Marta ci siamo conosciuti quando eravamo molto giovani e fin dall'inizio abbiamo avuto una intesa profonda e senza problemi.»

«Non l'hai mai tradita?»

«Qualche volta, ma soltanto dopo che il nostro matrimonio era entrato in crisi.»

«Ti sei mai innamorato?»

«No, si è trattato di storie brevi e senza importanza. Tu sei stata la prima donna per cui ho provato, e fin dai primi giorni, un sentimento profondo.»

«Una bella sfiga» commentai sarcastica.

«Non essere volgare.»

«Scusami. Che cosa ti ha colpito, di me?»

«Innanzi tutto la bellezza. Non avevo mai visto una ragazza bella come te, e mi sembrava impossibile che ti adattassi a fare le pulizie in un ufficio invece di sfondare nel cinema o nella televisione.»

«E poi?»

Domenico mi sfiorò il viso con un bacio. «E poi lo spirito battagliero, l'allegria, l'ottimismo. Uscire con te era divertente come assistere a un musical...» Nei suoi occhi passò la luce di un sorriso.

«E dopo?»

«*Dopo* che cosa?»

«Dopo essere stato folgorato, sbalordito e divertito, che cosa è successo?»

«Mi sono innamorato perdutamente della tua integrità, della tua generosità, della tua intelligenza.» La luce del sorriso era sparita. «Quando ho saputo la verità, è stato come se tu ti disintegrassi ai miei occhi e al posto tuo si materializzasse un'altra persona, una sconosciuta...» Tacque qualche istante, come a cercare le parole giuste, e io aspettai che proseguisse in silenzio, col fiato sospeso.

«Ho passato giorni e giorni spaccandomi la testa nel tentativo di capire chi eri davvero: una grande attrice? Una cinica professionista alla ricerca del babbeo da prendere al laccio? Ho rivissuto ogni nostro incontro, ogni tuo gesto, ogni tua parola alla ricerca di qualcosa che mi fosse sfuggito... della trappola che via via mi andavi tendendo... Ma più tentavo di demolirti, e più mi apparivi una ragazza straordinaria e degna d'amore.»

«Se è vero quello che dici, che cosa c'è ancora da capire e da chiarire?» mormorai.

«L'hai detto tu prima: sono morbosamente e masochisticamente smanioso di sapere tutto del tuo passato. Quanti uomini hai avuto? Che cosa ti hanno fatto? Che cosa provavi? Quanto ti pagavano? Dove li incontravi?» Di nuovo quella maschera di sofferenza.

«Credi che ti farebbe bene, o ti aiuterebbe, sapere tutto questo?»

Un sospiro. Una voce simile a un rantolo di morte. «No. Però *voglio* saperlo lo stesso.»

Gli rivolsi un sorriso desolato. «Attacca il cronometro, sto per rispondere a tutte le domande. Posso cominciare dall'ultima? Li incontravo nella pensioncina compiacente in cui abitavo, oppure negli alberghi in cui venivo chiamata. Non ho mai battuto il marciapiede. Quanto mi pagavano? Abbastanza bene, perché come hai detto tu ero una ragazza giovane e straordinariamente bella: cinquecentomila lire per una notte, due milioni per un fine settimana. Che cosa provavo? Assolutamente nulla. Non ho mai avuto un orgasmo in vita mia...» Qui feci una pausa sadicamente e volontariamente mirata a ferirlo. «Neppure con te.»

Lo vidi sussultare e irrigidirsi. «Smettila. Ti prego, adesso basta.»

«*Non basta* affatto. Se la smettessi, andresti avanti per tutta la vita a tormentarmi e tormentarti con le tue morbose curiosità insoddisfatte... Ammesso che tu voglia ancora una vita in comune con me.»

«Il 10 novembre ci sposiamo» Domenico disse con forza. Si stava aggrappando all'unica certezza che gli era rimasta durante quella discesa all'inferno.

«Questo significa che non vuoi sapere più nulla? Che non mi farai *mai più* nessuna domanda sull'altra Lucia? Che tutti i tuoi interrogativi hanno avuto una risposta?» lo provocai.

Tacque un istante di troppo. «Fai partire di nuovo il cronometro» dissi amara. «Dove eravamo rimasti? Ah, sì, a quello che provavo con gli uomini che mi pagavano. Ti ho detto "niente", ma è una risposta incompleta perché nonostante avessi un giro per così dire sicuro, mi poteva capitare di imbattermi nel sadico che mi legava coi polsi alla spalliera del letto e godeva soltanto nell'infliggermi ogni sorta di sofferenza. In quei casi provavo molto dolore. Talvolta capitava il sadico che godeva nel dirmi le parole più oscene e insultanti: e in quei casi l'umiliazione mi faceva provare degli istinti omicidi. Ma di solito mi si richiedevano le normali prestazioni che l'uomo cerca dalle donne che paga: giochetti, fantasie, qualche posizione eccentrica.»

«Basta, Lucia.»

«Prima si parlava di quanti uomini ho avuto, e credo di averti dato un'altra risposta incompleta: mettendo insieme il numero degli incontri con quello degli anni, penso sia ragionevole affermare che ne ho incontrati circa...»

La mano di Domenico si posò sulla mia bocca con tale forza che temetti di morire soffocata. «Adesso basta! Ti stai uccidendo!» Scoppiò in singhiozzi e io rimasi a guardarlo affranta e impotente.

Quella notte dormimmo allacciati come due naufraghi stretti alla zattera. Al mattino dopo, avevamo entrambi gli occhi gonfi e le facce sbattute.

Prendemmo la macchina e cominciammo a girare senza meta attraversando strade e paesetti, boschi e prati, pareti di roccia scoscese e colline brulle e sassose. Di tanto in tanto scorgevamo sotto a noi una lingua azzurra e immobile di mare.

Di quei sei giorni trascorsi in Provenza ricordo giornate di lunghi silenzi trascorse errando tra luoghi bellissimi alla vana ricerca di un'emozione, un palpito. Ma nulla avrebbe potuto penetrare la malinconia in cui eravamo rinchiusi.

La sera ci coricavamo l'uno tra le braccia dell'altra, irrigiditi nello sforzo di fingerci addormentati. Avevamo il terrore di parlare e di fare un gesto sbagliato. Ripartimmo al settimo giorno, come sollevati da una fatica immane. E il sollievo ci rese addirittura loquaci: durante il viaggio di ritorno parlammo senza sosta, ovviamente con grande circospezione e la massima presa di distanza da ogni argomento personale.

Fu soltanto nel momento di separarci, io finalmente a casa mia e lui sull'uscio per tornarsene a casa sua, che raccogliendo tutto il mio coraggio gli dissi: «Non ha funzionato. Non potrà mai funzionare».

«Non ha funzionato soltanto questo maledetto viaggio!» Domenico ribatté. «Eravamo tesi e impauriti come due studenti che debbono sostenere un esame.»

«Che cosa vuoi dire?»

Mi sorrise. «Ci amiamo e ci sposeremo. Non c'è altro da dire.»

Di fronte alle situazioni problematiche o a una decisione importante si crede sempre di "riflettere". In realtà quello che facciamo è solamente cercare il maggior numero di argomentazioni possibili a favore della via di uscita o della scelta che abbiamo già in mente. È quanto stava accadendo anche a me. Avendo deciso che, pur amando profondamente Domenico, avrei commesso un grave errore nello sposarlo, passai i primi giorni che seguirono il ritorno dalla Provenza nell'illusione di riflettere. Quel che feci fu invece concentrarmi su tutte le ragioni che rendevano sconsigliabile il nostro matrimonio: e mi ci applicai con tale fervore che a un certo punto mi accorsi di pensare a Domenico come a un uomo impietoso, insensibile, convenzionale, masochista, pieno di contraddizioni e capace solamente di gesti passionalmente irrazionali come il volermi a tutti i costi sposare.

Fu a quel punto, e cioè nel momento in cui realizzai quanto ridicolmente ingiusta e distorta fosse questa immagine, che feci marcia indietro e cominciai a riflettere davvero. Domenico desiderava vivere con me perché mi amava almeno quanto lo amavo io. E anche se la sua smania di sapere tutto del mio passato mi aveva ferita nell'orgoglio e nel cuore, dovevo onestamente ammettere che neppure un santo avrebbe potuto reagire diversamente. Per quasi tre anni aveva creduto di aver incontrato la donna dei suoi sogni, bellissima, purissima e buonissima, e di colpo si era ritrovato tra le mani un'ex prostituta. Anziché insultarla sanguinosamente e darsi alla fuga con orrore e schifo, aveva cercato di capire. Senza smettere di amarla e senza prospettarsi per un solo attimo l'ipotesi di non sposarla più.

Riabilitato Domenico (quando mai avrei potuto imbattermi in un altro uomo eccezionale come lui?) passai a esaminare nell'ottica giusta il nostro progettato matrimonio. Era indubbio che trascorrere il resto della vita con lui restava il mio sogno più grande, ma quanto era accaduto aveva creato delle forti tensioni tra noi. Io ero diventata suscettibile, intransigente, pretenziosamente smaniosa di comportamenti perfetti per sentirmi accettata. Lui era ancora sotto choc: frastornato, addolorato, giustamente desideroso di trovare attraverso le mie parole chiarezza e conferme.

Durante queste riflessioni mi costrinsi a prendere atto di un particolare significativo: da quando Domenico aveva appreso la verità sul mio passato, non avevamo avuto più rapporti intimi. Era pur vero che il desiderio era stato travolto dall'urgenza di spiegarci e dagli stati d'animo che ne erano derivati: rancore e ira, malinconia e tenerezza. Ma che cosa sarebbe accaduto nel momento di riprendere la nostra intimità? Domenico avrebbe continuato ad amarmi con la passione, la tenerezza e il rispetto di sempre oppure, riavvicinandosi al mio corpo, sarebbe stato frustrato e raggelato dal pensiero delle mani e dei corpi che lo avevano profanato?

Anche ammesso che fosse riuscito a superare tutto questo, dovevamo fare i conti col suo inconscio. Insomma, esisteva anche questo problema e soltanto col tempo (probabilmente, molto tempo) sarebbe stato davvero risolto insieme con tutti gli altri. E prima d'allora *non potevo* sposarlo.

A questo punto le mie riflessioni mi avevano condotto alla decisione finale più giusta: dovevo convincere Domenico a rimandare il matrimonio.

E una volta tanto gli eventi giocarono in mio favore: dieci giorni dopo la nostra vacanza in Provenza, Marta arrivò a Milano, senza preannunciarsi, per fare un discorso onesto con l'ex marito e metterlo al corrente della nuova svolta della sua vita.

La Rai aveva trasferito Giacomo, il suo uomo, a New York e a quel punto aveva deciso di seguirlo. Prima di partire si sarebbero sposati. Ovviamente lei sarebbe stata lieta di portare Cristina con sé, ma si era resa conto che gli anni trascorsi col padre avevano creato un legame affettivo e di quotidianità insostituibile. La prova ne era che nel breve periodo trascorso a Roma con lei, la figlia non aveva fatto che ribellarsi e disperarsi.

Domenico (come poi mi riferì) ribatté che avrebbe dovuto aspettarselo. La accusò di aver approfittato di un suo momento nero per prenderlo in contropiede e sottrargli Cristina. Che cosa aspettava a riportarla da lui?

La cosa si rivelò meno semplice del previsto, perché la sua ex moglie poneva delle precise condizioni. O, più esattamente, desiderava delle ovvie garanzie. E qui io fui coinvolta in prima persona, perché Marta volle fare un discorso molto onesto anche con me. Dopo essersi scusata e dichiarata profondamente pentita del suo comportamento durante la tragedia di Carlotta, mi spiegò che non aveva nulla contro di me e che troppo tardi aveva capito quanto difficile e dolorosa dovesse essere stata la mia vita. Mi stimava, apprezzava quel che io avevo fatto per sua figlia, era certa che io sarei stata per lei un'ottima vicemadre.

«E allora dove sta il problema?» io venni al sodo, combattuta tra la voglia di crederle e un soprassalto di rancore che mi faceva mio malgrado sentire scettica e sulle difensive.

La vidi esitare per qualche istante. «Vedi, Cristina non è più una bambina ed è rimasta profondamente turbata, oserei dire sconvolta, dalla scoperta del tuo passato. Il suo affetto per te è rimasto immutato, ma c'è una parte di lei che non riesce a farsi una ragione di ciò che ha saputo.»

«Lo capisco e mi dispiace. Ma non hai ancora risposto alla mia domanda: dove sta il problema?»

Marta esitò di nuovo. «Nel tuo matrimonio con Domenico. Nessuna figlia è mai pronta per vedere il proprio padre sposarsi con un'altra donna, ma il caso di Cristina è...»

«Mi risulta che stai per risposarti anche tu» la interruppi.

«Appunto! Nel suo caso si sente doppiamente frastornata e destabilizzata. Ma sono le nozze del padre che la coinvolgono particolarmente, perché è con lui che deve vivere. Ecco, Lucia, io penso che se tu convincessi Domenico ad aspettare qualche mese sarebbe un'ottima cosa. Potete vivere ugualmente insieme, per voi non cambia niente. Ma nostra figlia si tranquillizzerebbe, metabolizzerebbe quanto ha saputo, avrebbe tutto il tempo per capire che tu sei sempre la stessa persona senza saperti già la sua matrigna...»

«D'accordo» dissi in fretta. Avrei voluto obiettare che una donna sensibile e materna come lei pretendeva di apparire non avrebbe mai potuto lasciare la figlia all'ex marito per andarsi a rifare una vita in America. E che forse anche lei aveva qualche responsabilità nella crisi di confusione e di insicurezza di Cristina. Ma io ero l'ultima al mondo a poter giudicare qualcuno.

E inoltre la sua richiesta di rimandare di qualche tempo le nozze coincideva esattamente con quel che volevo. Marta mi aveva offerto delle argomentazioni che mai io avrei potuto trovare per persuadere Domenico, così testardamente fissato su quel 10 novembre.

Mi accorsi che Marta mi stava scrutando. «D'accordo, parlerò con Domenico» ripetei.

La vidi sospirare di sollievo. «Sapevo di poter contare sul tuo aiuto.»

XVII

Alla metà di novembre Anita si trasferì a Cesano Boscone e io andai a vivere a casa di Domenico. Approfittai di un suo nuovo viaggio, stavolta in Romania, per finire il trasloco dal palazzo di fronte. All'ultimo momento realizzai di poter portare via ben poco: nonostante l'ampiezza (cinquecento metri quadrati) l'appartamento di Domenico era completamente arredato e farci entrare qualche altro mobile era come pretendere di introdurre degli altri tuorli in un uovo.

Io sistemai tutta la mia roba (letto, armadione, libreria, vestiti, biancheria personale e della casa) nella stanza degli ospiti opportunamente svuotata. Si trattava di una camera grandissima, divisa in zona giorno e zona notte, con un bel bagno personale e persino un ingresso indipendente. Domenico, che già aveva riluttato e protestato all'idea di convivere invece di sposarci (che senso ha? Che cosa cambia per Cristina?) era andato letteralmente su tutte le furie quando gli avevo detto che mi sarei sistemata lì anziché nella sua camera da letto. Ma di fronte al mio aut-aut (o così, oppure ognuno resta a casa propria) aveva dovuto arrendersi.

L'idea di avere uno spazio mio, lontano dal corpo dell'appartamento, mi faceva sentire più rilassata e a mio agio. Cristina aveva un comportamento molto strano nei miei confronti: più che sconvolta, come aveva detto sua madre, mi sembrava imbarazzata, incuriosita, a disagio. Spesso mi sentivo scrutata da lei, quasi avesse voluto chiedermi qualcosa e non osasse. Iddio sa in che modo mi avrebbe guardato se alla sera fossi andata a dormire con suo padre.

Anche la tata Marcella aveva perduto la spontaneità e la confidenza con cui mi aveva trattata fin dall'inizio. Più che turbata, sembrava intimidita dal mio passato. E devo dire che il tono rispettosamente distaccato con cui mi rivolgeva la parola mi amareggiava molto. Fortunatamente ripresi a lavorare, uscendo da casa al mattino alle nove e rientrandovi verso le diciotto, giusto in tempo per controllare che Cristina avesse fatto i compiti e guardare un po' di televisione con lei prima di cenare.

Negli ultimi due mesi avevo molto trascurato il lavoro, ma ero certa che l'azienda non ne avesse risentito. Ormai avevamo venti lavoranti (due delle quali specializzate in ricamo), una stilista e un ragioniere a tempo pieno per la contabilità. Ogni capo che usciva dal nostro laboratorio era un esemplare unico, spesso preziosamente intarsiato, e sempre fabbricato con tessuti di grande qualità e bellezza dai quali venivano ricavati i pezzotti da assemblare.

Fausto, lasciato il suo lavoro, si occupava a tempo pieno delle forniture. Fabbricavamo tendaggi, copridivano, copritavola, copriletti estivi e invernali (questi ultimi imbottiti con pura lana vergine). *L'Arte del Patchwork* era diventato, oltre che un marchio fotografato e noto, anche uno status symbol. A ogni aumento di prezzo io gridavo allo scandalo, ma più i capi rincaravano e più i nostri concessionari-grossisti scalpitavano perché aumentassimo la produzione.

L'illusione che ritornare al lavoro mi avrebbe aiutato a scacciare i ricordi dolorosi e a non pensare troppo ai problemi del momento naufragò miseramente sin dai primi giorni. Attraverso le mezze parole e le caute ammissioni di Graziella ebbi la conferma di ciò che Alessandra, la stilista, mi aveva confessato: il rumore fatto dalla stampa sulla mia persona aveva avuto delle sfavorevoli e imprevedibili ripercussioni sulla nostra attività. In pratica, i capi prodotti da una ex ragazza di vita avevano perduto immagine e magia. Della mia vicenda si era occupata persino la stampa americana, definendomi la "Pretty woman di Cesano Boscone".

Anni prima, quando la Vivien del film aveva rappresentato il mio massimo modello d'identificazione, questo riconoscimento mi avrebbe riempito di orgoglio. Purtroppo, anni dopo, causò in egual misura amarezza e preoccupazione. Che cosa sarebbe accaduto se le nostre fortune fossero definitivamente tramontate? Il vedere Fausto e Graziella ancor più preoccupati di me non faceva che peggiorarmi il morale.

Quando confidai ad Anita i miei sensi di colpa e il mio disagio, lei ebbe una reazione molto aspra nei loro confronti. «Sono due ingrati che dimenticano di dovere tutto a te! I soldi gli hanno dato alla testa! Due anni fa facevano salti mortali per pagare il mutuo e arrivare alla fine del mese, adesso hanno il villone, il conto in banca, la cameriera fissa e due automobili in garage... Per male che vada, tutto questo non glielo toglie nessuno...»

Anita esagerava affermando che la figlia e il genero dovevano tutto a me, in quanto il successo non sarebbe mai arrivato senza l'enorme investimento che avevano fatto in tempo, entusiasmo, fiducia, intelligenza. Però aveva ragione affermando che i soldi li avevano cambiati. Ormai si erano abituati a vivere da ricchi, e il timore di dover ridimensionare i loro sogni e il loro tenore di vita era tale da superare persino l'affetto per me.

Ai loro occhi io non ero più l'amica con la quale avevano condiviso l'avventura più entusiasmante della loro esistenza, ma colei che stava mettendo a repentaglio ciò che maggiormente amavano: il danaro.

Tutto questo mi feriva, ma non riuscivo a provare del risentimento nei loro confronti. Era un comportamento poco nobile, ma purtroppo umano. E per aiutarli (aiutando, nel contempo, me stessa) non mi restava che fare concretamente qualcosa per dare un nuovo impulso alla nostra attività. Una mano ai pennarelli e un'altra al computer, cominciai a studiare delle nuove composizioni e dei nuovi accostamenti di materiali e di colori per una linea di copriletti e copritavola. Feci fare da una magliaia delle sottilissime treccine in pizzo lavorato a uncinetto e le feci successivamente intrecciare, sempre con l'uncinetto, usandole al posto del filo. Ne vennero dei pezzotti bellissimi che, una volta inseriti tra gli altri elementi del patchwork, davano un effetto di straordinaria eleganza e rilievo.

In alcuni di questi pezzotti inserii anche alcune perline vere di fiume e di lì mi venne l'idea di utilizzare anche altri materiali naturali come corallini, ambra, giada, diaspro, rosa di Francia e sottili lamine in oro zecchino.

Fausto sulle prime nicchiò non poco, affermando che non era il momento di esporsi con forniture tanto costose, ma quando gli mostrai il prototipo le sue resistenze caddero e si diede da fare per cercare un grossista di pietre semipreziose che ci facesse dei prezzi più abbordabili.

Ma l'atmosfera di entusiasmo con cui avevamo sempre lavorato non esisteva più. Gli ordini che i concessionari esclusivisti ci facevano di norma tra ottobre e novembre per il primo semestre dell'anno successivo risultarono inferiori del 30 per cento rispetto a quelli del semestre precedente. Un ulteriore colpo all'immagine dei nostri patchwork derivò dalla nostra ingenuità: quando un famoso fotografo francese ci chiese di poter venire in laboratorio per ritrarre tutte le fasi della lavorazione, noi gli aprimmo le porte e collaborammo in ogni modo con lui.

All'atto della pubblicazione, il servizio dal quale ci eravamo aspettati un rilancio alla grande risultò un articolo incentrato esclusivamente sulla mia persona, la "Pretty woman al lavoro". Sparite tutte le immagini delle altre lavoranti, dell'ambiente e della produzione, rimanevano quelle che il fotografo aveva scattato a me: alcune delle quali senza che neppure me ne accorgessi.

Il risultato fu che perdemmo due dei nostri tre esclusivisti francesi, i quali non rinnovarono il contratto per l'anno successivo. A quel punto Graziella mi chiese, devo dire con tatto e gentilezza, di lasciar andare solamente lei e il marito alla grande fiera internazionale dell'arredamento che si sarebbe tenuta di lì a poco a Tokyo. «Il solo modo per tentare di ricostruirci un'immagine» disse «è che tu resti nell'ombra almeno per qualche tempo, così che i clienti si abituino a dissociare i patchwork dalla tua persona.»

Questo mi sembrò profondamente ingiusto, perché io avevo messo l'anima nel mio lavoro e in ogni esemplare che usciva dal laboratorio c'era una grande parte di me: ma purtroppo vi sono situazioni in cui la sola via d'uscita passa attraverso l'ingiustizia, e la nostra era una di quelle. Graziella aveva ragione: se volevamo che la nostra attività si salvasse io dovevo farmi da parte.

L'amarezza e le tensioni accumulate sul lavoro non conoscevano tregua perché la sera, quando rientravo a casa, anziché rilassarmi dovevo continuare a destreggiarmi su un terreno minato. La tata se ne stava rintanata in cucina respingendo cortesemente ogni offerta di aiuto da parte mia, e Cristina, dopo avermi risposto che sì, a scuola era andata benissimo e aveva già fatto tutti i compiti, si incollava davanti al televisore come se io non esistessi. Domenico chiamava ogni sera dalla Romania, dando per scontato che in casa sua io avessi trovato un clima da "tutte insieme appassionatamente", il che di certo non contribuiva a migliorare il mio umore.

Dieci giorni dopo il trasloco, e cioè alla vigilia del suo ritorno, i miei nervi crollarono. Io ero rientrata da Cesano Boscone più tesa del solito (anche perché per tutta la giornata avevo pensato proprio ai problemi che col ritorno di Domenico avrei dovuto affrontare) ed ebbi la brutta sorpresa di trovare Cristina sola in casa con Lorenzo. Erano seduti sul divano e si stavano baciando. Non appena io entrai in soggiorno, si separarono e scattarono in piedi. Lui aveva l'aria imbarazzatissima, lei infastidita.

«Dov'è Marcella?» chiesi io brusca.

«È andata a trovare sua sorella e tornerà per l'ora di cena» rispose Cristina.

«Non mi aveva detto niente.»

«L'ha detto a me, e credo che...»

Lorenzo si intromise prima che Cristina terminasse la frase. «Io vado, si è fatto tardi.»

Cristina lo accompagnò alla porta e poi si diresse direttamente verso la sua stanza. Io la raggiunsi innervosita. «Che modo di fare è?»

Cristina emise un incomprensibile borbottio di risposta e io le dissi che, le piacesse o no, suo padre prima di partire l'aveva affidata a me e mi ritenevo responsabile di lei. Lei replicò con un altro borbottio dal quale emerse però chiaramente la frase "che bella guardiana".

E qui io persi le staffe. La afferrai per un braccio e le dissi che alla sua età, neppure quindici anni, io non mi sarei neppure sognata di restarmene sola in casa a sbaciucchiare il mio ragazzo.

«Hai recuperato in gran fretta il tempo perduto» Cristina replicò con voce piena di sarcasmo e livore.

Lasciai andare il suo braccio. «Molto bene, vedo che siamo arrivate al nocciolo del problema: un passato che mi ha resa indegna di parlare con te, di avere un'opinione, di essere ascoltata. Posso sapere, di grazia, come ti immagini questo passato? Con quali fantasie o giudizi sei arrivata alla conclusione che io debba essere ignorata e disprezzata?» urlai.

«Non essere paranoica. Chi ti pensa? Chi ti giudica? Ho cose ben più importanti per la testa.»

«Io no. Da quattro anni non ho altro in testa che essere amata e accettata per quel che sono.»

«Ci sei riuscita molto bene. Sei in questa casa, mio padre stravede per te. Che cosa volevi? Un uomo ancora più ricco? La reggia di Versailles?» Di nuovo la voce sferzante di sarcasmo.

Mi stupii di non sentirmi offesa, ma forse dipendeva dal fatto che non mi riconoscevo per nulla nelle accuse di Cristina e in un certo senso era come sentire insultare un'altra persona.

«Quando conobbi tuo padre» precisai con calma «credevo che fosse uno dei tanti impiegati che lavoravano nel palazzo. E comunque l'ultima cosa che cercavo era un uomo da sedurre o da cui farmi sposare.»

«Non sognavi il principe azzurro?»

La guardai negli occhi. «E che ne sapevo io, di principi azzurri? Le ragazze come me conoscono soltanto il lato peggiore degli uomini e spesso si innamorano disperatamente del loro protettore perché è il solo che gli dimostra un minimo di gentilezza e di interesse.»

«È successo anche a te?»

«No. Quel tipo di interesse e di gentilezza non li volevo proprio.»

La diffidenza di Cristina improvvisamente sembrava aver lasciato il posto alla curiosità. «Come hai cominciato?» mi domandò.

«È una brutta storia che non serve più riesumare. Posso soltanto assicurarti che non l'ho fatto né per soldi, né per disonestà e tanto meno perché l'avessi scelto liberamente.»

«Perché non hai detto subito la verità a mio padre?»

«Subito dopo averlo conosciuto era troppo presto. Subito dopo essermi innamorata di lui era troppo tardi. Il momento giusto è come l'occasione d'oro della tua vita, se non lo vedi e non l'afferri al volo l'hai perduto per sempre.»

Cristina si fece pensierosa. «Non si sarebbe mai detto che eri stata... che avevi fatto la...»

«Io ho taciuto il mio passato, ma non ho mai recitato una parte o finto di essere diversa da come sono.»

«Che cosa vuoi dire?»

«Che a dispetto di tutto sono riuscita a restare una persona perbene e a mantenerne l'aspetto.»

«Io non ti odio, Lucia.»

«Sei molto gentile.» Le sorrisi.

«Non ti disprezzo nemmeno.»

«Però diffidi di me e hai smesso di considerarmi tua amica.»

Cristina aggrottò i sopraccigli. «È che ti vedo come un'altra persona... come se tu fossi diventata un'altra...»

Annuii con tristezza. «È la stessa cosa anche per tuo padre.»

«È per questo che non l'hai voluto sposare?»

«Anche» riassunsi, evasiva.

«Pensi che col tempo cambierai idea?»

«Spero soprattutto che col tempo avremo delle idee più chiare.»

Domenico ritornò dalla Romania l'indomani a mezzogiorno e subito mi telefonò a Cesano Boscone mostrandosi deluso di non avermi trovata a casa ad aspettarlo. Gli spiegai che all'ultimo minuto avevamo deciso di portare alla fiera internazionale di Tokyo anche la mia nuova linea di patchwork e che avevamo tutto il laboratorio impegnato nella lavorazione dei prototipi da mettere in campionario. Ma lui sembrò non ascoltare le mie ragioni. Quando rientrai dal lavoro, dopo avermi salutato e abbracciato, mi fece osservare che noi due eravamo importanti almeno quanto la fiera.

«Noi due non abbiamo scadenze di ferro» tentai di scherzare. La cena era quasi pronta. Andai a darmi una rinfrescata e ci sedemmo a tavola. Fortunatamente Cristina ci salvò dall'imbarazzo parlando per tutti. Alle ventidue, dopo aver guardato un po' di televisione, lei andò a letto, Marcella si trasferì in cucina per le sue faccende e Domenico volle venire nella mia stanza per vedere come l'avevo sistemata.

«Ti manca solamente un bel televisore» fu il suo commento.

Credendo che scherzasse, obiettai sullo stesso tono: «Indipendente sì, ma non emarginata al punto da guardare la televisione da sola!».

«Ne sei proprio sicura? In tutta franchezza, più che la mia donna sembri un'ospite che a fine giornata viene a cenare e a dormire a casa di amici.»

«Mi dispiace che tu abbia questa impressione.»

«Fino a prova contraria, è una realtà.»

«Domenico, se ce l'hai con me perché non ero qui ad accoglierti ti assicuro che non succederà più. Tra qualche giorno sarò molto meno impegnata col mio...»

«Ce l'ho con te per questa pagliacciata della convivenza e tutto il resto.» Indicò la stanza degli ospiti con un movimento circolare.

«Mi dispiace, ma non si poteva fare diversamente.»

«Smettila di dispiacerti! La verità è che sei felicissima, dal momento che hai fatto esattamente quello che volevi.»

«Ti sembro *felicissima*?» chiesi ricacciando l'amarezza che mi chiudeva la gola.

Lo vidi smontarsi di colpo e piegare le spalle. «No.»

Gli presi una mano. «Non lo sei neppure tu. Dobbiamo aiutarci a...»

«Io ti amo tanto, Lucia.»

«Lo so, ma l'amore non basta: dobbiamo essere buoni l'uno con l'altra.»

Mi strinse tra le braccia. «Isolarti in questa stanza è stato crudele» sussurrò sfiorandomi i capelli con le labbra.

«Tu sei qui... E io non mi sento affatto sola» sussurrai anch'io. Il nodo di amarezza si era sciolto. Mi sentivo protetta, desiderata, pervasa da una sensazione di beatitudine.

Accadde poco dopo la mezzanotte. La porta della stanza si aprì e si richiuse e Domenico si infilò silenziosamente nel mio letto. Sapevo che sarebbe venuto da me, e da quasi un'ora lo stavo aspettando. La beatitudine di due ore prima era sparita. Era la prima volta che facevamo l'amore da quando lui aveva saputo del mio passato, e non potevo illudermi che tutti i timori e le autodifese che per settimane ci avevano spinto a rimandare quel momento fossero miracolosamente crollati. L'ultima volta aveva abbracciato e desiderato una onesta e integra fanciulla, adesso si ritrovava a stringere una ex prostituta: con quali riserve? Con quanta amarezza e frustrazione? Il solo pensiero mi faceva sentire irrigidita e tremante.

Domenico si curvò su di me. «Va tutto bene, non avere paura...»

In un empito di gratitudine, gli allacciai le braccia al

collo. Aveva capito. Si preoccupava *di me*, di quello che provavo *io*. Lui mi strinse contro di sé e percorse lentamente tutto il mio viso con le labbra. Poi la sua mano scese ad accarezzarmi il seno, i fianchi, il corpo. C'era una tenerezza infinita in quel suo indugiare, e io chiusi gli occhi sentendo i muscoli irrigiditi sciogliersi in un estatico abbandono. Era come se il mio corpo galleggiasse su una barca cullata dalle onde. «Oh, Domenico...» sussurrai, temendo che fosse soltanto un bel sogno.

Lui aveva gli occhi aperti e mi stava guardando con una strana espressione ansiosa, affascinata, assorta. La barca andò a sbattere bruscamente contro uno scoglio.

«Davvero non hai mai goduto, Lucia?»

«No.» Tentai di divincolarmi, ma le sue braccia mi tennero ferma.

«Neppure con me?»

«Smettila, Domenico.»

«Io voglio renderti felice.»

«Mi stai torturando.»

«Che cosa provi quando ti bacio, ti accarezzo, entro dentro di te?»

Gli posai una mano contro il petto e tentai di spingerlo via, ma lui si inarcò e mi tenne inchiodata sotto il suo corpo puntando i gomiti sulle mie spalle. «Guardami, Lucia. Sono io. Ti amo. Non devi avere paura.»

Con una mano mi tenne immobilizzata e con l'altra cominciò ad accarezzarmi tutto il corpo. Le punte delle sue dita sembravano le schegge aguzze di uno scoglio, e quando cominciarono a stimolarmi emisi un gemito di dolore.

«Lasciati andare...» ansimò con voce imperiosa.

La tristezza mi pervase come un'ondata inarrestabile. Non avevo più la forza di resistere. Chiusi gli occhi e mi lasciai andare svuotata e inerte alla furia di quel corpo che si agitava sopra di me e al tocco di quelle dita che mi accarezzavano con la violenza di un artiglio. Quando penetrò in me, ero asciutta e chiusa. Sono perduta, pensai. I suoi colpi mi scorticavano anche l'anima. In un soprassalto di ribellione e di odio tentai nuovamente di divincolarmi. Era lui l'uomo che avevo tanto amato, oppure stavo vivendo un orribile incubo?

Spalancai gli occhi e vidi che Domenico stava piangendo. Mi penetrava con la furia di chi sta compiendo uno sforzo sovrumano per sopravvivere, su e giù senza smettere un istante, il volto disperato e adorante curvo sul mio.

«Oh, Dio» gemetti. Allargai le braccia e mi aggrappai a lui come se mi fossi improvvisamente perduta nell'universo. Se il suo corpo si fosse staccato dal mio, mi sarei perduta per sempre. Le braccia di Domenico mi circondarono con forza e la paura passò per incanto.

Ero stretta a lui. Il suo corpo si stava facendo strada nel mio per fondersi in un corpo solo, e io cominciai ad assecondare quei movimenti inarrestabili con la smania di arrivare al sublime momento. Sentii qualcosa serpeggiare nel profondo di me stessa, come un piccolo fremito, e trattenni il fiato.

Quel fremito diventò una vibrazione palpitante che a un tratto cominciò a irradiarsi nei muscoli e nel sangue con una dolcezza violenta e irrefrenabile. Fu come se ogni particella di me si sciogliesse in uno stremato languore. E poi, in quel languore, si insinuò una eccitazione sconosciuta e sempre più forte. Cominciai ad ansimare.

Domenico mi cercò la bocca gemendo e piangendo.

«Sì» gridai «prendimi... prendimi...»

Il miracolo era avvenuto. Ci addormentammo stretti l'uno all'altra, e alla mattina, quando ci risvegliammo, eravamo ancora allacciati.

«Ti amo» mi disse.

«Ti amo» gli dissi.

XVIII

La sera dopo, quando Domenico tornò nella mia stanza, il miracolo non si ripeté. La felicità è uno stato d'animo che bisogna conoscere per saperne godere e io, purtroppo, ero disabituata a essere felice. Mi era accaduto per la prima volta la notte prima, e mi sentivo frastornata e stordita come se mi avessero dato una botta in testa. Quando Domenico mi riprese tra le braccia, pensai con amarezza: il momento magico è passato, non potrò più provare la stessa gioia e lo stesso abbandono.

Nelle due settimane che seguirono caddi in uno stato di depressione molto vicino al disfattismo. Ricordando con quanta aggressività accusavo Carlotta di non saper reagire "positivamente" ai momenti neri e alle difficoltà inorridivo di me: che razza di amica ero stata?

Fausto e Graziella erano partiti per la fiera di Tokyo con Alessandra, la nostra stilista, che parlava bene l'inglese e aveva una mente molto organizzativa, ma le prime notizie che arrivarono dal Giappone non sembravano incoraggianti: il nostro stand si era rivelato troppo piccolo e decentrato, la traduttrice-hostess giapponese era molto sgradevole, i visitatori meno entusiasti del previsto. Tre giorni dopo la partenza, Graziella convinse il marito a lasciare tutto nelle mani di Alessandra e ritornarono in Italia.

Fausto si lamentò con me per essermi ostinata a usare materiali troppo costosi e comunque tali da rendere la nuova linea di patchwork troppo cara già in partenza. Io ribattei che quella linea era stata studiata apposta per rilanciare la nostra immagine, rivolgendoci a un target di clientela più alto. Graziella si intromise con la acrimonia che da qualche tempo la contraddistingueva replicando che nemmeno con una cascata di diamanti avremmo potuto risollevare la nostra immagine. Sottinteso: rovinata per colpa tua.

«A questo punto» stabilì Fausto «la politica migliore è mettere in produzione capi a basso costo, ritornando ai grossisti di scampoli e abbandonando tutti gli interventi manuali.»

«Così facendo, vanifichiamo il lavoro di anni!» protestai «E in ogni caso i nostri prezzi non saranno mai tanto bassi da prendere la clientela dei grandi magazzini e degli empori.»

Ne nacque una discussione sfiancante al termine della quale rimandammo ogni decisione a dopo la fiera di Tokyo.

Purtroppo le tensioni accumulate sul lavoro non si allentavano col rientro a casa. La tata Marcella continuava a trattarmi con gentilissimo distacco, Cristina faceva visibili sforzi per dimostrare a me e a se stessa che nulla era cambiato nei nostri rapporti. E Domenico, troppo sensibile per non accorgersi del mio disagio, reagiva suo malgrado con l'aggressività di chi si sente impotente e in colpa.

A un certo punto, probabilmente stanco di incolpare se stesso, cominciò a prendersela con me. Se avessi accettato di sposarlo, il mio ruolo sarebbe stato più chiaro e più facile. Se non mi fossi lasciata assorbire e nevrotizzare dal lavoro, avrei avuto il tempo e la calma necessari per familiarizzare con quella casa e i suoi abitanti. Il lavoro diventò anche la valvola di sfogo di tutte le sue (e mie) frustrazioni sessuali.

Domenico, rifiutando di prendere atto delle paure e dei problemi che mi paralizzavano, si aggrappò con appassionata malafede alla spiegazione più tranquillizzante: alla sera rientravo a casa troppo deconcentrata e stanca per desiderare altro all'infuori di una bella dormita. In realtà come mi infilavo nel letto restavo con gli occhi sbarrati temendo che la porta si aprisse e la sua ombra si stagliasse nel vano. Nelle mie disperate paranoie, Domenico talvolta si configurava come una specie di implacabile esattore: ciò che esigeva da me era un orgasmo. Appagandomi fisicamente, avrebbe ritrovato il suo orgoglio di maschio perché sarebbe giunto alla certezza che grazie a lui io avevo davvero rimosso il mio passato.

Il letto divenne così un campo di battaglia nel quale io mi chiudevo in difesa e lui si applicava con puntigliosa, appassionata strategia per travolgere le mie resistenze. Alla fine, stremato e ansimante, si abbandonava su di me in un silenzio di morte. Avrei voluto consolarlo, dirgli quanto lo amavo, spiegargli che quelle battaglie di sesso non facevano che aggravare i miei e i suoi problemi. Ma avevo il terrore che una parola sbagliata scavasse il baratro. Domenico stesso, amante spericolato e senza censure, di fronte a una spiegazione si ritraeva paralizzato da mille pudori. E lasciava la mia stanza sempre più frustrato e muto.

Fino a quando, una sera, dopo aver arrancato con furia gemente su di me, si ritrasse di colpo. «Non ce la faccio. Scusami» disse sdraiandosi supino e ad occhi aperti come un eroe abbattuto.

Mi curvai su di lui. «Scusami tu. Non è colpa tua.» Ero affranta. Posai la testa sulla sua spalla e mi raggomitolai contro di lui, con lo struggente desiderio di consolarlo e di trovare consolazione.

Ma lui mi respinse con un gesto rabbioso. «Lasciami stare.»

«Domenico, io ti amo.»

«E allora dimostramelo!»

«Che cosa debbo fare? Dimmelo tu...»

«No, sei tu che devi dirmelo: c'è qualcosa che ti eccita? Una posizione che non ho ancora sperimentato? Vuoi che ti picchi o ti leghi al letto?» disse con ferocia.

Lo fissai sopraffatta dalla desolazione, incapace di rispondere.

«Avanti, mettiti a piangere. Di' che sono stato volgare e senza pietà.» Era come se una diga fosse crollata.

Dopo settimane di silenzio e di parole circospette, non esistevano più né pudori né paure.

«No» sussurrai. «Me lo sono meritato. È colpa mia.»

«Piantala di fare la vittima. A quanto pare, è la cosa che ti è riuscita meglio nella vita.»

«Che cosa vuoi dire?»

«Non fingere di non capire.»

«Non ho capito *davvero*.»

Si sollevò su un fianco, puntandosi con un gomito, e mi guardò con durezza. «Hai un uomo che ti adora, un lavoro gratificante, un futuro roseo. Che cosa ti manca, per dimenticare il tuo passato? È possibile che tu l'abbia eretto tra di noi come il Muro del pianto o un monumento al dolore?»

«Sei tu che mi rendi infelice.»

«Finalmente hai detto la verità! Se mi respingi, se non riesci a desiderarmi e a considerarmi il tuo uomo è esclusivamente colpa mia.»

«Domenico, tu ne fai soltanto un problema di sesso.»

«Dimenticavo che sono anche un maniaco sessuale!»

Scossi la testa. «Adesso sei tu che non capisci.»

«Perché non provi a spiegarti, una volta per tutte?»

«Ho bisogno di tempo... e di amore.»

«Io sto diventando pazzo. Ma non lo capisci quanto ti amo? Non lo capisci che, proprio perché ti amo, mi umilia e mi addolora sentirmi rifiutato da te? Non riuscire ad avere con te un rapporto vero e appagante? Io non sono un tuo amico, né tuo fratello o tuo padre. E non ho mai desiderato una donna come desidero te. È un istinto anormale? Devo sentirmi in colpa perché non lo scaccio?» La sua voce si era fatta via via sempre più vibrante e amara.

«Devi darmi tempo» ripetei. «Non sono ancora pronta...» Feci una breve pausa per cercare le parole giuste. Volevo dirgli che mi sentivo incapace di essere all'altezza dei suoi sentimenti, umiliata per un passato che mi impediva di essere integra e innocente come lui mi avrebbe desiderata, terrorizzata all'idea di perderlo ma allo stesso tempo troppo orgogliosa per ammettere le mie inadeguatezze e i miei problemi.

Domenico non mi diede il tempo di aprire bocca. Si alzò dal letto e disse asciutto. «Prendi tutto il tempo che vuoi, Lucia. Quando ti sentirai pronta, dimmelo.»

Alessandra, la stilista, tornò da Tokyo con una notizia che in un altro momento mi avrebbe allargato il cuore: la nuova linea dei miei patchwork intarsiati aveva ottenuto un successo ritardato, ma strepitoso, e ben dieci importanti grossisti di capi di biancheria e arredo per la casa (tra cui il fornitore dei magazzini *Bloomingdale* di New York) ci avevano chiesto l'esclusiva. Purtroppo nei periodi negativi come quello che io stavo attraversando è illusorio aspettarsi l'evento positivo o la tregua: proprio perché questi periodi sono il contraltare di quelli felici, e fanno parte degli eterni alti e bassi della vita, quando li attraversi devi rassegnarti a bere fino in fondo l'amaro calice limitandoti ad aspettare il ritorno delle cose buone e belle.

Quel momento, a quanto pareva, per me non era ancora arrivato e troppo presto mi rallegrai per il successo di Tokyo: al termine della riunione che facemmo per organizzare la produzione della nuova linea, Fausto mi disse che "per comprensibili ragioni" io non dovevo figurare. Seppi così che già all'esposizione giapponese Alessandra era stata presentata come stilista creatrice dei nuovi modelli, e che ciascun capo avrebbe recato la sigla del suo nome e cognome.

«Va da sé che continuerai a partecipare alla normale divisione degli utili» Fausto concluse, quasi fosse una generosa concessione e non un mio diritto di socia al 50 per cento nonché effettiva ideatrice della linea che ci aveva riportato al successo.

Ma ero troppo amareggiata e stanca per fare polemiche. Non mi ribellai neppure quando Graziella mi chiese di andare a lavorare anche durante le ormai prossime feste natalizie per poter completare il campionario.

A ribellarsi fu Domenico. Dando per scontato che

avrei avuto almeno una settimana di ferie, aveva predisposto di trascorrerla tutti insieme nella casa di Selvino. Come sentì che io sarei stata libera al massimo per due giorni, tornò ad accusarmi di pensare solamente al lavoro, aggiungendo che ormai avevo la mentalità della single, mancavo del senso della famiglia, mi ostinavo a rifiutare il matrimonio perché il successo era più importante di ogni altra cosa.

Quale successo?, stavo per replicare amaramente. Ma inghiottii in silenzio. Sei giorni prima di Natale il famoso periodo nero diede il meglio di sé: Marta telefonò da Roma annunciando che sia il suo matrimonio sia il trasferimento in America erano stati rinviati di due mesi a causa di "problemi contrattuali" che Domenico, nel riferirmi la notizia, non precisò.

Io non capii il nesso tra le due cose (erano insorti problemi contrattuali anche per le nozze?), ma non erano fatti miei e stetti zitta. Anche perché Domenico proseguì il discorso dicendo che Marta era in un certo senso felice di un contrattempo che le consentiva di trascorrere qualche giorno con la figlia prima della partenza per New York. In pratica: mi sarebbe dispiaciuto ospitare Marta nella mansardina sopra l'appartamento?

La domanda di Domenico mi stupì sinceramente. «Non hai certo bisogno di chiedere il permesso a me, non è mica casa mia» replicai.

Apriti cielo. Senza volerlo, avevo aperto un nuovo fronte di combattimento: *ero* a casa mia, la smettessi di ritenermi un'ospite, o forse preferivo fare l'ospite che la moglie?, così non si poteva andare avanti, persino una donna latitante e distratta come Marta si era accorta che la convivenza era un compromesso che nuoceva a tutti.

Qui lo fermai di getto. «Marta sostiene questo? Proprio lei che ci ha pregato di convivere anziché sposarci? Anzi, ha minacciato di tenere Cristina con sé se non avessimo accettato di rimandare il matrimonio?»

Domenico dovette arrendersi all'evidenza. «Tra i tanti difetti della mia ex moglie» disse «c'è anche l'incoerenza. Ma è un fatto incontrastabile che questa situazione di compromesso è rovinosa.»

«Vuoi che me ne vada?»

«È questo che desideri? E ti aspetti che sia io a proportelo, perché non hai il coraggio di farlo tu?» mi aggredì.

«Non sono così vigliacca e contorta. Io desidero fare quello che vuoi tu.»

«E allora resti qui! Molli il lavoro per qualche giorno e da brava padrona di casa ricevi la madre di mia figlia e poi partiamo per la montagna.»

«Sai bene che non posso lasciare Fausto e Graziella nei guai.»

«Meglio che ci restiamo io e Cristina, non è così?»

«Voi avete Marta. Vi farà...»

«A me non me ne importa niente di stare con Marta. Voglio la mia donna.» Mi lanciò una breve occhiata indagatrice. «Se ti dà fastidio che stia nella mansarda, posso prenotarle un albergo.»

«Non dire sciocchezze. Non ho niente contro di lei, anche se non posso considerarla la mia migliore amica.»

L'ingresso di Cristina in soggiorno mise provvidenzialmente fine alla discussione.

Il 20 dicembre tornai a casa dal lavoro e trovai in soggiorno Marta mentre con Cristina addobbava l'albero di Natale. Immediatamente mi sentii mortificata e in colpa per non averci pensato io e Marta, intuendo il mio stato d'animo, mi consolò pronta: «Mi hanno detto che sei molto occupata, è chiaro che non potevi farti carico anche degli addobbi natalizi».

Era una frecciatina o una frase gentile? Nelle tre sere che seguirono (di giorno ero sempre a Cesano Boscone) trovai la casa via via sempre più scintillante e parata a festa. Marta aiutò la tata a lustrare gli argenti e i lampadari, attaccò allegri festoni al soffitto e alle pareti, preparò un bellissimo presepe, riempì il soggiorno di composizioni floreali e natalizie.

Purtroppo, una volta tornata dal lavoro con il mio carico di amarezze e di fatiche, invece di sentirmi rallegrata avevo l'impressione di entrare nella camera ardente di un defunto eccellente. E mi sedevo a tavola con una mortale sensazione di estraneità.

L'antivigilia di Natale, dopo che le luci si spensero, Domenico venne nella mia stanza per chiedermi se avevo qualche problema.

«Ho *soltanto* problemi» risposi.

Domenico non raccolse il mio tono polemico. Sembrava sinceramente preoccupato. «Forse Marta si è rivelata una presenza un po' ingombrante» azzardò.

«No, anzi. Mi ha sostituito in tutto quello che non ho fatto io. Qui lei è, come dire?, più di casa di me» sorrisi debolmente.

«Che cosa significa?»

«Che sa dove sono gli oggetti, conosce ogni angolo della...»

«Marta non ha mai abitato in questa casa. L'ho comperata dopo la nostra separazione come tutto quello che c'è dentro» Domenico puntualizzò quasi offeso.

«Non me l'avevi mai detto.»

«Credevo che fosse sottinteso. Non ti avrei mai chiesto di vivere qui, se ci avesse già abitato un'altra donna.»

«Scusami.»

«In ogni caso, poco fa Marta ha ricevuto una telefonata da Giacomo e domattina lo raggiunge a Viterbo per passare il Natale coi futuri suoceri.»

«E Cristina?» chiesi impulsivamente.

«Cristina resta con me e con te. La sua famiglia siamo noi.»

«Io ho libero soltanto il pomeriggio di domani e il giorno di Natale» sospirai. «Se volete andare a Selvino, posso...»

«Non se ne parla nemmeno. Resteremo qui con te. Graziella non organizza niente, per domani sera? Potremmo proseguire la tradizione della vigilia a casa sua.»

«No.»

Domenico mi guardò perplesso. «Vuoi dire che non prepara il cenone?»

«Voglio dire che preferisco non andare a Cesano Boscone.»

La perplessità di Domenico si trasformò in profondo stupore. «Credevo che tu e Graziella foste grandi amiche.»

«Ultimamente abbiamo avuto qualche problema» tagliai corto.

Lo vidi scuotere la testa. «Lucia, forse sei tu ad avere *qualche problema*. Insomma, non puoi chiuderti a riccio pensando che tutto il mondo ce l'abbia con te.»

«Ho sonno. E non mi va di discutere.»

«Io non voglio *discutere*, ma parlare. Che cosa ti sta succedendo? Perché non mi permetti di aiutarti? Che razza di rapporto è il nostro?»

Sentii le lacrime pungermi gli occhi e tentai di ricacciarle con forza. Accidenti a me, volevo recuperare in pochi mesi vent'anni di ciglio asciutto? Ma nonostante gli sforzi cominciai a piangere disperatamente e incapace di fermarmi, la schiena scossa dai singhiozzi.

Domenico si curvò su di me e mi strinse tra le braccia, spaventato.

«Non fare così... Ti prego, calmati. Ho detto delle cose stupide che non penso affatto... Puoi perdonarmi? Lucia, smettila.»

«Non ci riesco» singultai continuando a piangere.

«Sono qui. Va tutto bene.» Cominciò a cullarmi come se fossi una bambina, accarezzandomi i capelli e ricoprendomi il viso di baci.

Finalmente mi calmai. Tirai su col naso e inspirai a fondo, due o tre volte, per prendere fiato. «Scusami.»

Mi porse un fazzoletto. «Sono io che devo scusarmi.»

«Tu meriti una donna migliore di me.»

«E dove si trova?» sorrise.

«Io riesco soltanto a renderti infelice.»

«Sarò un masochista, ma con te sono molto felice.» Sorrise di nuovo.

«Non è vero! L'hai detto tu stesso che il nostro rapporto non funziona!»

«Lucia, sono *io* che non funziono. Ti amo, eppure non riesco a renderti né sicura né serena. Perché?»

«Il problema è dentro di me, nella vita che ho fatto e che mi sono illusa di poter cancellare. La mia mente se la ricorda, il mio corpo se la ricorda, la mia...»

«La tua mente e il tuo corpo non c'erano, in quella vita» mi interruppe vibrante.

Le sue parole, anziché darmi gioia, mi fecero infuriare perché ero in una crisi di autofustigazione e nulla è peggio che consolare chi non sopporta di abbandonare il proprio dolore. Con un gesto quasi isterico afferrai la scollatura della camicia da notte e tirai giù fino a strappare i bottoni.

«La vedi questa cicatrice?» urlai puntando un dito sotto al seno sinistro. «Me l'ha fatta un pazzo assatanato con un coltellino. E lo vedi questo segnaccio?» Spostai il dito più in basso. «Me l'ha lasciato un altro pazzo, spegnendomi addosso una sigaretta accesa. Il mio corpo c'era! E per anni la mia mente non ha pensato ad altro che a cercare scampo da queste persone. Sai quale è stato il massimo della mia qualità di vita, allora? Crearmi un giro di clienti sicuri.» Mi fermai ansimante.

Domenico mi stava fissando immobile e pallidissimo. Come tacqui, si avvicinò a me e mi afferrò per le spalle. «Vuoi che ti disprezzi? Vuoi che abbia orrore del tuo corpo? Non ci riuscirai mai. Più mi parli del tuo passato, più amo la ragazza combattiva e coraggiosa che eri. Che fine ha fatto? Che cosa ha in comune con la ragazza piagnucolosa e rinunciataria che sei diventata?»

«Se è questo che pensi di me, non capisco perché non mi lasci andare!»

«Perché ti voglio bene. Perché non potrei più vivere senza di te.» Le sue mani scivolarono sulle mie spalle nude e io, istintivamente, feci un passo indietro. Domenico mi afferrò di nuovo. «Devi smetterla di respingermi! Io sono il tuo uomo e ti desidero.»

«Non adesso, ti prego.»

«*Adesso*, invece.» Premette il suo corpo contro il mio, quasi con violenza, e mi trascinò verso il letto.

«Sei uguale a tutti gli altri!» sibilai con odio, lottando per resistergli. «Ti sei eccitato al racconto del mio passato... e adesso mi stai violentando.»

Mi lasciò andare così all'improvviso che barcollai. Senza dire una parola mi girò le spalle e uscì sbattendo la porta della mia stanza.

Al mattino dopo, quando mi alzai, soltanto Marcella era già sveglia e stava tostando il pane per la colazione. Mi preparai in gran fretta per uscire, prima che si alzassero anche gli altri. Non osavo guardare in faccia Domenico né avevo voglia di salutare Marta in partenza.

A metà pomeriggio, quando tornai da Cesano Boscone per aiutare la tata a preparare la cena della vigilia, trovai la casa deserta e un biglietto di Domenico bene in vista sopra al telefono:

Parto per Selvino con Cristina e Marcella. Penso che qualche giorno di distacco faccia bene a tutti.

XIX

Quella sera staccai il telefono e andai a letto alle nove, pensando che avrei trascorso la notte rigirandomi nel letto angosciata e insonne. Invece, non appena mi distesi, caddi in un sonno di piombo. A risvegliarmi fu il suono insistente del campanello. Guardai l'orologio: erano le dieci del mattino. Stupita di aver dormito fino a quell'ora, andai ad aprire la porta e mi ritrovai di fronte il volto spaventato e pallido di Anita. Come mi vide, riprese letteralmente colore. «Non ho fatto che chiamarti... Il telefono era sempre occupato e a un certo punto non ce l'ho fatta più... Pensavo alle cose più orribili...» La voce era ancora spezzata dall'angoscia.

La feci entrare e le spiegai brevemente quel che era accaduto la sera prima con Domenico, aggiungendo che avevo sentito il bisogno di starmene un po' sola. Immaginando i problemi che l'assenza di Anita avrebbe creato a Cesano Boscone nelle ore in cui si doveva preparare il pranzo natalizio, la invitai a ritornare subito lì. Stesse tranquilla, io mi sentivo benissimo e avevo il frigorifero pieno di cose da mangiare.

Ma lei non ne volle assolutamente sapere di lasciarmi sola. Telefonò alla figlia per avvertirla che si sarebbe fermata a passare il Natale con me e devo ammettere che si rivelò una decisione provvidenziale perché la sua presenza mi preservò da una insopportabile solitudine. Trascorremmo la giornata parlando come ai vecchi tempi: solo che allora avevamo le preoccupazioni e le speranze di chi deve sopravvivere in attesa dei giorni migliori, mentre adesso che tutte le speranze si erano realizzate non potevamo fare altro che chiederci perché si erano vanificate tanto in fretta.

Anita mi confessò (come se non l'avessi capito da sola...) che la convivenza con la figlia si stava rivelando insopportabile, e che nei tre locali "indipendenti" lei si sentiva come una prigioniera o una schiava.

E arrivò all'amarissima considerazione che, pur amando Graziella come figlia, non le piaceva affatto come persona. «La natura egoista e cattiva è emersa alle prime difficoltà» concluse triste.

Nelle ultime settimane avevo tentato di soffocare il risentimento che i comportamenti di Graziella mi suscitavano concentrandomi sul ricordo di tutto ciò che di buono aveva fatto per me. Era ingiusto giudicare negativamente una persona che aveva mostrato tanta comprensione quando era emersa la verità sul mio passato, e mi era stata tanto vicina nei momenti terribili della tragedia di Carlotta.

Ma quel Natale, parlando con sua madre, capii che anche le nature più aride possono avere qualche slancio umano. La bontà è per loro come un riflesso involontario. Oppure un capriccio, un esercizio di seduzione, un attimo di cedimento. Era il caso di Graziella. Ma, come Anita aveva lucidamente capito, nel momento difficile in cui a sua figlia era stato necessario sfoderare tutte le proprie risorse, l'animo egoista e cattivo aveva preso il sopravvento. Io ero diventata il pericolo, e non c'era più posto per l'amicizia, la comprensione, la lealtà.

Quel giorno parlammo a lungo anche di Domenico. Anita mi supplicò di raggiungerlo a Selvino e di chiarire la nostra situazione. «Lascia che Fausto e Graziella si arrangino da soli! La cosa più importante della tua vita è lui, non il lavoro!» mi ripeté.

Purtroppo ognuno ha la sua natura e io, Lucia-la-precisina, avevo un connaturato senso del dovere. Abbandonare il laboratorio sarebbe equivalso a sconvolgere tutta la programmazione: se entro quei giorni non fossimo riusciti a completare il campionario, gli ordini del prossimo semestre avrebbero subìto un rovinoso freno. E nonostante Fausto e Graziella si fossero rivelati per quel che erano, non potevo onestamente dimenticare che all'inizio dell'attività avevano investito tutti i loro risparmi e la loro fiducia sulla mia persona.

La mattina del 26 dicembre, nonostante le proteste e le preghiere di Anita, mi alzai alle sette e un'ora dopo andai con lei a Cesano Boscone. Graziella era già in laboratorio, innervosita e agitata. Come arrivammo, aggredì la madre dicendole che per colpa sua aveva trascorso un Natale d'inferno: che cosa le era venuto in mente di piantarla in asso col pranzo da preparare, il bambino da accudire, i parenti in arrivo e tutto il resto?

Poi, rivolta a me, disse sgarbatamente che Anita non era né la mia serva né mia madre e la smettessi perciò di farla correre come un cagnolino. Soltanto una scema come lei aveva potuto preoccuparsi che mi fosse successo qualcosa. «La verità è che sei insensibile ed egoista!» concluse urlando.

Incassai in silenzio, come sempre disarmata di fronte all'ingiustizia e alla violenza. Ma dentro di me pensai amaramente a quanto è curioso che certe persone accusino il prossimo proprio dei loro limiti e dei loro difetti.

Trascorsi tutta la giornata lavorando, e a un certo momento rimasi sola perché Graziella e Fausto andarono alla messa delle diciassette, senza farsi vedere più. Verso le venti Anita venne a cercarmi e mi invitò a restare a cena e a dormire a casa sua. Comprendendo la delusione che le avrei dato rifiutando, acconsentii.

Così avvenne anche la sera successiva, ma questa volta Anita mi pregò di chiamare Domenico a Selvino, nel caso avesse telefonato a casa senza trovare nessuno. Io però mi rifiutai con tutte le mie forze: Domenico sapeva benissimo che in quei giorni stavo lavorando come una matta, e non gli occorreva certo molta fantasia per intuire che se non rispondevo a casa non potevo che essermi fermata da Anita a Cesano Boscone.

Se non aveva chiamato, evidentemente significava che ce l'aveva ancora con me. Magari non a torto, però con qualche ragione anche da parte mia.

Il suo silenzio proseguì fino al 30 dicembre, giorno che ha segnato la mia vita come la scritta su un monumento di pietra. Poiché il tempo stringeva e avevamo letteralmente le ore contate per concludere il programma, quella mattina mi alzai alle cinque e senza neppure fare la doccia mi recai in laboratorio. In silenzio e solitudine, ripresi il lavoro al computer interrotto la sera prima e riuscii a mettere in memoria ben quattro schemi di patchwork con relativi materiali. Prima di iniziare col quinto, guardai l'orologio: erano già le nove!

Sentendomi stanca e intorpidita, decisi di concedermi una breve pausa e mi diressi verso la macchinetta del caffè sistemata di fianco agli uffici. Essendo il primo caffè della mattinata, uscì dall'erogatore amarognolo e non caldissimo, ma lo bevetti ugualmente con piacere.

Stavo ritornando al computer quando arrivò Graziella. «Che cosa fai, qui?» mi apostrofò.

«Sto lavorando. Dalle cinque di stamattina» precisai non senza una nota polemica.

La giornata stava cominciando a prendere una piega storta, ma non immaginavo certamente l'epilogo che avrebbe avuto. Erano esattamente le dieci di sera quando Fausto e Graziella mi pregarono di smettere di lavorare perché dovevano parlarmi. Per essere più precisi, dovevano farmi il processo.

Sulle prime, non capii il senso delle loro domande a raffica: perché mi ero *introdotta* (sic) in laboratorio alle cinque del mattino? Che cosa cercavo? Avessi il coraggio di confessarlo: avevo frugato nelle carte dell'ufficio per trovare qualche documento o impossessarmi di qualche carta utile?

Superati i primi istanti di sbalordimento, capii due agghiaccianti verità. La prima: Fausto e Graziella avevano la coda di paglia, e cioè stavano tramando qualche cosa contro di me o la mia posizione di socia. La seconda: nonostante le mie prove di abnegazione e di lealtà, mi stavano trattando come una squallida e furba ladra.

Fu a quel punto che alzai la testa e mi eressi di fronte a loro: l'ira e l'orgoglio erano penetrati in ogni fibra del mio corpo sostenendolo come fili d'acciaio. «Non posso abbassarmi al vostro livello. Affiderò a un avvocato l'incarico di tutelare i miei interessi: me ne vado. Lascio la società.»

Graziella fece una specie di risata sarcastica. «Credi di spaventarci?»

Senza nemmeno curarmi di rispondere, voltai le spalle e mi diressi a grandi passi verso l'uscita.

Fausto mi rincorse. «Possiamo studiare una forma di collaborazione... Riparlarne con calma...»

«Potete parlare solo col mio avvocato» replicai senza girarmi. Approfittando del suo attimo di perplessità, infilai il portoncino del laboratorio.

Aveva cominciato a piovere e soffiava un vento gelido e sferzante. Purtroppo, nella fretta di scappare via, non avevo preso la pelliccia dall'attaccapanni ed era da escludersi che potessi tornare indietro. Mi strinsi nel golf di lana e presi la direzione verso il paese alla ricerca del primo bar ancora aperto da dove chiamare un taxi. Il laboratorio era a circa due chilometri dal centro abitato, e pregai con tutta me stessa di non doverli percorrere tutti a piedi e sotto la pioggia.

Erano le ventitre, un'ora non così tarda perché gli esercizi pubblici fossero già chiusi. Il problema era che ce ne fosse almeno uno nel tragitto dalla zona industriale al paese.

Stavo cominciando a disperare, quando la fortuna mi venne incontro: dalla direzione opposta sopraggiunse un'auto che cominciò a rallentare e a lampeggiare. Non feci in tempo a temere il brutto incontro, perché l'auto si fermò e udii una voce chiamarmi dall'altro lato della strada. Era Giusy, una delle più brave cucitrici del laboratorio. Attraversai di corsa la strada e trovai la portiera della macchina già aperta. «Lucia! Che cosa fai a quest'ora da sola e sotto la pioggia? Sali subito.»

Le diedi la prima spiegazione che mi venne in mente e le chiesi se poteva accompagnarmi in paese per poter chiamare un taxi.

Giusy acconsentì immediatamente e cambiò direzione scusandosi di non potermi accompagnare fino a Milano. Era uscita alla ricerca di una farmacia di turno e doveva rientrare subito per portare l'antibiotico al marito.

Trovammo un bar-trattoria dopo circa mezzo chilometro. Al momento di farmi scendere, Giusy si accorse che non avevo niente addosso e volle a tutti i costi prestarmi il suo cappotto. «Io esco dalla macchina e mi infilo in casa, davvero non ci sono problemi!»

La ringraziai di cuore ed entrai nel locale dove finalmente potei chiamare un taxi. La centralinista, dopo un'attesa di alcuni minuti scanditi dal disco "stiamo lavorando per voi" mi diede la sigla dell'auto e mi disse che sarebbe arrivato entro venti minuti.

Il sollievo che provai fu talmente enorme da farmi sentire subito dopo, per reazione, una povera disgraziata. Che razza di sollievo poteva essere la prospettiva di ritrovarmi nella stanza degli ospiti di una casa che mi era estranea, sola come un cane a fare il bilancio del mio fallimento? Il rapporto con Domenico era chiaramente arrivato alle battute finali, la grande avventura del lavoro era finita, non avevo più né casa, né progetti, né speranze.

Mi avvicinai al bancone del bar e chiesi un doppio whisky. Lo mandai giù sentendomi una via di mezzo tra la protagonista ubriacona di un vecchio film di Hollywood e un'imbecille. Che razza di idea mi era venuta di bere, dal momento che ero astemia? Anziché rispondermi, ordinai un altro bicchiere: ho sempre avuto una natura grandiosa anche nell'imbecillità.

Dieci minuti dopo pregai tra me che il taxi si spicciasse ad arrivare, perché non stavo più in piedi. Nel frattempo mi accinsi a pagare il bevuto: e fu solo in quel momento che mi accorsi di aver lasciato in laboratorio anche la borsetta.

Restai per qualche istante immobile, con la faccia da ebete e le mani sospese a mezz'aria. Per darmi un contegno di fronte al barista le cacciai nelle tasche del cappotto impestatomi. Subito sentii al tatto un rotolino cartaceo e lo estrassi incredula: erano due banconote da diecimila lire! Benedicendo in cuor mio la Giusy, le consegnai alla cassa ed ebbi ottomila lire di resto.

Il taxi arrivò pochi minuti dopo e io vi salii quasi barcollando. Diedi l'indirizzo di casa e mi allungai sul sedile, ma proprio quando stavo per rilassarmi mi venne in mente che ottomila lire non bastavano certamente per pagare la corsa. Poco male, sarei salita in casa a prendere i soldi, pregandolo di aspettare sotto al portone.

Per chissà quale associazione di idee ricordai d'un tratto il viaggio in taxi che io e Carlotta avevamo fatto dal bilocale al Monte dei Pegni con le nostre miserabili pietre, certe di andare a impegnare un tesoro. E come per un incubo mi ritrovai indietro nel tempo a rivivere le violenze di quegli infelicissimi giorni. Quante illusioni andate in fumo! Eravamo due patetiche ragazze che credevano di andare incontro a una nuova vita e subito erano state imbrogliate, derubate, umiliate, messe di fronte a ostacoli disumani.

Carlotta si era arresa, e io dopo aver duramente lottato, ero stata sconfitta. Ma questa volta non dalla cattiva sorte: al contrario, la fortuna mi aveva sontuosamente aiutato donandomi persino l'amore di un uomo straordinario come Domenico. A sconfiggermi era stata la mia tracotanza. Avevo follemente e dissennatamente preteso di più. E solo adesso che mi ritrovavo a mani vuote capivo finalmente l'entità di ciò che avevo perduto.

Domenico, piansi tra me. La nostalgia di lui mi trafisse il cuore. Dio mio, avrei strisciato, elemosinato, fatto qualsiasi cosa pur di essere perdonata e avere un'altra possibilità.

C'è una cosa che puoi fare. No, questo no, risposi a quella strana voce. *Non lasciarti rovinare dal tuo maledetto orgoglio*. È impossibile, è più forte di me. *Passerai il resto della tua vita a rimpiangere di non averlo fatto*. È pazzesco, è ridicolo... *Domenico ti ama ancora*. Se fosse così, mi avrebbe cercata... *Tocca a te fare il primo passo*. Non ce la farò mai. *Forse sei tu che non lo ami abbastanza*. Questo non è vero! Mi curvai di scatto verso il tassista.

«Senta, ho cambiato idea... Lei potrebbe portarmi fino a Selvino?»

Quando il tassista fermò davanti alla casa di Domenico mancavano venti minuti alle due. Lo pregai di aspettare: sarei tornata subito a portargli i soldi della corsa. Una cosa era certa: se li avessi avuti con me, a quel punto sarei risalita sul taxi in gran fretta invitando l'autista a ritornare indietro. Presentarmi a Domenico senza preavviso, a quell'ora della notte, era stata un'idea folle e avevo il viso in fiamme per la vergogna.

Il cancello era aperto. Lo socchiusi lentamente e percorsi con le gambe tremanti il vialetto che conduceva al portoncino d'ingresso. Prima di suonare il campanello respirai a fondo. *Coraggio, non morde*. Non posso. *Allunga quella manaccia e premi il pulsante!* Nel momento in cui lo feci ebbi l'impressione di eseguire un triplo salto mortale. Nonostante la leggerezza con cui posai il dito, il suono parve riempire l'aria della notte e io ebbi un sussulto spaventato.

Mi stupii che nessuno venisse a rispondere. Come era possibile che non avessero sentito? Passarono un paio di minuti: a dirlo sembrano niente, ma a trascorrerli col fiato sospeso come un imputato che aspetta l'arrivo della corte sono un'eternità. Non avevo scampo: dovevo suonare ancora.

Facendomi violenza, premetti nuovamente il pulsante e stavolta il suono mi sembrò così forte da svegliare l'intera valle.

Qualcuno aprì l'imposta della finestra al piano di sopra. «Chi è?» Una voce secca e quasi sgarbata. Quella di Domenico.

Arretrai di qualche passo e alzai la testa. «Sono io, Lucia.»

Un interminabile silenzio. L'imposta che si richiudeva. Poi udii lo scatto del pulsante. Spinsi il portoncino e lo richiusi alle mie spalle. Domenico era davanti a me, con una strana espressione in cui si leggevano, sorpresa, disagio, preoccupazione. «È successo qualcosa?»

Inghiottii a vuoto. «No. Volevo vederti.»

«Entra.» Si fece da parte e mi guidò verso il soggiorno.

«Vuoi bere qualcosa?» chiese quando fui seduta.

«No... scusami, non avrei dovuto venire qui a quest'ora...»

«È successo qualcosa?» ripeté.

Alzai gli occhi. «Sì. Ho capito di avere sbagliato tutto. Oggi ho lasciato definitivamente il lavoro... Se mi dai un'ultima possibilità, voglio riprovarci. Ti amo.» Era come se mi fossi spogliata davanti a lui: solo che stavolta, per la prima volta, avevo messo a nudo l'anima e mi sentivo tremante di paura e di vergogna.

Qualcosa sembrò illuminare il viso di Domenico (sollievo? gioia?), ma subito la luce si spense e ricomparve la strana espressione di quando mi aveva aperto.

«Se vuoi, me ne vado.»

«No!» gridò, quasi, e allungò le braccia verso di me. Ma le ritrasse senza toccarmi.

«Sono stata una pazza, e solo adesso so fino a che punto. Spero che non sia troppo tardi.»

«Anch'io sono stato un...»

Non ho mai capito se non fece in tempo a terminare la frase oppure se fui io a non udirla, sbalordita dal suono di un'altra voce. Quella di Marta. Che si affacciò sulla scala chiedendo: «Domenico, che cosa c'è? Perché non torni a letto?».

Lo vidi sbiancare. «È arrivata Lucia!» rispose dopo qualche istante di silenzio, col tono di voce imperioso di chi vuole lanciare un messaggio.

Marta... Non doveva essere col suo uomo a casa dei futuri suoceri? Fissai Domenico con aria interrogativa, ma la risposta esplose dentro di me col fragore di un crollo: per qualunque ragione la ex moglie si trovasse in quella casa, Domenico dormiva con lei e si era alzato dal suo stesso letto per venirmi ad aprire.

«*Perché?*» chiesi, stupita di avere ancora la voce.

Il suono del clacson giunse fino all'interno e ricordai

in quel momento che il tassista stava ancora aspettando lì fuori. Dio, ti ringrazio, pensai. «Me ne vado» dissi.

«Lucia, lascia che ti spieghi» Domenico proruppe con affanno.

Corsi alla porta senza ascoltarlo e mi precipitai verso il taxi percorrendo quasi al volo il vialetto. Domenico mi raggiunse nel momento in cui stavo salendo. Gli sbattei la portiera in faccia e quando il tassista ripartì scoppiai in un pianto dirotto.

XX

Probabilmente nella memoria del tassista io sono rimasta come una delle clienti più imprevedibili e pazze. Di certo, quella fu anche per lui una notte di tregenda. Da Cesano Boscone a Selvino, da Selvino a Milano, e ad ogni tragitto la sosta obbligata per aspettare il pagamento della corsa. Non so se per stanchezza o perché impietosito dalla mia faccia stravolta, quando fummo alle porte di Milano mi propose gentilmente di non preoccuparmi per il pagamento, salissi pure a casa che mi avrebbe mandato con calma la fattura.

Gli spiegai che quella in cui stavamo andando non era casa mia, e che quello che stavo facendo non era purtroppo l'ultimo spostamento: sarei salita a prendere dei soldi e un po' di roba, e poi lui avrebbe dovuto accompagnarmi in un albergo. Apprezzai l'assenza di qualsiasi commento: o aveva uno straordinario self control, oppure dopo quattro ore con me era ormai rotto a tutto.

Eravamo a pochi metri dal portone di casa quando realizzai con orrore che non avevo le chiavi, rimaste nella borsetta dimenticata a Cesano Boscone. Non bastava tutto ciò che avevo dovuto subire nelle ultime ore, ci voleva anche quella beffa finale. Mi sentii vittima di un accanimento talmente ingiusto che cominciai a picchiarmi i pugni sulle tempie.

Il tassista si voltò verso di me e con una voce rassegnata e imperturbabile chiese: «Che cos'altro c'è, signorina?».

«Non ho le chiavi di casa! E adesso non so che cosa fare!»

I fari lampeggianti di un'automobile illuminarono l'abitacolo e contemporaneamente si udì lo stridio di una frenata.

Il tassista mi restituì le spalle e puntò gli occhi nello specchietto retrovisore. «Credo che stia arrivando qualcuno a risolvere i suoi problemi» disse, stavolta quasi divertito.

Non feci in tempo a chiedermi che cosa significassero quelle parole sibilline che udii il *clic* della sicura che si abbassava e, contemporaneamente, vidi Domenico giungere accanto alla mia portiera. La aprì deciso e si sporse all'interno con la testa. «Scendi, per favore.»

«Vattene.»

«Lucia, ho detto *per favore*.»

«Signorina, il mio turno di servizio sarebbe finito da due ore...» Il tassista.

«Eravamo d'accordo che mi avrebbe accompagnato in albergo!»

«Lucia, non fare la bambina. Se proprio vuoi andare in albergo, ti ci accompagnerò io» intervenne Domenico.

Come se non l'avessi sentito, mi rivolsi al tassista. «Per favore, metta in moto e andiamocene.»

Domenico mi prese per un braccio e cominciò a spingermi verso l'esterno. «Adesso basta. Scendi.»

«Con che diritto mi dai degli ordini?» urlai, ritraendomi.

Domenico mi prese per l'altro braccio e riuscì a estrarmi di forza dall'abitacolo. «Vada pure, grazie di tutto» disse rivolto all'autista.

«Veramente, la signorina deve ancora pagarmi la corsa.»

«Quant'è?» Domenico chiese pronto, infilando le mani nella tasca per prendere il portafogli.

Si curvò sul tassametro. «Duecentocinquantamila. Veramente qui segna di più, e ci sarebbe anche il supplemento notturno, ma per...»

«Tenga pure, e grazie» Domenico lo interruppe porgendogli tre banconote arrotolate.

«Di niente. Mi tolga una curiosità: era sua la macchina che mi stava seguendo dal casello di Bergamo?»

«Sì.»

«L'avevo immaginato. Di nuovo grazie, e buonasera.»

Come il taxi ripartì, Domenico mi prese di nuovo per un braccio. «Andiamo a casa.»

«Quella non è casa mia. Volevo salire solamente per prendere dei soldi e un ricambio di biancheria e vestiti» ribattei secca.

«E allora sali.»

«Voglio andare in albergo.»

«Senza soldi e senza niente da metterti addosso?»

«Va bene. Salgo soltanto per un minuto.»

Domenico aprì il portone e mi fece strada in silenzio fino all'ascensore. Quando fummo dentro casa, io mi diressi direttamente verso la stanza degli ospiti senza curarmi se mi seguisse o meno. Presi una sacca, ci infilai dentro le prime cose che mi vennero sottomano e richiusi la cerniera. Poi presi dal cassetto della scrivania tutti i soldi che trovai. Domenico mi stava guardando, fermo sulla porta.

«Ho finito. Posso chiamare un taxi?» gli chiesi.

«Lucia, sono profondamente addolorato per quello che è successo.»

«Spostati. Voglio andarmene.»

Le sue dita si strinsero ad artiglio sulle mie spalle. «Tu adesso mi ascolti.»

«Lasciami! Mi stai facendo male!»

«Sto male anch'io.»

Strappai le sue mani dalle mie spalle. «Nessuno mi aveva umiliato tanto in vita mia! Neppure gli uomini che mi hanno usato e trattato come una bestia, perché alla fine pagavano il prezzo... Ma a te chiedevo soltanto lealtà e amore. Dio, se penso alla violenza che ho dovuto farmi per venire a bussare alla tua porta! Volevo dirti "eccomi, ho fatto il primo passo, perdonami"... E mentre io viaggiavo su quel maledetto taxi pregando tra me di essere abbracciata e perdonata, tu ti stavi rotolando nel letto con la tua ex moglie...» La voce mi mancò.

«Non è come pensi, Lucia.»

«Vuoi... vuoi negare?!»

«No. Voglio spiegarti.»

«Non m'importa.»

Feci per uscire, ma Domenico si frappose tra me e la porta. «Ecco il problema, Lucia: *non ti importa*. In questi anni non hai fatto che pensare a quello che avevi patito, a quello che volevi, a quello che ti impauriva, a quello che provavi. Ti sei mai preoccupata di quello che volevo, temevo e sentivo *io*? Ti sei rifiutata di sposarmi, mi hai imposto una convivenza assurda rintanandoti in questo angolo della casa e ogni volta che venivo qui mi respingevi o ti ritraevi. Ero frustrato, colpevolizzato, terrorizzato all'idea di toccarti. Ho passato notti lottando contro la tentazione di raggiungerti e il desiderio che avevo di te. E alla fine sei arrivata ad accusarmi di essere un vizioso, un maniaco! Non ti importa nemmeno di sapere in quale stato d'animo sono partito per Selvino? All'umiliazione e al dolore che ho provato *io*?»

«Per fortuna è arrivata la grande consolatrice.»

«Marta, in un soprassalto di amor materno, è venuta a trascorrere due giorni con Cristina. Quattro ore prima che arrivassi tu, è entrata nella mia stanza a chiedermi non so che cosa. Per tutta la serata eravamo rimasti in soggiorno a chiacchierare e a raccontarci i nostri problemi come si fa tra vecchi amici, davanti a una bottiglia di whisky. Forse avevo bevuto troppo. O forse ero stanco di sentirmi impotente e frustrato e avevo bisogno di una donna. Sta di fatto che quando me la sono ritrovata nel letto abbiamo fatto l'amore. Tutto qui.»

«*Tutto qui?*» esplosi «Mio Dio, che razza di morale è la vostra? La tua ex moglie, alla vigilia delle nozze con un altro uomo, si infila nel tuo letto, e tu ritieni gratificante e liberatorio fare l'amore con lei?»

«In quel momento è stato così. E questo ti dà l'idea di quale fosse il mio stato di avvilimento e di abiezione.»

«Era in uno stato di avvilimento e di abiezione anche Marta? Giacomo l'ha lasciata, seviziata, tradita?»

«Lucia, che tu ci creda o no, non mi importa più niente dei problemi o dei sentimenti della mia ex moglie.»

Lo fissai con gli occhi a fessura. «Però hai fatto l'amore con lei: è l'identico comportamento degli uomini che raccattano le donne dal marciapiede.»

«Lo so. E me ne vergogno profondamente. Ho seguito il tuo taxi combattuto tra questa vergogna e il terrore di perderti. Sono io, adesso, a supplicarti: dammi un'altra possibilità.»

L'angoscia che avvertii nella sua voce mi strinse il cuore. Mai come in quel momento sentii di amarlo ed ebbi la certezza che, a dispetto di quanto era accaduto, anche lui mi amava. Ma ebbi anche la certezza che tra noi non avrebbe potuto funzionare. È curioso che nei momenti più dolorosi della vita la mente si aggrappi a un particolare insignificante o a un ricordo assurdo, come notare il dente accavallato del giudice che ti sta condannando a morte oppure pensare a quanto amasse le fragole con la panna la persona cara che stai accompagnando al cimitero.

È quanto accadde anche a me: nel momento in cui mi accingevo a dire addio al futuro, mi venne improvvisamente in mente il film *Pretty woman* nella scena in cui la prostituta Vivien dice al miliardario Edward "voglio la favola". Per me e Domenico era ancora peggio, perché avevamo completamente perduto il senso dell'irrealtà e ci eravamo proiettati nella favola confondendola con la vita vera. Lui dava per scontato che al suo fianco avrei scordato tutto e che comunque fossi uscita forte, integra e luminosa da quel passato. Sposandomi, aveva la certezza di unirsi alla ragazza dei sogni che non l'avrebbe mai deluso. Io, dal canto mio, dando per scontato di aver incontrato il migliore degli uomini esigevo comportamenti nobili, gratificanti e perfetti.

Né l'uno né l'altra potevamo essere all'altezza di tali disumane aspettative. Nel momento in cui Domenico avesse scoperto quale implacabile, insicura e imperfetta donna avesse sposato, oppure io avessi dovuto fare i conti con i limiti e i cedimenti della natura umana (come era appena accaduto) ci saremmo ritrovati l'uno contro l'altra come due sconosciuti infelici e pieni di rancore. Incapaci di uscire dalla favola per adeguarci alla realtà.

Io ero più lucida di lui e prevedevo tutto questo. Proiettandomi in *quella* infelicità e in *quel* rovinoso impatto, la decisione di lasciarlo subito mi sembrava enormemente più sopportabile.

«Lucia...» La voce di Domenico, i suoi occhi ansiosamente fissi su di me.

Scossi la testa. «Mi dispiace. Non potrebbe mai funzionare.»

«Ti odio.»

Era una reazione da favola anche questa. Molto presto se ne sarebbe fatto una ragione e l'odio sarebbe diventato soltanto un ricordo sempre più vago e meno triste.

L'avvocato di Graziella e Fausto propose al mio avvocato una liquidazione di cento milioni per la mia quota del 50 per cento affermando che il lavoro era in crisi ed esibendo bilanci e fatture dai quali risultava che, a quel momento, la società era fortemente esposta e senza concrete prospettive.

Mi rifiutai di dimostrare il contrario in sede legale e, con grandi proteste e rammarico sia di Anita sia dell'avvocato, decisi di accettare l'offerta.

Unendo la liquidazione a quanto avevo messo da parte in quegli anni, disponevo di una cifra più che sufficiente per vivere senza problemi in attesa di avere le idee chiare su cosa avrei voluto o potuto fare in futuro. Nel frattempo, non desiderando continuare a soggiornare in un residence ma non avendo le idee chiare neppure sul come e dove avrei voluto vivere, decisi che era arrivata l'ora di prendermi una lunga vacanza.

In un raptus di convenzionalità spudorata scelsi Parigi, sentendomi tanto una di quelle brave ragazze dei vecchi film americani che vanno in Europa per dimenticare. Tramite un'agenzia viaggi, trovai un albergo grazioso ma non carissimo, poco distante da Saint-Germain-des-Prés. Una volta giunta, concordai una cifra forfettaria anche per consumare i pasti.

Trascorsi la prima settimana girovagando con una guida in mano, calata nel ruolo della turista assatanata. Visitai il Louvre e il Museo Picasso, la Tour Eiffel e le Tuileries; percorsi la Senna in battello; trascorsi un'intera giornata al Beaubourg salendo fino in cima con la scala mobile esterna (fu come avere Parigi ai miei piedi); mi persi rapita tra i boulevard, le librerie e l'allegra folla del Quartiere Latino; mi mescolai agli artisti di Montparnasse accettando anche di posare per un ritratto che l'autore si rifiutò poi di farmi pagare dicendo che era un dono di Parigi alla bella *demoiselle*.

Una sera mi spinsi sino a Place Blanche e Place Pigalle. Quanto sarebbero piaciuti a Carlotta certi quartieri così pittoreschi e allegri, trasgressivi e pieni di vita. Io ero letteralmente affascinata da Parigi. Vi si respiravano libertà e cultura, solennità e gioia. Più che una città cosmopolita, a me pareva una madre saggia e tollerante. Ti rispettava. Potevi essere te stesso. Ovunque andassi, trovavi un angolo che ti rassomigliava e in cui potevi trovare la gente con cui star bene.

Ovviamente ero troppo incantata per scorgerne i problemi o i limiti. E pensavo che un'intera vita non mi sarebbe bastata per visitare tutti i musei, entrare in tutte le librerie, scoprire tutte le bellezze.

Ma dieci giorni dopo una telefonata mi costrinse a porre urgentemente fine a quella vacanza. Tra quarantott'ore sarebbe iniziato il processo contro Vincenzo Chiaia (a Milano, perché era lì che *'O Vesuvio* aveva la sua base operativa), e la pubblica accusa mi aveva citata come teste a carico.

Anita venne a prendermi all'aeroporto con un agente in borghese del commissario Perazzi, e da Linate fummo accompagnate direttamente in un appartamentino ammobiliato in zona Città Studi. Per ragioni di sicurezza, era meglio che non comunicassimo con nessuno e nessuno sapesse dove ci trovavamo.

«Ma tu come fai?» chiesi ad Anita una volta che fummo sole. «Non voglio assolutamente coinvolgerti e crearti dei problemi con tua figlia.»

Anita mi spiegò che dopo l'ultima lite con Graziella aveva deciso di lasciare per sempre i tre locali, per nulla indipendenti, di Cesano Boscone. Per sua fortuna, disse, non le mancavano i mezzi per prendere in affitto un'altra casa: e sarebbe stata lietissima di condividerla con me sino a quando il mio destino non mi avrebbe portata altrove. E qui, in tono noncurante, mi fece sapere che Domenico durante quei dieci giorni l'aveva tempestata di telefonate nel tentativo di sapere dove fossi finita.

«E tu?» chiesi in tono altrettanto noncurante.

«Io ho fatto quello che mi avevi detto, rispondendo che non sapevo dove fossi andata. È chiaro che non mi ha creduta.»

«Quello che importa, è che continui a ignorare dove sono.»

«Se domani comparirai in aula, questo sarà molto difficile.»

XXI

Pochi giorni prima del processo, si era appreso che i difensori del boss camorrista stavano tentando un colpo di scena in aula alla Perry Mason: dimostrare che la lettera lasciata da Carlotta con alcune gravi e particolareggiate accuse contro l'ex amante non era stata scritta affatto da lei, ma si trattava di un clamoroso falso. Per sostenere questa tesi i difensori si basavano su due prove: la prima era la perizia calligrafica di un valente esperto, fatta confrontando la lettera della mia amica con il suo diario. La seconda era la testimonianza delle persone che Carlotta aveva indicato come bene informate su questa o quella malefatta dell'ex amante: stando a quanto si sapeva, alcune di queste persone (vuoi per paura, vuoi perché comprate) all'ultimo minuto avrebbero tentato di ritrattare tutte le ammissioni fatte in istruttoria.

Il commissario Perazzi venne a trovarci a titolo personale nell'appartamentino in cui io e Anita avevamo preso alloggio e mi raccontò tutto questo, spiegando il perché della mia citazione come teste. «Prima di morire Carlotta ha scritto anche una lettera a te, con l'identica carta e l'identica penna» mi spiegò. «Negli atti istruttori ne figura una copia, e io speravo che al Pubblico Ministero bastasse esibirla per far crollare l'accusa di falso dei difensori. Purtroppo invece la tua testimonianza si è rivelata indispensabile.»

«Domattina verrò in tribunale volando. Se penso al male che quel Chiaia ha fatto a Carlotta, buttandola per strada come un essere immondo... Sola e ammalata...» La voce mi mancò.

«Lucia, dovrai dimostrare che nessuno può avere falsificato la lettera che la tua amica ti ha scritto. E perciò entrare nei particolari. Probabilmente, a domanda dell'accusa, rievocare quei fatti del vostro passato cui Carlotta accenna.»

«Sono pronta a farlo.»

Il commissario mi guardò negli occhi. «Sei pronta anche a sopportare i giornalisti, le telecamere, la nuova ondata di curiosità e chiacchiere?»

«Temo che sia inevitabile.»

Anita, che era stata in silenzio fino a quel momento, intervenne pronta: «In ogni caso, sarò in aula anch'io per sostenerla e proteggerla».

«Glielo sconsiglio vivamente» Perazzi disse. «All'epoca della tragedia di Carlotta molti giornalisti sottolinearono l'affetto con cui anche lei, oltre a Lucia, aveva assistito e seguito a *Villa Ines* la povera *Mademoiselle X*. Facendosi rivedere in aula, lei aprirebbe un secondo fronte d'assedio. Sarebbe fotografata, inseguita, circondata. Insomma, meno chiasso si farà e prima si esaurirà questa ondata di curiosità sulla fase più intrigante del processo.»

«Lucia sarà in pericolo dopo la sua testimonianza?» Anita si preoccupò.

«No, perché contro il Chiaia esistono altre prove e testimonianze schiaccianti, e comunque un paio di ergastoli non glieli leva nessuno. La deposizione di Lucia serve soprattutto per scoraggiare i suoi legali dal tentare nuovi colpi di scena e mettere in cattiva luce la linea difensiva.»

Anita sospirò. «Spero che lei abbia ragione. In ogni caso, sarei molto più tranquilla se Lucia fosse difesa in tribunale dall'avvocato Derenzi.»

«Lucia è una testimone, non un'imputata.» Perazzi sorrise suo malgrado. «Però, se può tranquillizzarla, Derenzi sarà in aula per tutelare gli interessi di alcune famiglie che si sono costituite parte civile contro il Chiaia.

Carlotta non è stata l'unica vittima di quel farabutto: tra le sue attività criminose figurava anche una pseudo-agenzia di pubblicità che in realtà reclutava ragazzine inesperte per introdurle nel mercato dei film e dei giornaletti pornografici. Alcune si sono ribellate, ma molte altre sono finite a prostituirsi e a spacciare droga.»

Al mattino successivo il solito agente in borghese venne a prelevarmi dall'appartamento in Città Studi e mi accompagnò in Tribunale. Arrivammo alle 8,35 e fui subito introdotta in una piccola stanza dove c'erano soltanto una scrivania dal ripiano vuoto, due sedie in similpelle e un ritratto dell'ex presidente Pertini che evidentemente nessuno aveva pensato a sostituire. L'agente, nel congedarsi, mi spiegò che sarebbe tornato a prendermi al momento di testimoniare e nel frattempo mi avrebbe chiusa a chiave: se avessi avuto bisogno di qualcosa, avrei potuto suonare il pulsante alla destra della porta.

«Quanto dovrò restare qui, più o meno?» mi informai.

L'agente allargò le braccia. «Dipende.» Ciò detto, sparì chiudendomi dentro.

Fortunatamente la stanza aveva una finestra: spostai una delle due sedie sotto al davanzale e mi sedetti. Benché riuscissi a vedere soltanto uno scorcio di tetto con una grossa antenna centralizzata, era sufficiente per superare il fastidio di stare lì dentro rinchiusa. Mi rammaricai di non aver portato un libro con me, anche se difficilmente sarei stata capace di concentrarmi nella lettura.

Da un momento all'altro quella porta si sarebbe aperta e io l'avrei varcata per andare incontro al mio passato. Qualunque cosa mi fosse stato chiesto, avrei dovuto rispondere: raccontando davanti a persone estranee, forse morbose, prevenute e incapaci di comprensione, sentimenti e fatti dei quali prima di allora non avevo osato mai parlare con nessuno. Ma, quel che era peggio, mi sarebbe toccato far resuscitare Carlotta.

Strapparla dalla pace eterna e dal perdono di Dio per restituirla al giudizio dei vivi.

Avevo dovuto consegnare ai giudici, tramite il commissario Perazzi, l'originale della lettera che mi aveva scritto. Nero su bianco, lì c'era la storia dell'amicizia bellissima di due ragazze che avevano lottato da sole contro il peggio dell'esistenza e dell'umanità, ciascuna smaniosa di salvare l'altra. Dovunque Carlotta fosse, poteva avere la certezza di esserci riuscita. Non mi illudevo certamente di trascorrere gli anni futuri risparmiata da ogni sofferenza: però mai più avrei sofferto per il terrore di dire la verità e per la smania di essere punita. Mai più mi sarei avvicinata a un uomo che avesse detto di amarmi col cuore tremante di chi si sente indegna d'amore.

Il rumore della chiave che girava nella toppa mi distolse dai miei pensieri. Un uomo in divisa che non avevo mai visto mi salutò gentilmente e mi disse di pazientare ancora. Nel frattempo, mi fece riempire e firmare un foglio con l'indicazione di luogo e data di nascita, professione, residenza. Dopo che glielo consegnai, uscì richiudendomi di nuovo a chiave.

Alle 11,45 la porta si riaprì. Stavolta era il commissario Perazzi, venuto a preannunciarmi che per le solite lungaggini procedurali legate all'avvio di ogni processo quella mattina era trascorsa senza nulla di fatto e pertanto io sarei stata riaccompagnata a casa.

Quando arrivai, erano le 12,30 e Anita stava guardando *Forum* alla TV. Mi accolse con sollievo enorme, neanche fossi stata una cristiana uscita incolume dall'arena. Il pranzo era pronto e ci sedemmo a tavola. Non avendo niente di interessante da raccontarle, prese la parola lei: quella zona le piaceva molto e aveva visto parecchi cartelli con l'indicazione "affittasi". L'assenza di un grosso supermercato era compensata da molti negozi ben forniti e a buon prezzo, in particolare una macelleria con banco di salumi gestita da marito e moglie simpaticissimi.

L'atmosfera di relax e chiacchiere si dissipò bruscamente con l'inizio del telegiornale e lo strillo del mio nome nei titoli di testa: "Lucia Surina l'amica del cuore di *Mademoiselle X*, sul banco dei testimoni al processo di Vincenzo Chiaia".

Io e Anita ci guardammo incredule. E l'incredulità divenne sbigottimento quando, un paio di minuti dopo, mi vidi ritratta sul teleschermo mentre lasciavo la stanzetta chiusa a chiave del tribunale per far ritorno a casa. Come avevano fatto a riprendermi senza che mi accorgessi di nulla? E da chi avevano saputo che mi trovavo lì?

Le mie immagini erano accompagnate dalla voce di una giornalista che ricordava chi io fossi ("una ex prostituta"), spiegava le mie fortune ("ha creato un'azienda, *L'Arte del Patchwork*, che le ha dato notorietà e benessere"), rievocava il mio strazio per la morte di Carlotta ("qui la vediamo mentre si curva sul corpo della povera amica il giorno della tragedia") e anticipava a tutto interrogativo la mia deposizione contro *'O Vesuvio* ("assisteremo a un colpo di scena, a uno scontro, a un'appassionata vendetta?").

«Non posso crederci» balbettò Anita. «Come sono riusciti a sapere che eri lì?»

«Sono giornalisti. Scoprire le cose è il loro mestiere» risposi a lei e a me stessa. Superato lo choc, la mia natura combattiva aveva ripreso il sopravvento e mi sentivo addirittura sollevata per essere stata costretta a uscire allo scoperto. Adesso sapevo contro chi dovevo lottare ed ero pronta a difendermi.

Fu quanto dissi al commissario Perazzi che, dopo il telegiornale, mi telefonò in ugual misura addolorato e infuriato. Apprezzavo moltissimo il suo essersi calato nel ruolo di angelo custode, ma mi sentivo abbastanza agguerrita per difendermi anche da sola.

Al mattino successivo, quando arrivai in tribunale scortata dal suo agente, mi ritrovai accerchiata da un nugolo di giornalisti, operatori e fotografi. Era uno spettacolo selvaggio e impietoso, scandito da urlanti

"Lucia, guarda qui", "Lucia, fermati un istante", "Lucia, è vero che hai perduto l'azienda e il tuo uomo?".

L'agente fece per trascinarmi via, ma io mi liberai con violenza dalla sua stretta e mi arrestai. «Innanzi tutto non sono né vostra sorella né vostra amica, per cui datemi del lei» scandii con voce di ghiaccio. Udii qualche risolino. «Ciò premesso, scrivete quello che volete» proseguii incurante. «A differenza di molti di voi, io posso aver *perduto* tutto, ma non la dignità e il rispetto umano.»

Dal branco urlante si levò qualche gridolino di protesta. Mi rivolsi all'agente: «Può farmi strada, per favore?».

Fu in quel preciso momento, mentre stavo per allontanarmi, che udii chiamare nuovamente il mio nome. Un "Lucia" pronunciato da una voce familiare e sommessa. Mi girai di scatto e sobbalzai. Era Cristina, tenuta per le spalle da Lorenzo.

Finsi di non riconoscerla, implorando tra me che se ne andasse, e ripresi a camminare, ma la sua mano si posò sul mio braccio. «Lucia» ripeté.

«Che cosa fai qui? Lorenzo, portala via subito!» gridai, quasi, spaventata all'idea che lo scandalo travolgesse anche lei. Troppo tardi. Una giornalista si avventò su Cristina. «Chi sei? Una sua parente? Una vittima del Chiaia?»

Prima che potessi aprire bocca, vidi Cristina erigersi sulle spalle e la udii rispondere quasi con orgoglio: «Sono un'amica di Lucia».

«Come ti chiami? Da quanto tempo la conosci?»

L'agente, con una iniziativa provvidenziale, afferrò per un braccio anche lei e la trascinò verso il corridoio con me. Lorenzo ci seguì, attaccato a sua volta al braccio di Cristina. Tutti insieme, dovevamo formare una strana cordata umana.

Come fummo davanti alla stanzetta, l'agente aprì e ci spinse dentro.

«Che cosa ti è venuto in mente di portarla qui?» urlai

a Lorenzo. E, rivolta a Cristina: «Vuoi rovinarti? Finire su tutti i giornali?».

«Non sapevo come fare per vederti. Non è colpa di Lorenzo, io non volevo nemmeno che mi accompagnasse.»

«Adesso che mi hai visto, torna a scuola!»

«Lucia, ho capito troppo tardi come sono stata ingiusta con te... Potrai mai perdonarmi?»

«Solamente se te ne vai via all'istante.»

«Ho sentito quello che hai detto poco fa... Tu non hai *perduto* niente, perché ti voglio più bene di prima!» Mi gettò le braccia al collo singhiozzando, e dovetti fare violenza su me stessa per non scoppiare in lacrime anch'io.

«Adesso devi andare» dissi staccandola con dolcezza da me.

«Voglio rivederti... Devi dirmi dove abiti...»

«Appena tutto questo sarà finito, ti cercherò io.»

«Non voglio lasciarti sola.»

«Non lo sono più. Ora so che mi sei vicina. Ma non dobbiamo crearci altri problemi, e per questo ti chiedo di andartene via.»

«Hai detto che mi cercherai. Me lo prometti?»

«Te lo prometto.»

Pregai l'agente di portarla fuori con Lorenzo in modo che non si ritrovassero in mezzo ai giornalisti e alle telecamere. Come rimasi sola, pensai che per la prima volta in vita mia avevo fatto una promessa sapendo che non l'avrei mantenuta. Mi sedetti davanti alla finestra tentando di scacciare, invano, il pensiero di Domenico. Più saggio e consapevole della figlia, si era guardato bene dal correre in tribunale per esprimermi la stessa solidarietà. Il suo amore, per quanto forte, non lo era abbastanza per unire la propria esistenza a quella di una ragazza che ormai era stata marchiata pubblicamente e per sempre come ex prostituta. Io stessa non glielo avrei mai permesso. Una volta fatta la mia testimonianza, mi sarei probabilmente trasferita in un'altra città o addirittura all'estero.

Ero entrata nella sua vita e in quella di sua figlia in punta di cuore, e allo stesso modo me ne sarei allontanata. In silenzio, senza addii né parole. La favola era finita, e dovevo organizzarmi per affrontare la realtà.

XXII

Giurai di dire tutta la verità. Mi fecero accomodare. Il Pubblico Ministero mi chiese se conoscevo bene la D'Angelo Carlotta. Io risposi che ero stata la sua unica amica. Spiegai brevemente come l'avevo incontrata. Risposi che sì, per quattro anni avevamo abitato insieme, prima in alcune pensioni e successivamente in un appartamento ammobiliato. Sì, ci confidavamo tutto sugli uomini che frequentavamo. Sì, ci era capitato di prostituirci insieme. Quante volte? Non ricordavo. Più o meno? Quattro o cinque. Ricordavo l'ultima? Accennai alla crociera sulla barca di un mobiliere del Sud.

Il Pubblico Ministero, alla fine dell'interrogatorio, mi porse la lettera di denuncia che Carlotta aveva lasciato prima di morire. Riconoscevo la scrittura? Risposi di sì. Potevo affermarlo senza ombra di dubbio? Risposi ancora di sì. Era stata scritta sulla stessa carta e con la stessa penna usate per scrivere una lettera d'addio a me? Qui un avvocato della difesa obiettò che mi si stavano suggerendo le risposte. La domanda fu cambiata: rispondeva a verità che, prima di morire, la D'Angelo Carlotta mi aveva scritto una lettera? Risposi di sì. C'erano dei punti in comune con la lettera di denuncia contro il Chiaia Vincenzo? Risposi che era stata scritta senza ombra di dubbio dalla mia amica, con la stessa carta e con la stessa penna.

Il Pubblico Ministero chiese alla difesa se desiderava prendere visione dell'allegato numero 18, ovvero la lettera personale che la D'Angelo Carlotta aveva scritto a Surina Lucia, onde fare il confronto.

La difesa rispose di no. Il Presidente chiese se avesse qualche domanda da rivolgere alla testimone (ovvero la sottoscritta). L'avvocato del Chiaia rispose affermativamente e il secondo interrogatorio ebbe inizio.

«Conosceva bene la D'Angelo Carlotta?»

Risposi affermativamente, pensando tra me con un sospiro che se Carlotta non mi avesse costretto a seguire tutte le puntate di *Un giorno in pretura* avrei avuto il sospetto di trovarmi in una gabbia di matti o, quanto meno, di distratti e di sordi.

«Conosceva bene anche la scrittura della D'Angelo?»

«Credo di sì.»

«*Crede* o ne è certa?»

«Ne sono certa.»

«Vuol dire che la D'Angelo era solita scriverle delle lettere?»

«No. Ma per quattro anni ci siamo lasciate le note delle spese per il supermercato, le liste di roba da portare in tintoria e messaggi vari.»

«Però mai lettere.»

«No, mai. Tranne quella che mi ha scritto prima di morire, identica a...»

Il legale di Chiaia passò subito a un'altra domanda. «Poco fa ha affermato di essere stata l'unica amica della D'Angelo. Può dire la stessa cosa di lei? Insomma, anche per lei la D'Angelo era la migliore amica?»

«Sì. Carlotta era la persona che più amavo al mondo.»

L'avvocato allargò le braccia e posò i palmi sul suo banco. Poi si sporse con la testa verso di me fissandomi con aria perplessa. «È strano che l'abbia abbandonata al suo destino...»

Qui intervenne l'avvocato Derenzi. «Signor Presidente, questa non è una domanda, ma un giudizio personale...»

Ancora una volta l'interrogativo fu cambiato. «Risponde a verità che mentre lei si dedicava con insperato successo al lavoro, la D'Angelo continuava la sua vita di prostituta?»

«Sì...»

«Era al corrente delle sue vicissitudini e dei suoi spostamenti?»

«No...»

«In altre parole, ignorava la presunta relazione della sua amica con Vincenzo Chiaia.»

«Sì, l'ho saputo solo quando...»

«E ignorava anche l'unica verità accertata, ossia che la D'Angelo da mesi conduceva una esistenza miserabile. Sì o no?»

«Sì, lo ignoravo.»

«Ignorava anche che era sieropositiva. Sì o no?»

«Sì...»

Il legale del Chiaia distolse gli occhi da me e scosse la testa. «Le ripeto la domanda: può ancora affermare di essere stata la migliore amica della povera Carlotta? La depositaria di tutti i suoi segreti? Quella in grado di riconoscere al volo la sua scrittura?»

Sentii un brusio salire dal pubblico in aula e, allo stesso tempo, udii levarsi, forte e chiara, la voce di Derenzi. «Lei sta intimidendo la teste!»

L'avvocato di Chiaia, sardonico: «Qui non siamo in un telefilm americano. Io sto cercando solamente di appurare l'*attendibilità* della Surina. In ogni modo, posso porre le domande diversamente».

«Lo faccia, allora» il Presidente disse.

Mi schiarii la voce. «Non ce n'è bisogno. Io *ero* la migliore amica di Carlotta, e non c'è stato un istante in cui abbia smesso di preoccuparmi per lei. Di giorno "lavoravo con successo", come è stato detto, e di sera giravo per le zone malfamate a cercarla... Con l'aiuto del commissario Perazzi per due volte l'ho ritrovata e ho tentato, invano, di trattenerla. Ma adesso ho capito che l'amore non basta per salvare l'amico o il fratello o il figlio che vogliono distruggersi. Carlotta era...»

Il difensore di Chiaia mi interruppe col solito tono pieno di sarcasmo: «Signorina, non le ho chiesto una conferenza sui buoni sentimenti».

«Però mi ha accusata dei sentimenti peggiori, come l'insensibilità e l'indifferenza!» esplosi.

«Le ricordo che lei è qui in veste di testimone, non di imputata.»

«Dalle sue domande non si direbbe proprio!»

Il Presidente mi richiamò, con voce gentilissima, alla calma.

«Mi scusi» dissi. «Io non so perché stiamo girando tanto alla larga. Mi hanno detto che dovevo prendere visione della lettera di accusa lasciata dalla mia amica e dichiarare se secondo me era autentica oppure no. Io ho la certezza che lo sia. Qualcuno pensa che la certezza assoluta non esista, e magari è così. Ma io non sono né una intellettuale né una filosofa e sono *certa* che la lettera è stata scritta da Carlotta, così come sono certa che stasera calerà la notte, domani tornerà la luce del giorno e io non dichiarerei mai il falso.»

«Bellissime parole» fu il commento del difensore di Chiaia. «Mi consenta di farle un'altra domanda: lei non ha mai detto una bugia?»

«Io posso avere taciuto o manipolato la realtà, come quando dicevo a Carlotta che eravamo due ragazze libere e dignitose, ma non ho mai dichiarato il falso.»

«Ho letto sui giornali che prima della morte della D'Angelo tutti ignoravano il suo passato» fu l'obiezione del solito difensore.

«Non tutti. Alla signora che mi prese in pensione, raccontai tutto di me e di Carlotta.»

«E al suo uomo?»

Mi sentii avvampare. Ma, prima che potessi rispondere, il Pubblico Ministero disse energicamente. «Non capisco lo spirito di questo interrogatorio, fuorviante e senza alcuna pertinenza. La Surina ha riconosciuto senza ombra di dubbio l'autenticità della lettera d'accusa scritta dalla sua amica: è stata convocata per questo, e se non ci sono altre domande al proposito, io propongo di congedarla.»

Il legale del Chiaia ribatté pronto: «Signor Presidente, le mie domande tendono a dimostrare che la lealtà e l'affidabilità della Surina non sono così scontate come l'accusa vorrebbe».

«Signor Presidente, al di là degli opinabili giudizi della difesa esiste la prova certa che la Surina ha detto la verità: questa prova è rappresentata dall'altra lettera, quella personale, che la D'Angelo ha scritto prima di uccidersi. Stessa carta, stessa penna, stessa grafia. Invece di proseguire un interrogatorio inutile, la difesa del Chiaia si decida al confronto» disse il Pubblico Ministero.

Il Presidente mi guardò. Poi guardò il legale della difesa. «Se non ha altre domande pertinenti da rivolgere alla teste, io propongo di passare senz'altro al confronto delle due missive.»

«Nessuna domanda.»

«Allora può andare, signorina. Grazie.»

Poiché il Presidente mi vide esitare, ripeté (sempre molto gentile) che potevo andare. Ma *qualcosa* mi tratteneva lì. Lasciare l'aula mi sembrava come darmi alla fuga abbandonando Carlotta in mani nemiche. E mi sentivo a disagio anche per me stessa. L'avvocato del Chiaia aveva fatto delle insinuazioni orribili a cui pietosamente mi era stato concesso di non controbattere. Ma io non potevo essere così vigliacca da approfittarne. Tacere, significava accettare la compassione dovuta dalla gente perbene a due povere ragazze sciagurate che la vita aveva sconfitto.

«Vorrei aggiungere qualcosa, signor Presidente» dissi impulsivamente.

«Dica pure...»

«La D'Angelo Carlotta, come la chiamate voi, morì il giorno in cui il fratello e la madre la buttarono su un marciapiede. Il nostro è stato un incontro di due disgraziate, ma questo non significa certo che fossimo incapaci di solidarietà e di sentimenti profondi... Per anni abbiamo vissuto aggrappate l'una all'altra come se fossimo gli unici due esseri sulla faccia della terra...» Tacqui con un sospiro, rendendomi improvvisamente conto che non sarei mai riuscita a farmi capire. L'unico sentimento che la gente voleva provare per noi era la compassione: paradossalmente, più avessi tentato di spiegare quel che io e Carlotta eravamo state e avevamo provato, e maggior pena avremmo fatto.

«Mi scusi, non ho altro da dire» conclusi quasi brusca, alzandomi. Girai le spalle e mi diressi verso l'uscita dell'aula. Fu solo allora che lo vidi. Domenico. Anche lui si era alzato e si stava facendo strada tra due file di persone. Ancora pochi istanti, e mi avrebbe sbarrato il passo. Accelerai l'andatura, ma Domenico mi balzò quasi addosso, prendendomi per un braccio.

«Lasciami andare» sibilai.

«Non ci penso nemmeno.»

«Guarda che mi metto a urlare.»

«Fallo pure.»

«Tu sei pazzo...» dissi furiosa, riprendendo a camminare verso l'uscita. Il suo braccio non si spostò di un millimetro dalle mie spalle, neppure quando ci ritrovammo davanti a un fotografo che cominciò a scattare un'immagine dietro l'altra, all'impazzata, neanche avesse sorpreso lady Diana con l'amante segreto.

Domenico mi guidò verso l'esterno del tribunale senza fare una piega, e io non opposi alcuna resistenza. Ci sarebbe mancato altro che proseguire a litigare davanti all'obiettivo. Eravamo a pochi metri dalla sua macchina, quando un gruppetto di giornalisti ci raggiunse a mo' di sciame d'api.

Invece di aprire in gran fretta la portiera e filare via al volo, Domenico si girò tutto calmo verso di loro. «Se avete delle domande da farmi, domattina sarò a vostra disposizione nel mio ufficio.»

«E Lucia?», «Dove la sta portando?», «Intende ancora sposarla?», «Quando vi sposerete?», «Avete chiarito tutto?», «Che cosa possiamo scrivere?». Mentre le domande si accavallavano a raffica, Domenico aprì la macchina e mi spinse dentro. Poi fece il giro. Prima di salire a sua volta disse imperturbabile: «Sto portando Lucia a casa mia e spero che potremo sposarci al più presto».

«Spero che tu abbia scherzato» dissi quando finalmente mise in moto e potemmo allontanarci da lì.

«Ti sembro proprio così allegro?» Domenico chiese. L'imperturbabilità era sparita per lasciare il posto alla nota polemica e amara.

«Non te l'ho chiesto io di cacciarti in questa brutta storia. Se te ne fossi rimasto a casa, nessuno ti avrebbe...»

Si voltò verso di me e scosse la testa. «È incredibile! Pensi che avrei potuto restarne fuori? O, peggio ancora, che sia preoccupato o infastidito all'idea di comparire sui giornali?»

«Piacere non può farti» borbottai.

«E invece sì, se può servire a proteggerti e a scoraggiare la malevolenza gratuita. Alle tue spalle ci sono io, e adesso i giornalisti lo sanno.»

«Mi sono sempre difesa da sola!»

«Da ora in avanti non correrai più questo pericolo.»

«Che cosa vuoi dire?» mi irrigidii.

«Per il momento niente altro. Tra cinque minuti saremo a casa e parleremo una volta per tutte.»

«Io non voglio venire a casa tua.» Siccome continuò a guidare come se non avesse sentito, ripetei con forza: «Non voglio venire a casa tua. Lasciami subito a un posteggio di taxi... Hai capito?».

Domenico restò sempre in silenzio, come si fa coi bambini capricciosi o coi pazzi. E siccome io avevo la coda di paglia, perché dal primo momento che mi era venuto incontro avevo trasformato la vergogna in una irragionevole smania di provocare la rissa, nel vederlo così indifferente persi le staffe davvero. «Fammi scendere! Subito!» strillai come un'aquila, cercando a tentoni la leva per spalancare la portiera.

Domenico mi tirò via il braccio con uno strattone. «Piantala.»

Con la mano libera puntai verso il freno a mano, ma lui mi prevenne ributtandomi di peso contro il sedile. Subito dopo, rallentò e accostò in uno spazio libero tra due auto parcheggiate. «Scendi pure. Andiamo a casa a piedi.»

«Come te lo devo dire che non intendo venire con te?»

«In qualunque modo me lo dica, da ora in avanti farai quello che voglio io.»

«La mia volontà non conta niente?»

Domenico mi fissò con aria triste. «Il tuo problema è che hai paura di volere le cose giuste. Purtroppo l'ho capito soltanto poco fa, mentre parlavi della tua vita con Carlotta. Non sono mai stato tanto sconvolto in vita mia.»

«Io non voglio la tua compassione!»

«Sarei un mostro se non la provassi, Lucia. Dio mio, se penso a quello che vi hanno fatto, e che avete dovuto subire, mi si spezza il cuore. È così insopportabile, per te, accettare che io ne soffra? Che provi compassione per il tuo passato?»

«Mi è insopportabile che te ne faccia carico. Non sei stato tu a violentarmi e a sfruttarmi, e perciò non hai alcun dovere di riparare offrendomi addirittura il matrimonio.»

«Mi fai molto più nobile di quello che sono. Nei giorni scorsi mi ero quasi convinto che il tuo rifiuto di vedermi non fosse poi così insensato... In un certo senso mi stavi offrendo una grandiosa via di fuga. Vuoi la verità? Mi sentivo spaventato, confuso, inadeguato... E mi sono messo a calcolare con il puntiglio di un ragioniere i pro e i contro del nostro futuro insieme...» Tacque di colpo, sopraffatto dall'amarezza.

Era la prima volta che Domenico ammetteva di avere dei dubbi su noi due: e paradossalmente questo, anziché umiliarmi, mi diede una improvvisa sensazione di serenità e di conforto. Non dovevo più misurarmi con la favola. Finalmente potevo muovermi nel terreno familiare del dubbio, sapendo di avere di fronte a me un essere umano e non un eroe che brandiva la spada lucente delle certezze.

Mi accorsi dalla sua espressione perplessa che gli stavo sorridendo. «Trovo assolutamente normale che tu abbia calcolato i pro e i contro» osservai.

«Tu sei masochista!»

«È vero.» Tornai seria. «Il passato ha lasciato delle ferite incancellabili. Per tutta la vita ci saranno notti in cui mi sveglierò in preda agli incubi... E giorni in cui sarò paralizzata dai cattivi ricordi. Sono una donna vulnerabile, emotivamente instabile, sterile e probabilmente anche frigida. Spero che tu abbia messo tutto questo nel conto.»

Domenico mi prese una mano. «Mentre facevo i miei calcoli meschini mi sono prospettato l'eventualità di non vederti più ed è stato come sprofondare nel buio. Sei la donna che amo. E non è la passione cieca e irrazionale... Esistono mille ragioni per amarti perché sei un essere umano straordinario, e se ti perdessi impazzirei.»

«Non potrei mai sopportare di vederti pentito o deluso.»

«Questo non accadrà mai. Però potrai vedermi amareggiato, furioso, impaurito... Anche per me ci saranno notti insonni e giorni di crisi, perché le tue ferite sono diventate anche le mie. Ma saremo insieme. E col tempo queste ferite si rimargineranno. L'unica cosa che voglio è vivere con te. Non ho mai desiderato tanto una cosa in vita mia, e nessuna decisione mi è sembrata giusta come quella di sposarti.»

«Ho bisogno di tempo.»

«Hai avuto quattro anni.»

«Non bastano. Voglio avere la tua stessa sicurezza prima di venire a vivere con te. Se lo facessi adesso, ti porterei un bagaglio insopportabile di confusione e di dubbi.»

«Posso aiutarti a superarli.»

«No. Non voglio una stampella, finirei per aggrapparmici per tutta la vita sentendomi handicappata e furiosa.»

«Se adesso scendi da questa macchina e te ne vai, mi spezzi il cuore» Domenico disse affranto.

«Devi permettermi di farlo. Hai detto che esistono

mille ragioni per amarmi... Lascia che ne scopra una sola... Poco fa, mentre l'avvocato del Chiaia mi faceva quelle terribili domande, mi sono sentita così meschina, così colpevole...»

«Dio mio, Lucia, come puoi dire una cosa simile? Non ti ho mai vista tanto degna di rispetto e d'amore!» Domenico proruppe.

«Se non lasci che me ne convinca anch'io, dovrai passare tutta la vita a rassicurarmi e a sorreggermi.»

«Sono abbastanza forte per farlo.»

Lo guardai in faccia. «Ne sei certo? Eri abbastanza forte anche quando la tua ex moglie si è infilata nel tuo letto?»

Lo vidi irrigidirsi. «Questo è un colpo basso, e molto vile.»

«Il colpo me l'hai assestato tu. E mi fa ancora molto male.» Era la verità. Averlo scoperto con Marta aveva disintegrato tutte le mie sicurezze. Il nodo delle mie paure e delle mie riluttanze era tutto lì, nella certezza che non sarei mai potuta sopravvivere a un altro dolore simile.

«Dimmi tu che cosa posso dire o fare per convincerti che...»

«Devi darmi tempo.»

Soltanto quando mi fui allontanata dalla macchina tirai fuori il respiro e cominciai a piangere. Piansi aspettando il verde di un semaforo, piansi attraversando la strada, piansi incamminandomi lungo un marciapiede. Dove mi trovavo? Dove stavo andando? Che cosa sarebbe stato di me? Avrei mai trovato le certezze che cercavo? E quali altre certezze potevo pretendere di trovare, oltre all'amore di Domenico? L'unica risposta fu il suono secco di un singhiozzo.

Oh, Dio, che cosa ho fatto, pensai desolata. Quando la vita mi aveva buttato addosso il peggio che si potesse sopportare, avevo reagito tirando fuori tutte le mie forze. Era ridicolo che mi fossi lasciata annientare e spaventare dalla felicità. Cominciai a singhiozzare in modo irrefrenabile, e più cercavo di smettere più i singhiozzi si facevano laceranti. Pensai che avrei continuato a piangere per tutta la vita.

«Signorina, si sente male?» chiese una donna, fermandosi. Notai molti sguardi incuriositi rivolti verso di me.

Feci cenno di no, che non stavo male, e cominciai a correre. Non potevo parlare, non potevo respirare, non sapevo dove andare, forse il mio destino era di correre per l'eternità con la schiena spezzata dai singhiozzi, come un personaggio della mitologia o della Bibbia.

Ma qualcuno mi fermò. Sentii due mani inchiodarmi per le spalle, e poi le braccia scendere e circondarmi il corpo in una stretta d'acciaio. «Non posso lasciarti andare via.» La voce decisa di Domenico. Le braccia di Domenico.

«Non so più che cosa fare...» singultai.

La stretta si allentò e lui mi fece girare lentamente verso di sé. «Era ora. Non hai fatto che disastri.» Aveva gli occhi lucidi, ma la voce gli rideva.

«Aiutami...»

«Andiamo a casa, Lucia.»

«Te ne pentirai... Ti accorgerai di essere stato un pazzo...»

«Sono stato un pazzo lasciandoti scendere dalla macchina. Meno male che sono rinsavito dopo pochi istanti. Non cascherò mai più nelle tue trappole.»

«Io voglio che tu... che tu sia felice...»

«Come posso esserlo, se non la smetti di piangere?»

«Non parlo di adesso... Voglio che tu sia felice nella vita...»

«E allora cominciamo a muovere i primi passi.» Con una mano mi tese un fazzoletto e con l'altra mi tenne stretta a sé mentre mi riportava verso la sua macchina.

Nota dell'autrice

Lucia Surina esiste, ovviamente con un altro nome, e vive a Milano. Il mio incontro con lei avvenne lo scorso anno in quella che avrebbe dovuto essere una normale circostanza di lavoro e si rivelò invece l'occasione per una conoscenza straordinaria e indimenticabile. Il direttore di uno dei giornali a cui collaboro mi aveva commissionato un articolo-inchiesta sulle tante, troppe ragazze di buona famiglia che finiscono sul marciapiede. Per ignoranza, per cinismo, per disgrazia? E con quali pericoli, quali compromessi, quali violenze? Con quante possibilità di reinserirsi in un'esistenza onesta?

Per cercare di rispondere a tutti questi interrogativi mi rivolsi a un amico che lavora alla Questura di Milano, pregandolo di darmi una mano non soltanto con la segnalazione o il racconto dei casi finiti in cronaca, ma anche e soprattutto mettendomi in contatto con qualche ex prostituta disposta a raccontare la sua esperienza.

L'amico poliziotto mi pregò di richiamarlo l'indomani, dicendo che sperava di potermi mettere in contatto con una ragazza "eccezionale". L'aggettivo che usò fu proprio questo. All'indomani, quando richiamai, mi diede il nome e l'indirizzo della ragazza: quella che ho ribattezzato Lucia.

Lucia mi ricevette nella casa in cui tuttora fa la domestica, e precisamente nella sua stanza. La prima cosa che mi colpì fu il suo viso dai lineamenti regolari e minuti, illuminato da due occhi pieni di intelligenza. Indossava jeans e maglietta e aveva i capelli ricci e ramati raccolti a coda di cavallo: sembrava una studentessa del liceo.

La seconda cosa che mi colpì fu la sua stanza dalle pareti ricolme di libri. La sorpresa crebbe quando mi disse che erano suoi, e li aveva letti tutti. Parlando con lei, capii che era vero. Più tardi mi avrebbe confessato che, nei quattro anni in cui si era prostituita, ogni volta che era andata con un uomo si era comprata un libro: «per non degradarmi», spiegò.

Mi bastò pochissimo per capire di avere di fronte una ragazza davvero eccezionale, passata attraverso ogni sorta di bruttura e di violenza mantenendo intatta la propria integrità e la propria innocenza. La sua storia è esattamente quella che ho raccontato nel libro: in prima persona perché in un certo senso è come se questo libro me l'avesse dettato lei. Ho trascritto fedelmente dal registratore le sue osservazioni, le sue battute, il suo modo di esprimersi sapiente e ingenuo allo stesso tempo.

A un certo punto avvenne qualcosa che non esito a definire medianico. Raccontandomi del suo amore per un ragazzo (che, quando aveva saputo del suo passato, si era dato alla fuga) disse esattamente: «Ero entrata nella sua vita in punta di cuore...». *In punta di cuore* era il titolo che avevo dato anni fa a un altro mio romanzo, cambiato poi all'ultimo minuto con *Il cielo non cade mai*.

Fu in quel momento di magica sintonia che decisi di lasciar perdere l'inchiesta sulle ex prostitute per scrivere un libro su Lucia. Domenico, l'uomo che si innamora di lei, è un personaggio inventato ma verosimile: è infatti facilmente prevedibile che una ragazza bella, intelligente e degna come Lucia prima o poi incontri un uomo che si innamorerà di lei. Ma è altrettanto prevedibile che pregiudizi, paure e problemi a non finire si frapporranno tra loro. Occorre molto coraggio, diciamolo pure, per sposare una ex prostituta.

Non è un caso se ho creato per lei un partner eccezionale come Domenico: lo stesso che le auguro con tutto il cuore di incontrare anche nella realtà.

Lucia è stata la prima persona a cui ho fatto leggere questo libro, ancora sotto forma di dattiloscritto, invitandola a tagliare o a modificare tutto quello che non le rassomigliasse. Me lo ha rimandato tre giorni dopo senza una sola parola cambiata: dicendo di aver ritrovato lo specchio di se stessa nella parte reale e di aver riconosciuto tutte le sue paure e le sue speranze in quella di fantasia.

Il prossimo giugno si presenterà come privatista agli esami di licenza magistrale. Nel frattempo continua a lavorare nella famiglia che l'ha accolta dandole fiducia e affetto.

Maria Venturi

BUR
Periodico settimanale: 23 giugno 2004
Direttore responsabile: Rosaria Carpinelli
Registr. Trib. di Milano n. 68 del 1°-3-74
Spedizione in abbonamento postale TR edit.
Aut. N. 51804 del 30-7-46 della Direzione PP.TT. di Milano
Finito di stampare nel giugno 2004 presso
il Nuovo Istituto Italiano d'Arti Grafiche - Bergamo
Printed in Italy

ISBN 88-17-12889-9